KB058631

오늘, 위로가 되는 이야기를 처방했습니다

내일은 괜찮아질 거예요

모모 의사 김준형 지음

RHK
알에이치코리아

몸과 마음은 절대 따로
생각할 수 없습니다

여기에 진돗개 한 마리가 있다고 상상해봅시다. 이름은 진돌이
입니다.

어느 날, 진돌이는 커다란 고깃덩어리 하나를 선물 받았습니
다. 잔뜩 신이 나서 고기를 먹으려는 순간, 갑자기 호랑이 한 마
리가 나타났습니다. 배고픈 호랑이는 고기와 진돌이를 차례대로
바라봅니다. 자! 우리 진돌이는 어떻게 할까요? 분명히 걸음아
나 살려라 도망을 치겠지요. 아무리 고기가 욕심난다 해도 목숨
이 더 소중하니까요. 그런데 만약, 고기를 빼앗으려는 호랑이가
아주 어린 새끼 호랑이라면 어떻게 할까요? 덩치도 진돌이보다
훨씬 작다면요? 아마 진돌이는 새끼 호랑이와 물어뜯고 싸우려

했을 것입니다.

자연계의 동물은 마음의 스트레스를 받는 경우가 별로 없습니다. 선택이 단순하기 때문입니다. 대부분의 선택은 싸울 것인가 도망갈 것인가로 한정됩니다. 하지만 사람은 다릅니다. 단순한 선택을 내릴 수 없는 사고를 합니다. 예를 들어, 당신이 상사에게 야단을 맞고 있다고 해봅시다. 아무리 서럽고 화가 나도 고함을 지르는 상사를 남겨둔 채 도망가 버릴 수는 없는 노릇입니다. 그렇다고 상사를 물어버리는 것은 더 말이 안 됩니다. 사람은 싸울 수도 도망갈 수도 없습니다. 그저 속에 아픔을 쌓아두며 지냅니다. 그렇게 마음에 아픔이 쌓이다가 곪고, 탈이 납니다.

환자를 진료하는데 있어서 몸과 마음은 떼어놓고 생각할 수 없습니다. 누구나 마음속에 짐을 짊어진 채 살고 있기 때문입니다. 환자분들은 잘 모르실 수도 있지만 스트레스가 일으키는 질병은 생각보다 무척 많습니다. 스트레스가 심해지면 우선 소화 기능이 약해지고 두통이 생깁니다. 혈압이 올라가고 심근 경색의 발생 위험도 높아집니다. 심장 박동이 불규칙해지는 부정맥을 발생시킬 수도 있습니다. 천식이나 두드러기를 악화시킬 수도 있고, 머리카락이 빠져서 원형탈모가 될 수도 있습니다. 이외에도 수많은 질병과 증상이 스트레스와 연관되어 있습니다.

이렇게 스트레스로 인해 생긴 질병을 두고 의사들은 '신경성 질환'이라 부릅니다. 그런데 많은 사람들이 신경성 질환이라는 용어를 '꾀병'과 혼동합니다. 그러나 꾀병과 신경성 질환은 분명히 다릅니다. 꾀병은 아프지 않은 사람이 아프다고 거짓말을 하는 것입니다. 반면에 신경성 질환은 환자가 실제로 고통을 느끼고 신체 기능의 장애를 겪는데 이 고통과 장애가 과도한 스트레스 때문에 생긴 경우입니다.

여러분도 한번 떠올려 보세요. 학창시절, 책을 손에 쥐기만 해도 졸음이 몰려왔던 적은 없었나요? 시험이 시작되었을 때 이유 없이 배가 아프고 설사가 나던 적은 없었나요? 근무 시간, 하기 싫은 일을 억지로 하자 온몸에 기운이 없고 여기저기 아파왔던 적은 없었습니까? 답답한 마음에 병원을 찾아서 이런저런 검사를 받아도 이상이 없다고 하고, "괜찮으니 그냥 집에서 푹 쉬세요"라는 의사의 말에 화가 난 적은 없었나요?

누구나 그런 경험이 한 번쯤은 있었을 것입니다. 이렇듯 몸과 마음은 따로 놀지 않습니다. 마음은 몸에, 또 몸은 마음에 영향을 미치면서 하루하루를 살아가고 있는 것입니다. 그런데 우리는 마음이 몸에 미치는 영향에 대해서 너무 가볍게 생각해왔습니다. '마음의 문제는 나약한 사람들만이 가진 것'이라는 말도 안 되는 논리로, 마음의 소리를 외면하려고만 했습니다. 수많은 직장인들이 원인을 알 수 없는 소화불량에 시달리고, 수많은 수험생들이 이유를 알 수 없는 두통에 시달리는 것은 그런 외면의 태도 때문은 아닐까요?

하지만 마음을 다스리는 문제는 생각보다 간단하지 않습니다. 평정심을 잃고 싶지 않아도 세상은 우리를 가만히 내버려두지 않습니다. 현대는 '무한경쟁' 시대입니다. 세상은 경쟁을 통해서 눈부신 속도로 발전해 나가고 있습니다. 서점에는 무한경쟁 시대에 대비하기 위한 갖가지 책들이 쌓여 있습니다. 그런데 그 책을 펼쳐보면 무한경쟁이라는 단어와 친구처럼 따라 다니는 말이 있습니다. '생존 전략'이라는 단어입니다. 참 우습죠? 무한경쟁을 통해서 세상은 빠르게 발전하는데, 사람들의 목표는 고작 '생존'이니 말입니다. 새로운 기술과 새로운 제품으로 세상이 점점 좋아지는데도 그 속에 살고 있는 사람들은 살아남기 위해서 투쟁을 벌이고 있습니다. 이 아이러니를 이제는 아무렇지도 않게 받아들입니다. 그리고 오늘도 우리는 무한경쟁의 장으로 나서야 합니다.

때로는 좌절을 경험합니다. 복받치는 슬픔을 속으로 삼켜야 합니다. '왜 나는 이렇게 바보스러울까?' 한탄도 해봅니다. '나보다 똑똑한 사람들은 넘쳐나는데……. 나같이 부족한 바보가 이 무시무시한 세상에서 살아남을 수 있을까?' 두려움이 가슴 속을 파고들기도 합니다. '혹시 천재가 되는 방법은 없을까? 무협지를 보면 주인공은 항상 우연한 행운으로 3갑자 내공을 얻는 것이 기본이잖아! 혹시 내게도 그런 행운이 오지 않을까?' 허무한 상상도 해봅니다. 그러나 상상에서 깨어나면 쓰라린 가슴을 안고 현실을 인정해야 합니다. 나는 무능하고, 게으르며, 속도 좁은 바보일 뿐이라고……. 마음은 텅 빈 듯 허전하고, 온몸 여기저기가 아프지만, 현실의 굴레에서 벗어나지 못합니다.

그러나 우리는 깨달아야 합니다. 현명한 바보가 어리석은 천재보다 훨씬 강하다는 사실을, 바보니까 약한 존재라는 생각은 스스로에 대한 과소평가일 뿐이라는 사실을, 그리고 전쟁터 같은 치열한 세상 속에서도 행복해지는 방법이 있다는 사실을…….

제 소개가 늦었군요. 나는 내과 진료를 하는 의사이자, 환자들의 이야기를 들어주는 의사, '모모 의사'입니다.

저를 보고 바보라고 하는 사람도 있습니다. 개업한 의사 친구들이 돈을 잘 벌며 승승장구하는 동안, 그저 언젠가는 잘 될 수 있다는 꿈만을 꾸며 살아왔거든요. 지인들은 제가 한심하다고 말합니다. 욕심이 너무 없다면서 말입니다.

그렇지만 저는 행복합니다. 환자의 이야기를 듣고 그 아픈 마음을 함께하다 보면, 그렇게도 떨어지지 않던 몸의 병이 떨어져 나갑니다. 제가 보아온 많은 사람들이 그랬습니다. 마법이나 마술이 아닙니다. 나는 다만, 진료실에 있을 때 미하일 엔데의 동화 속 주인공 '모모'처럼, 그저 잘 들어줄 뿐입니다.

모모 의사로 지내는 건 참 행복한 일임에 틀림없습니다.

앞으로의 이야기에서 소개되는 환자분들의 이름은 모두 가명입니다. 그리고 환자분의 사례는 각색되었습니다. 아마 실제 사례의 주인공이 읽어도 본인의 이야기인지 알 수 없을 것입니다. 사생활을 침해할 위험 때문이니, 양해해주시기 바랍니다.

자 이제, 행복한 인생을 위한 모모 의사의 여행에 동행하실 시간입니다. 준비되셨나요?

차
례

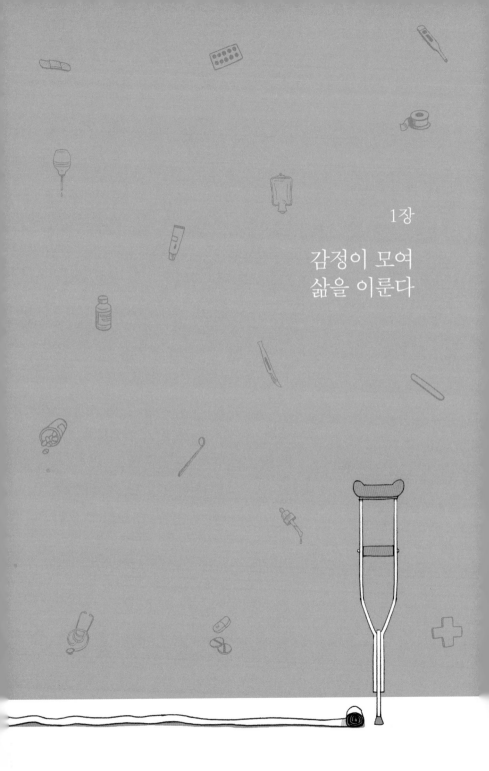

1장

감정이 모여
삶을 이룬다

둔함과 미련함으로
세상에 맞서는 법

바람처럼 빠르게, 숲처럼 고요하게, 불처럼 공격하되, 산처럼 움직이지 말라.　**손자병법**

나폴레옹이 누구인지 모르는 사람은 없을 것이다. 본명은 나폴레옹 보나파르트Napoleon Bonaparte. 1769년 프랑스 본토가 아닌 지중해의 코르시카 섬에서 태어났다. 그는 프랑스의 혼란기를 틈타서 스스로 황제의 자리에 올랐다. 그러나 야심차게 준비한 러시아 정벌이 실패하면서 황제의 자리를 빼앗기고 만다. 그 후 지중해의 엘바 섬으로 유배되는 신세가 되었다가, 1년 만에 섬을 탈출했다. 군대를 모은 나폴레옹은 파리로 진격하여 다시 황제의 자리에 오른다.

그런데 나폴레옹이 엘바 섬을 탈출할 당시, 프랑스의 한 일간지 헤드라인 변천사가 웃음을 자아낸다. 처음 엘바 섬을 탈출했을 때 헤드라인은 '코르시카의 괴물, 엘바 섬을 탈출하다.'였다. 며칠이 지나자 '식인귀, 그라스를 향하다.'라는 제목의 기사가 실렸고, 또 며칠 뒤, 헤드라인은 '왕위찬탈자, 그래노블에 입성.'이었다. 그런데 나폴레옹이 리옹을 점령하자, 말투가 바뀌기 시작했다. 헤드라인은 '보나파르트, 리옹 점령.'이었다. 이후 '나폴레옹, 파죽지세로 진격 중.'이라는 기사가 실렸다. 나폴레옹의 군대가 파리에 거의 근접했을 때의 헤드라인은 이랬다. '황제폐하. 내일 영광스러운 귀환 예정.' 한 달 사이에 괴물에서 황제 폐하까지 올라간 셈이다. 보이지 않는 곳에서는 용감하다 마주치면 비겁해지는 것은 시대와 장소를 가리지 않고 다 똑같은 모양이다.

이혜림 씨는 20대 후반의 환자였다. 유명 전자제품 회사의 콜센터에서 근무했고, 성격은 다소 내성적인 편이었다. 혜림 씨는 식욕 억제제를 처방 받으러 병원에 왔는데, 환자의 체형은 뚱뚱하다기 보다는 오히려 마른 편에 가까웠기에 좀 의아했다.

"왜 식욕 억제제를 원하세요?"

"너무 많이 먹어요. 다들 제가 먹는 모습을 보고 깜짝 놀라요. 엄청나게 먹어서요. 먹는 걸 도저히 멈출 수가 없어요. 그런데 다 먹고 나면 꼭 후회를 하고, 화장실로 가서 모두 토해버려요. 이게 자꾸 반복되니까 힘들고 이제는 멈추고 싶어요. 우선 식욕

억제제를 복용해서 많이 먹지 않아 보려고요."

　많은 양의 음식을 빠르게 먹고 토해내는 증상이 반복될 경우 '신경성 과식욕증bulimia nervosa'을 의심한다. 환자는 구토뿐만 아니라 설사약이나 이뇨제를 찾기도 한다. 심한 운동으로 체중을 줄이려는 사람도 있다. 구토를 하고난 뒤에는 우울함과 죄책감으로 괴로워 하면서도 도저히 자제할 수 없는 것이다. 신경성 과식욕증이 생기는 심리적 원인으로는 여러 가지 가설이 있는데 대표적인 것이 '구순고착' 때문이라는 것이다. 프로이트에 의하면 인간은 태어나서 18개월이 될 때까지 입과 입술로 욕구를 충족시키는데 이 시기를 '구순기'라고 한다. 아기가 엄마 뱃속에 있을 때는 아무 걱정이 없다. 필요한 영양은 엄마의 탯줄로 끊임없이 공급되고 양수가 따뜻하게 몸을 감싸준다. 그러나 세상에 태어나는 순간, 그런 편안한 환경을 포기해야 한다. 시간이 되면 배고픔을 느껴야 하고 추위와 더위도 느껴야 한다. 특히 몇 시간마다 다가오는 배고픔은 아기에게 무척이나 공포스러울 수밖에 없다. 이런 공포가 다가오면 아기는 울면서 몸부림친다. 이때 짠! 하고 나타나는 것이 엄마의 젖이다. 젖을 빨면 배고픔이 사라지고 마음도 편안해진다. 이런 단계는 젖을 떼고 스스로 음식을 먹기 시작하면서 지나간다. 그런데 엄마의 젖을 빨면서 느꼈던 편안함은 잊어버리는 게 아니라, 어른이 되어서도 마음 속 깊은 곳에 숨어있게 된다. 그래서 스트레스를 받으면 구순기로 돌아가고 싶어 하는 것이다. 하지만 이제는 엄마의 젖을 빨고 있을 수가 없다. 그래서 대신할 수 있는 것을 찾는다. 담배를 피우고, 껌이나 사탕을 즐기거나 손톱을 깨물어 뜯기도 한다. 많이 먹는 것도 한 가지 방법이다. 그러나 많이 먹고 나면 살찌는 것이 두려워서 구토를 하게 된다.

혜림 씨에게 신경성 과식욕증의 심리적 배경에 대해서 설명하고, 식욕 억제제로 치료하는 증상이 아니라고 말했다. 그리고 정신과에서 상담을 받아볼 것을 권했다. 혜림 씨는 한숨을 쉬었다.

"언제부터 이렇게 된 건지 모르겠어요. 아마 지금 일을 시작하면서부터인 것 같은데…… 우리 일은 속이 곪아서 썩어버리는 일이라서요. 물론 고객들의 불만은 대부분 합리적이에요. 그런데 정말 감당이 안 되는 사람들이 있어요. 온갖 욕설을 다 퍼부어대요. 저는 세상에 이렇게 많은 종류의 욕이 있는지 몰랐어요. 그래도 웃으면서 '고객님, 고객님' 하고 불러드려야 하죠. 그런 전화를 한 번 받으면 온몸에 힘이 쫙 빠져요. 직장을 옮기는 것도 생각해봤지만, 요즘 같이 힘든 시대에 특별한 재주가 없는 저로서는 엄두가 나지 않아요."

나도 한숨이 나왔다. 이 문제는 비단 혜림 씨만이 아니라 이 땅의 수많은 감정노동자들이 똑같이 겪고 있는 고충일 것이다.

사람은 자신감이 없으면 비겁해진다. 그래서 버거운 상대 앞에서는 꼼짝도 못하고 울분을 속으로만 삼킨다. 하지만 상대가 나를 해칠 수 없는 상황이 되면 숨겨 두었던 울분이 터트린다. 터무니없는 욕을 하고 상대를 괴롭히면서 쾌감을 얻는 것이다. 이런 사람들은 끊임없이 안전하게 분노를 표출할 방법을 찾는다. 과거에는 장난전화가 문제가 되었고, 요즘은 감정노동자들을 괴롭히는 행동과 인터넷의 악성 댓글이 사회적 문제가 되고 있다.

나도 장난전화 때문에 엄청나게 시달린 적이 있다. 밤 12시만 되면 우리 집에 전화해서 욕을 해대는 거였다. 두 달 정도 계속되니까 가족들의 신경이 예민해지기 시작했다. '이 녀석을 어떻게 하지?' 고민하던 끝에, 아예 그 녀석과 끝장을 보기로 했다. 하루 날을 잡아서, 녀석을 붙잡고 끝없이 이야기했다. 세상 살아가는 이야기, 영화 이야기, 음악 이야기……. 오래 이야기하다 보니 제법 괜찮은 녀석 같았다. 다섯 시가 되자 그 녀석이 말했다. "제발 잠 좀 자자. 너는 잠도 없냐?" 작심하고 있던 나였기에 재빨리 말했다. "아직 어림도 없어. 전화 끊으면 죽을 줄 알아! 이딴 식으로 할 거면 다시는 전화 하지 마." 그러자 그 녀석이 큰 소리로 웃더니, 친구가 되고 싶다고 했다. 우리는 약속 시간과 장소를 정한 뒤 통화를 마쳤다.

하지만 그 녀석은 약속장소에 나오지 않았다. 아마도 직접 만날 용기가 없었던 모양이다. 이후에는 장난 전화도 오지 않았다.

나는 혜림 씨에게 나폴레옹 이야기와 내 이야기를 해주었다.
혜림 씨는 재미있다며 까르르 웃었다.

"정말 세상에는 이상한 사람들이 많네요. 저는 선생님 같은
분이 부러워요. 제겐 그런 배짱이 없거든요. 저는 누가 욕을 하
면 가슴이 두근거리기부터 해요. 어떻게 하면 좋을까요? 방법이
없을까요?"

혜림 씨는 기대에 찬 눈초리로 나를 쳐다보았다. 그렇지만 나
도 뾰족한 수는 없었다.

"글쎄요……."

나는 잠시 고민하다가 종이를 꺼내서 '風林火山풍림화산'이라
고 적었다. 혜림 씨는 눈을 동그랗게 뜨고 쳐다보았다.

풍림화산은 일본 전국시대 장수였던 '다케다 신겐'이 좋아했
던 말이다. 손자병법에 나오는 '其疾如風, 其徐如林, 侵掠如火,
不動如山바람처럼 빠르게, 숲처럼 고요하게, 불처럼 공격하되, 산처럼 움직이지
말라'는 구절에서 따온 말이다. 그래서 다케다 신겐은 항상 '風,
林, 火, 山'의 글자를 각각 적은 깃발을 들고 전장으로 나섰다.

세상살이에서 바람처럼 빠르거나 불처럼 공격하는 것은 비교
적 쉽다. 하지만 숲처럼 고요하거나 산처럼 움직이지 않는 것은
쉽지 않다. 그런데 우리 삶에서는 불처럼 공격해야 할 때보다 산
처럼 움직이지 말아야 할 때가 더 많은 법이다.

"혜림 씨는 산처럼 움직이지 않아야해요. 터무니없는 욕설을
퍼붓는 사람이 있어도 흔들려서는 안 되고요."

"어떻게 하면 산과 같은 사람이 될 수 있을까요?"

"그건 간단해요. 둔하고 미련해지세요."

혜림 씨는 의아한 표정으로 나를 쳐다보았다.

세상은 빠르게 변하고 있다. 이 속도를 따라가려면 섬세하고 예민해야 한다. 위험을 감지하고 변화를 느껴야 한다. 그래서 언뜻 생각하면 섬세한 사람이 세상살이에 더 유리한 것 같지만 정말 그럴까? 섬세하고 예민한 사람은 쉽게 마음의 상처를 받는다. 고통은 마음속에 쌓아두게 된다. 시간이 지나면 그 고통은 어디로든 터져 나온다. 가족들을 향해 폭발하기도 하고, 혜림 씨처럼 육체적 질환으로 나타나기도 한다.

"열 사람을 세워놓고 똑같은 부위를 똑같은 힘으로 때려도, 어떤 사람은 아프다고 하지만 어떤 사람은 아픈지도 몰라요. 감각이 둔한 사람은 통증을 느끼지 못하는 거죠. 똑같은 욕을 들어도, 어떤 사람은 마음 아파하지만 어떤 사람은 아픈지 어떤지 잘 몰라요. 감정이 둔하고 미련하기 때문이죠. 제가 보기에 혜림 씨는 너무 섬세하고 예민한 성격을 가진 것 같습니다. 조금만 둔해지고, 조금만 미련해지세요. 누가 아무리 욕을 해도 괜찮습니다. 그건 혜림 씨의 잘못이 아니니까요."

혜림 씨는 고개를 끄덕였다. 그리고 정신과에서 상담을 받아보겠다고 약속했다.

사람들은 무의식중에 강해지기를 원한다. 강한 사람이란 어떤 사람일까? 큰소리 치고, 욕 잘하는 사람이 강한 사람일까? 절대 그렇지 않다. 앞에서 말한 바와 같이, 자신의 얼굴이 드러나지 않는 곳에서 큰소리치는 사람은 오히려 자신감이 부족한 사람인 경우가 많다. 그럼 근육의 힘이 센 사람이 강한 사람일까? 물론 그럴 수도 있다. 하지만 요즘 시대에 육체의 힘에만 의존하는 사람은 유치장 신세를 피하지 못한다. 그렇다면 머리가 좋은 사람이 강한 사람일까? 나도 문명화된 시대에는 머리가 좋은 사람이 강한 사람이라고 생각했다. 하지만 지금까지 살아오면서 수많은 사람을 보고 내린 결론은 '머리 좋은 사람이 꼭 잘 사는 것은 아니다'라는 것이다. 오히려 머리 좋은 사람들 중에는 섬세하고 예민한 사람이 많고, 말 못할 고뇌 속에서 살아가는 사람들이 많았다.

나는 세상에서 가장 강한 사람은 바로 '둔하고 미련한 사람'이라고 생각한다. 둔하고 미련한 사람은 자신을 비난하는 이야기에도 별로 흔들리지 않는다. 정도가 좀 심한 사람은 자신을 비난하는 것을 알아차리지도 못한다. 이래서는 적들이 공격할 방법이 없어진다. 또 과민 반응을 하지 않기 때문에 불필요한 갈등을 만들어내지도 않는다. 그래서 적보다는 친구가 많아진다. 얼마나 멋진가?

정보가 홍수같이 쏟아지고 수많은 갈등이 얽히고설킨 세상이다. 이런 세상을 잘 살아갈 수 있는 사람은 예민한 천재보다는, 둔하고 미련한 바보가 틀림없다.

뜨거운 보석을
붙잡고 있는 건 아닐까

탐욕이 많은 자는 금을 나누어 주어도 옥을 얻지 못 한 것을 한탄하고, 공(公)에 봉해 주어도
제후 자리를 받지 못한 것을 원망한다.
채근담

부처님이 산을 오르고 있을 때의 이야기이다. 앞서 걷고 있는 어
떤 사람들이 배를 짊어지고 힘겹게 산에 오르고 있었다. 이 우스
꽝스러운 모습을 보고 부처님이 사람들에게 물었다. "왜 배를 들
고 산에 오르세요?" 사람들은 대답했다. "우리는 이 앞의 강을 건
너서 온 사람들입니다. 이 배는 강을 건널 때 썼던 배인데 너무
좋은 배라 산까지 들고 온 것입니다." 이 말을 들은 부처님이 말
씀하셨다. "아무리 훌륭한 배라도 강을 건널 때 쓰는 물건일 뿐
입니다. 산에서 배는 무거운 짐이 될 뿐이지요. 배는 강에 있을

때 훌륭한 물건이지, 산에서는 결코 훌
륭한 물건이 될 수 없습니다. 배를 강가
에 잘 보관하도록 하시고 잊어버리
십시오. 그리고 홀가분한 마음으로
산에 오르십시오."

　　『금강경金剛經』에 나오는 「사벌등안捨筏登岸」의
이야기를 쉽게 풀어 써보았다.

　　문광원 씨는 사업을 하는 50대 후반의 남자 환자였다.

　　"전립선 비대증 때문에 수술까지 받았어요. 그런데 소변이 자
주 마려운 증상이 점점 심해집니다. 수술 받은 병원에 가서 정밀
검사를 받아보았는데, 큰 문제가 없으니 좀 더 지켜 보자고만 합
니다. 몇 가지 약도 처방받아서 먹어보았는데 계속 불편해요. 혹
시 내과 질환 때문이 아닐까 해서 와봤습니다."

　　광원 씨에게 신장 기능에 관련된 몇 가지 검사를 해보았지만,
아무런 이상을 발견할 수 없었다. 역시 전립선 비대가 원인 같
았다.

　　전립선은 방광 바로 아래에 위치한다. 방광에서 소변이 흘러
나가는 관인 '요도'를 전립선이 도넛 모양으로 둘러싸고 있다.
전립선은 유백색 정액을 분비하고 이 전립선 분비물은 정자와
섞여서, 정자를 보호하는 중요한 역할을 한다. 그런데 남자는 나

이가 들면 이 전립선이 점점 커지고 요도는 압박을 받아서 좁아진다. 이렇게 전립선이 커져서 소변이 잘 나오지 않는 질환을 '전립선 비대증'이라고 한다. 요도가 좁아지다 보니 소변 줄기가 약해진다. 또 방광 안에 있는 소변이 완전히 빠져나오지 못하고 방광에 많이 남아 있게 된다. 따라서 소변이 자주 마렵고 소변을 한 번 보려면 한참 뜸 들여야 나오는 증상도 생긴다. 이런 전립선 비대증의 증상을 악화시키는 몇 가지 요인이 있는데 스트레스와 오래 앉아 있는 것이 바로 대표적인 악화 인자이다. 일부 감기약 성분과 추운 날씨도 증상을 악화시킬 수 있으므로 겨울에는 주의가 필요하다. 증상이 가벼운 경우는 약물 치료만 해도 되지만, 심한 경우에는 내시경을 이용한 수술을 시행한다. 남자는 나이가 들면 누구나 전립선 비대증을 겪지만, 증상이 있다고 해서 무조건 전립선 비대증으로 속단해서는 안 된다. 더러는 전립선암이 숨어있을 수 있으므로, 반드시 비뇨기과 검사가 필요하다.

광원 씨에게 전립선 비대에 대해서 설명했다.
"그래요? 오래 앉아 있었던 적은 없지만 최근 무지하게 화가 나는 일이 있었습니다."
광원 씨는 자신의 사업과 관련된 단체의 단체장 선거 이야기를 시작했다.
얼마 전 한 친구가 단체장 후보인 A씨를 광원 씨에게 소개시켜주었다고 한다. 광원 씨는 A를 지지하기로 약속했다. 그리고 바쁜 가운데서도 선거운동을 본인의 일처럼 열심히 도왔다. 선거에서 A가 당선되자 광원 씨는 무척 기뻤다 얼마 뒤, 광원 씨는 A를 찾아가 사업에 편의를 봐 줄 것을 부탁했다. 그런데 A씨가 냉정하게 거절했다. "모든 업무는 투명하고 공정하게 처리할 거라나요? 정말 기가 막혔습니다. 선거 때 그렇게 이용해 먹고, '팽☆'해버리다니……. 나쁜 놈! 정말 의리라고는 눈곱만큼도 없는 놈이었습니다."

마음 속 기대가 무너지면서, 광원 씨의 기쁨은 분노로 바뀌어 있었다.

"아무래도 그 일을 잊어버리시는 것이 좋겠습니다."

"선생님은 남의 일이라고 쉽게 이야기할 수 있겠죠. 그렇지만 직접 당해보세요. 실컷 이용만 해먹고, 필요 없으면 나 몰라라 하는 싸가지 없는 놈을 어떻게 용서 할 수 있겠어요? 피해자는 쉽게 잊을 수 없는 법이에요!"

"제 말씀이 불쾌했다면 정말 죄송합니다. 그런데 저는 A씨란 분을 위해서 잊으라는 것이 아닙니다. 문광원 씨 건강을 위해서 잊으라는 겁니다. 자꾸 그 일을 생각해봤자, 소변만 자주 마려울 테니까요."

그러나 광원 씨는 끝내 화를 삭이지 못한 채 문을 쾅 닫고 진료실을 나섰다.

민주주의 사회에서 선거란 '자신들을 위해서 대신 일해줄 대표를 뽑는 일'이다. 자신이 믿고 지지하는 후보가 당선되었으면, 그것으로 만족하고 선거에 대해서는 잊어버려야 한다. 선거 운동 과정을 도왔으니 무언가 보답이 있어야 한다는 생각은 지나친 욕심이고 집착일 수밖에 없다. 강을 건너고도 배를 짊어지고 다니는 꼴이다. 배가 무거운 짐일 수밖에 없듯이, 집착은 무거운 마음의 짐이 된다. 이 짐은 누가 함께 들어줄 수 있는 게 아니다. 스스로 내려놓지 않으면 끝없이 마음을 짓누른다.

우리의 삶은 끝없는 욕심과 이에 대한 집착으로 점철되어 있다. 욕심과 집착은 뜨거운 보석과 같다. 손에 쥐고 있다간 화상을 입는데도 한 번 잡으면 좀처럼 놓을 수 없다. 사람은 손바닥이 타들어가도 보석을 손에 꼭 쥔 채, 끝없이 고통만 호소한다. 이 고통에서 빠져나오는 방법은 욕심과 집착이라는 뜨거운 보석을 던져버리는 방법 밖에 없다.

우리는 오늘도 뜨거운 보석들 사이에서 살아간다. 이런 세상에서 살아가려면 영리한 사람이 되거나 현명한 사람이 되어야만 한다. 영리한 사람과 현명한 사람의 차이는 무엇일까? 영리한 사람이란 손에 뜨거운 보석을 많이 쥘 수 있는 재주를 가진 사람이고, 현명한 사람이란 불필요한 보석을 던져 버릴 수 있는 사람을 말하는 것인지도 모른다. 우리는 영리한 사람이 되지는 못하더라도, 마음먹기에 따라서 현명한 사람은 될 수 있다.

오만이라는 이름의
자아도취

인간은 자신이 가진 지식의 한계를 세상의 한계로 생각한다. **쇼펜하우어**

로마에서 유행했던 검투사 결투는 전쟁 포로에게 목숨을 건 싸움을 시키는 잔인한 유희에서 유래되었다. 그래서 초기의 글래디에이터들은 전쟁포로나 노예였고 이들은 사회적으로 천대받던 존재였다.

마르쿠스 아우렐리우스 황제의 아들인 코모두스Lucius Aelius Aurelius Commodus 황제는 글래디에이터 경기에 심취했다. 경기를 지켜보는 것만으로 만족할 수 없었던 그는 600회 넘게 직접 글래디에이터 경기에 참가하였다. 황제를 상대하는 글래디에이터는 무딘 무기를 들고 나가야 했으며, 당연히 황제는 단 한 번도 패하지 않았다. 황제는 스스로를 역사상 가장 위대한 검투사라고 생각했다. 그러나 글래디에이터들은 이겨서는 안 되는 싸움에 목숨을 걸어야 했다.

명나라 황제, 정덕제正德帝는 게으른 황제였다. 그는 표방豹房이란 시설을 짓고 미인들을 모아 향락 속에서 살았다. 표방에는 호랑이나 표범 같은 맹수들을 우리에 키우고 있었다. 정덕제는 직접 칼과 활을 들고 우리에 들어가 맹수와 싸움을 즐겼다. 싸움의 결과는 당연히 황제의 승리였다. 황제는 자신이 세상에서 가장 용감한 사람이라고 생각했다. 그러나 신하들은 호랑이와 표범의 이빨과 발톱을 미리 뽑아 두어야 했다. 그리고 맹수들을 굶기고 매질해서 골병을 들여놓아야 했다. 신하들은 이 일을 위해서 목숨을 걸었다.

박윤석 씨는 60대 초반의 건실한 중소기업 사장이다. 몇 년 전, 협심증으로 심장에 스텐트 시술을 받은 적이 있었다. 그런데 이분 고집은 보통이 아니었다. 평소에 진료받으러 와서도 내 설명을 듣기보다는 나를 가르치려 하는 분이었다. 윤석 씨의 뒤죽박죽 엉터리 이론이 사실이 아니라고 설명하려면, 등에서 땀이 날 정도였다. 그런데 그날은 윤석 씨의 태도가 진지했다.

"화를 많이 내면 심장병이 생긴다는데……. 사실인가요?"

심장은 24시간 동안 펌프질로 몸 구석구석에 혈액을 공급하는 역할을 한다. 우리가 자는 동안에도 열심히 일해야 하는 심장이기에, 영양분과 산소가 충분히 공급되어야 한다. 이 심장을 먹여 살리는 혈관을 '관상 동맥'이라고 한다. 젊을 때의 관상 동맥은 탄력이 있고 관의 내경이 넓다. 그런데 나이가 들면 마치 수도관에 녹이 쌓여 좁아지는 것처럼 혈관 내부에 기름기가 쌓여 좁아지게 된다. 이렇게 좁아진 상태는 '협심증', 완전히 막혀버린 상태는 '심근 경색'이라고 한다. 관상동맥이 완전히 막혀버리면 그 부분은 피가 통하지 않아 썩어버리기 때문에 생명이 위험해진다. 관상동맥 질환의 치료 방법은 최근 비약적인 발전을 했다. 그중 하나가 스텐트stent 시술이다. 스텐트란 금속으로 만든 가는 관이다. 좁아진 부분에 스텐트를 집어넣어서 혈류를 뚫는 것이다.

스트레스와 관상동맥 질환의 연관성에 관해서는 오랜 기간에 걸쳐서 연구되어 왔다. 1950년대 미국의 심장학자 프리드먼Meyer Friedman은 사람의 성격을 A형Type A personality과 B형Type B personality으로 분류하였다.(여기에서의 A, B형은 혈액형이 아니다) A형은 (1)성격이 급하고, (2)경쟁적이고 반드시 이기려는 욕구가 강하며, (3)조금만 자극해도 폭발하는 성격이다. 이에 반해 B형 성격은 (1)목표가 좌절된다고 해도 스트레스를 덜 받고, (2)경쟁에서 뒤처진다고 해도 별로 마음에 담아두지 않는, 다소 느긋한 성격을 말한다. 그리고 두 가지 성격 중에 누가 심장병에 더 잘 걸리는지를 조사한 결과 A형이 B형보다 협심증, 심근경색

같은 관상동맥 질환의 발병율이 두 배 정도 높다는 사실을 밝혀 냈다. 쉽게 말해서 화를 많이 내는 사람이 심장병에 잘 걸린다는 말이다.

윤석 씨의 평소 태도를 보면 전형적인 A형 성격의 소유자였다. 나는 프리드먼의 이론을 간단하게 소개했다.

"심장병 환자는 자신의 마음을 잘 다스릴 수 있어야 합니다."

"맞아요. 전 불 같은 성격을 가지고 있어요. 집사람도 다시 심장병이 도질까봐 걱정을 많이 하네요. 그런데 요즘 젊은 것들을 보면 화가 치밀어서 참을 수가 없어요."

"무슨 일이 있으셨나요?"

윤석 씨는 답답한 표정으로 이야기를 시작했다. 그는 가난한 집안에서 태어났다. 공부를 계속 할 수 없어서 중학교를 중퇴하고 돈을 벌어야 했다. 공장에 취직해서는 이를 악물고 일했다. 아무리 힘들어도 야근은 도맡아서 했다. 야근 수당을 받을 수 있기 때문이었다. 악착같이 돈을 모았고, 피눈물 나는 세월 끝에 지금의 사업체를 이룰 수 있었다. "이제는 좀 편안하게 살 수 있을까 했는데……. 그런데 요즘 젊은 애들을 데리고 일을 하려니 너무 힘들어요." 윤석 씨는 한숨을 쉬었다. 그는 젊은 사원들의 업무처리가 마음에 들지 않아서 야단을 많이 쳤다고 한다. 처음에는 말이 먹히는 것 같았다. 하지만 최근 들어 분위기가 바뀌었다. 이제는 야단을 치면, 오히려 대든다는 것이다. "어린 녀석들이 감히……. 요즘 애들은 아무것도 몰라요. 대학까지 나온 녀석들이 머리는 아주 '돌대가리'예요. 야단을 치면, 이상한 이론이나 듣도 보도 못한 법규를 들이대면서 대드는 거예요. 한 번씩 불같이 화를 내고 호통을 쳐야 그런 행동을 멈춰요. 심장이 걱정되지만 어쩔 수가 없어요." 윤석 씨는 부하 직원들을 무능하면서 불손하기까지한 최악의 사원들이라고 평가했다. "좀 괜찮은 애들은 다들 어디에 숨었을까요?" 답답한 표정이었다.

그런데 듣고 있는 나도 가슴이 답답해졌다. 윤석 씨네 회사는 병원 근처에 있어서 나는 평소에 그 회사 사원들을 많이 알고 지냈다. 윤석 씨 이야기는 사원들이 느끼는 것과 판이했다. 사원들은 사장이 챙기지 못하는 세세한 부분까지도 열심히 챙겼다. 회사가 이만큼 성장한 것은 사원들의 보이지 않는 노력이 있었기 때문이었다. 그럼에도 불구하고 윤석 씨는 직원들에 대한 칭찬과 배려에 인색했다. "조그만 구멍가게를 경영한다면 사장님의 말씀대로 해도 별 문제가 없겠죠. 그렇지만 규모가 커진 지금까지 옛날 방식을 고집할 수는 없잖아요. 규모가 커지면, 법적인 규제도 달라지고, 기업 환경도 바뀌죠. 바뀐 환경에 적응해야 회사가 살아남을 수 있습니다." 사원들은 회사를 위한 충정으로 사장님을 설득하려 했지만 학벌에 대한 열등감을 가진 윤석 씨에게서 돌아오는 것은 욕설과 인격적 비하뿐이었다는 것이다. 결국 의욕을 가지고 입사한 사원도 하나둘씩 회사를 떠나고 있었다.

지금은 윤석 씨가 무척 걱정스러운 상황이었다. 윤석 씨가 아는 사실을 사원들이 모르면 사원들은 '돌대가리'라는 말을 듣고, 윤석 씨가 모르는 사실을 사원들이 이야기하면 '싸가지 없는 놈들'이 된다. 이런 상황이 윤석 씨를 조금씩 오만과 자아도취에 빠지도록 만들고 있었다. 오만과 자아도취는 끊임없이 갈등을 만들어 내는 법이다. 이것은 본인의 건강을 위해서도 회사를 위해서도 결코 바람직한 일이 아니다.

나는 조심스럽게 말했다.

"어려운 역경을 이기고 자수성가 하셨기 때문에, 강한 신념을 가지셨다는 점은 이해가 됩니다. 어려움 속에서 얻은 자신만의 삶의 방식도 있을 것입니다. 그렇지만 시대가 변하면, 그런 신념과 삶의 방식이 잘 맞지 않는 경우도 생길 수 있습니다. 삼인행 필유아사三人行必有我師라는 말이 있습니다. 세 사람이 함께 길을 가다 보면, 반드시 한 명한테는 배울 점이 있다는 이야기지요. 비록 부족해보이는 아랫사람이지만, 그래도 배울 점은 있을 것입니다. 마음을 열고 귀담아 들어주는 것이 본인의 건강을 위해서도, 또 회사를 위해서도 도움이 될 것입니다."

그러나 윤석 씨의 반응은 냉담했다.

"무슨 말인지 통 못 알아들으시네요."

그리고 아무 말도 없이 진료실을 나갔다. 나중에 듣기로는 주변에 '그 의사는 철이 없다'면서 불평했다고 한다.

전쟁에서 한 명의 영웅적인 장군이 탄생하려면 수많은 사람들이 죽어야 한다. 하나의 성공한 기업이 탄생하는 과정에는 수많은 경쟁기업이 눈물 속에서 쓰러져야 하고, 한 명의 천재가 탄생하기 위해서는 수많은 바보가 필요한 법이다.

그런데 일이 너무 잘 풀릴 때는 이런 사실을 잊어버린다. 그리고 자신이 가진 지식의 한계를 세상의 한계로 단정해버린다. 이건 오만이다. 오만에 빠지면 꼴이 우습게 된다. 골병 들여놓은 호랑이를 잡으면서, 무장 해제된 글래디에이터에게 매질을 하면서, 스스로를 영웅이라 믿는 한심한 꼴이 되는 것이다.

너무 잘 나가는 사람은 쉽게 오만에 빠진다. 사람이 나빠서가 아니라, 상황이 사람을 오만과 자아도취로 빠져들게 만든다. 하지만 오만은 갈등을 불러오고, 갈등은 마음의 상처를 불러오며, 마음의 상처는 분노와 절망을 불러온다. 그건 삶의 불행일 수밖에 없다.

세상은 이른바 '바보의 마음'으로 살아야 한다. 가진 게 없고 아는 게 없는 바보는 오만과 멀리 떨어져서 살기 마련이다. 바보의 마음으로 살아보자. 갈등과 불행으로부터 멀리 떨어져서 살 수 있다.

사랑으로 사는
부부는 없다고?

두 개의 영혼이 영원히 결합됨을 서로가 느낄 때는 참으로 위대하다. **조지 엘리엇**

부부와 불륜을 구분하는 방법이라는 재미있는 이야기는 우리네 사는 모습을 너무나 잘 보여준다.

남녀가 함께 있을 때, 여성이 화장도 안 하고 머리도 빗지 않았으면 부부고, 여성의 옷이 화려하고 화장이 짙으면 불륜 가능성이 많다고 한다. 대화를 할 때, 교육문제나 재테크 문제로 서로 다투면 부부고, 예술과 문화 같은 주제로 형이상학적인 대화를 나누면 불륜이다. 등산을 할 때, 도시락이 부실하면 부부고, 도시락에다가 후식까지 화려하게 준비되었으면 불륜이다. 찜질

방에 갔을 때 불륜 커플은 팔베개를 해가며 속삭이는 반면, 부부는 따로 떨어져서 코 골며 잔다. 또 불륜 커플은 샤워만 하고 나오는 반면, 부부는 때까지 밀고 나온다. 식당에서의 상황도 재미있다. 메뉴를 고를 때 가장 싼 음식을 고르면 부부고, 가장 비싼 음식을 고르면 불륜이다. 식사를 하면서 밥만 먹으면 부부고, 다정하게 대화를 나누면 불륜이다. 고기를 굽다가 탔을 때 서로를 탓하며 싸우면 부부고, 상대가 탄 부분을 먹지 않도록 잘라주면 불륜이다. 식사 후에 여성이 트림을 하면 확실하게 부부다.

웃자고 하는 이야기지만 어딘지 모르게 공감이 가는 건 왜일까. 현실에서 부부의 모습은 서로 사랑하는 사이라기보다는 서로 으르렁거리는 '원수' 같아 보이는 경우가 많다. 연애할 때의 사랑이 결혼하는 순간 증오로 변하는 것일까? 진짜 부부 사이에는 사랑이 없는 것일까?

'사랑'하면 떠오르는 분들이 있다. 그분들의 이야기를 하려 한다.

송영부 씨는 80대 할아버지이다. 어느 날 객혈로 대학병원을 찾았다가 폐암 진단을 받았다. 그런데 이미 암이 전이되어서 더 이상 손을 쓸 수가 없었다. 대학병원에서는 치료를 포기했다. 가족들이 할아버지를 규모가 작은 병원으로 입원시키면서 나는 할아버지와 인연을 맺게 되었다.

할아버지는 푸근한 인상을 주는 인자한 분이었다. 아들도 점

않았지만, 아버지가 큰병을 앓아서인지 초췌해있었다. 우선 아들과 면담을 했다.

"아버님께서 본인이 암이라는 사실을 알고 계시나요?"

"예. 저는 반대했는데, 어머니께서 말씀하셨습니다."

"그리 많은 시간이 남지 않았다는 사실도요?"

"그건 말씀드리지 않았지만, 당신 스스로 느끼고 계시는 것 같아요."

아들은 힘없이 말을 이어갔다.

"집으로 모시고 갈까도 생각해보았습니다. 하지만 가끔씩 숨이 차고 통증이 있으셔서, 이곳으로 모시게 되었습니다. 그리고 어머니도 몸이 좋지 않으세요. 심한 당뇨로 갖가지 합병증이 있어요. 집에서 두 분을 모시기는 힘들 것 같습니다."

그날은 간단한 이야기를 듣고 면담을 끝냈다.

할아버지는 복 받은 분이었다. 아들은 지극한 효자였고, 할머니와의 금슬도 좋은, 부러울 정도로 화목한 가족이었다. 할아버지는 병실에서도 웃음을 잃지 않으셨다. 그런데 언제부터인지 할머니가 안 보였다.

"어머니께서 요즘 안 보이시네요."

아들은 한숨을 쉬며 말했다.

"어머니께서도 입원하셨습니다."

평소 심한 당뇨였던 할머니는 합병증으로 심장까지 상했다.

그래서 입원과 퇴원을 반복하고 있었다. 그날 오후 회진 때, 할아버지는 퇴원을 시켜달라고 졸랐다.

"숨이 차서 몸도 잘 못 가누시면서, 어딜 가시려구요?"

할아버지는 가쁜 숨을 몰아쉬시면서 말했다.

"할망구가 입원했어. 내가 가서 간호를 해줘야 해."

나는 기가 막혔다.

"어르신, 어르신께서는 지금 간호를 받으셔야지, 누굴 간호 해주시려고 하시면 안 돼요."

하지만 할아버지는 뜻을 굽히지 않았다.

"의사 양반, 아직은 젊어서 잘 모를 거야. 하지만 이 나이가 되고 나면 남는 건 할망구밖에 없어. 자식들이라 해봐야, 다 지 식구 챙기느라 바쁘거든. 우리까지 생각해줄 여유가 없어요. 할망구는 나 없으면 안 돼. 내가 간호를 해줘야 해. 지금까지도 할망구가 입원하면 내가 돌봐줬어."

가슴 속에서 무엇인가가 꿈틀거렸다. 하지만 할아버지를 퇴원 시켜 드릴 수는 없었다.

"미안해요. 어르신. 하지만 퇴원은 무리예요. 그냥 기도를 해드리세요. 할머니께서도 어르신 마음을 잘 아실 거예요."

할아버지는 울먹였다. 이후에도 계속 할아버지는 할머니를 간호하러 가겠다고 떼를 썼다. 나는 할아버지를 달래고 위로하는 것 외에는 할 수 있는 일이 없었다.

며칠 뒤 아침에 회진을 돌려는데 전화가 왔다. 아들의 전화였다. 아들은 침울한 목소리로 무겁게 입을 열었다.

"어제 밤에 어머니께서 돌아가셨습니다."

"저런! 어쩌다가……."

"원래 심장이 안 좋으셨는데, 이번에는 버티질 못하셨네요."

나는 아무 말도 할 수 없었다. 잠시 침묵이 흘렀다.

"선생님께 한 가지 부탁드리고 싶습니다. 어머니께서 돌아가셨다는 사실을 아버지께는 알리지 말아주세요. 어머니께서 먼저 저 세상으로 간 것을 아시면 상심이 크실 겁니다. 아버지께서 지금까지 버티시는 것도 어머니 때문이거든요. 그리고 저도 어머니 장례를 치러야 하기 때문에 아버지를 찾아뵙기 어려울 것 같습니다. 제가 출장을 갔다고 둘러대주시면 감사하겠습니다."

"그렇게 하겠습니다."

나는 무거운 마음으로 할아버지에게 갔다. 그렇지만 할아버지 앞에서 내색할 수는 없었다. 나는 방긋 웃는 모습으로 병실로 들어섰다.

"어르신, 좋은 소식과 나쁜 소식이 있는데 무엇부터 말씀드릴까요?"

"좋은 소식부터 말해줘."

나는 방긋 웃으며 거짓말을 시작했다.

"어제 할머니께서 수술을 받으셨대요. 어르신 걱정하실까 봐 미리 말씀을 드리진 못한 모양이에요. 그런데 수술 결과가 아주 성공적이래요. 할머니께서 지금 회복 중이랍니다."

"그래!"

순간 할아버지의 얼굴에 빛이 비치는 것 같았다.

"그런데 나쁜 소식은?"

"아드님께서 회사에서 급한 출장을 가셨나 봐요. 며칠간은 병문안을 못 오신다고 하시네요."

"그런 거야 뭐⋯⋯. 괜찮아. 나는 혼자 있어도 잘 지내거든."

할아버지는 유쾌하게 웃으셨다.

며칠 뒤 아들은 할아버지 면회를 왔다. 밝은 표정으로 꾸미려는 아들의 모습이 안쓰러워 보였다. 그런데 할아버지는 아들에게 뜻밖의 부탁을 했다.

"네 어머니 수술도 잘 끝났다고 하니, 목소리라도 한 번 듣고 싶다. 전화 한 통화 하게 해다오."

아들은 당황해서 아무 말도 못했다. 나는 침착하게 대화에 끼어들었다.

"어머니께서 며칠 전에 수술받지 않으셨어요? 아직은 중환자실에 계실 텐데 전화가 되나요?"

아들은 엷은 미소를 지어보였다.

"그래요. 아직은 전화가 안 돼요. 주치의 선생님 말씀으로는 어머니 연세가 있으셔서서 몇 달간 중환자실 신세를 지셔야 한대요. 대신 제가 매일 꼬박꼬박 면회를 가고 있으니 아버지 말씀은 제가 전해드릴게요. 그리고 어머니 말씀도 아버지게 전해드리고요.”

“참 아쉽네. 그럼 나도 면회를 가면 안 될까?”

나는 다시 한 번 대화에 끼어들었다.

“어르신, 지금 몸으로 중환자실에 갔다가는 할머니 옆에 입원 하시게 돼요! 할머닐 만나는 것은 체력을 회복한 뒤에 하셔도 되 잖아요. 조금만 기다리세요.”

“그럼 할 수 없지 뭐…….”

할아버지는 많이 실망하는 표정이었다.

이후 할아버지의 건강은 악화되어 갔다. 숨이 차서 고통스러 워하셨고, 정신도 오락가락하셨다. 아들은 묵묵히 아버지의 곁 을 지켰다. 할아버지가 잠깐 정신이 들었을 때, 있는 힘을 다해 아들에게 이야기했다.

“나 이제 가야 할 것 같다. 너하고 네 어머니한테는 고맙고도

미안하구나. 그런데 내가 죽더라도, 네 어머니가 퇴원할 때까지는 나 죽었다는 이야기를 하면 안 된다. 네 어머니는 심장이 약해서 놀라지 않도록 해야 돼. 내가 죽었다는 사실을 알면, 네 어머니도 나를 따라올까 봐 걱정이 되는구나."

아들은 고개를 숙이고 아무 말도 하지 못했다. 아들의 두 눈에는 눈물이 떨어지고 있었다.

며칠 뒤, 할아버지는 숨을 거두셨다. 할아버지와 할머니, 두 분은 저 먼 곳, 어딘가에서 다시 만나셨을 것이다. 그리고 이제는 영원히 헤어지지 않아도 될 것이다. 서로가 서로에게 너무나 소중한 사람이었기에, 저 먼 곳에서도 행복하실 것이다. 그리고 나는 믿는다. 두 분의 사랑은 세상에서 가장 부러운 사랑이라고……

좋을 때만 좋은 것이
과연 좋을까

다음 세 가지는, 다음 세 가지 경우에만 알 수 있다. 용기, 그것은 전쟁터에서만 알아볼 수 있다. 지혜, 그것은 분노에 사로잡혔을 때만 알아볼 수 있다. 우정, 그것은 곤궁할 때만 알아볼 수 있다.
에머슨

옛날, 중국에 왕랑과 화흠이라는 사람이 배를 타고 피난을 가고 있었다. 한참을 가다보니 뭍에서 어떤 사람이 손을 흔들고 있었다. 뭍 근처에 가보니 그 나그네가 자신도 배에 태워달라고 부탁하였다. 왕랑은 화흠에게 말했다. "배도 넓은데 태워주도록 하지." 화흠은 곤란한 표정을 지었다. 그러나 왕랑은 나그네를 배에 태워주었다.

세 사람이 함께 배를 타고 가는데, 갑자기 도적 떼가 나타나 배를 타고 쫓아왔다. 있는 힘을 다해 도망치려 하였으나 도적 떼와의 거리는 좁혀지고 다급한 상황이 되어갔다.

왕랑은 나그네에게 말했다. "배가 무거워서 도망치기가 힘들게 되었소. 당신 때문에 우리까지 도적떼에게 붙잡히게 생겼으니, 당장 내려주시오." 나그네는 당황해서 사정했다. "아이고 나으리, 강 한가운데서 내리라고 하시면 저는 어떻게 하란 말씀이십니까?" 그러나 왕랑은 막무가내였다. "그건 당신 사정이고……. 우리가 당신 때문에 피해를 볼 수는 없으니 당장 내리시오."

옆에서 이를 보던 화흠이 왕랑을 말렸다.

"이런 일이 있을까봐 걱정스러워서 이분을 태울 때 내가 곤란해 했던 것이네. 하지만 이 지경에 당장 내리라고 하면, 이분은 어쩌란 말인가? 기왕 이렇게 된 것, 함께 힘을 합쳐 이 위험을 벗어나도록 하세."

셋은 힘을 합쳐 배를 저어 도둑떼로부터 도망칠 수 있었다.

『세설신어世說新語』에 나오는 이야기이다. 좋을 때만 좋은 것은, 좋은 것이 아닐 수도 있다.

어느 날, 50대 중반의 남자 환자 고순달 씨가 진료실을 찾았다. 순달 씨는 처음 진료실을 방문한 환자였다. 그런데 내가 놀라서 바라본 분은 보호자로 함께 온 김봉구 씨였다. 봉구 씨는 가끔 진료실을 방문한 적이 있어 잘 알고 있는 분이었다. 봉구 씨는 50대 초반으로, 뇌성마비를 앓고 있어 어릴 적부터 몸이 불편한 분이라 말이 어눌했다. 도대체 누가 누구를 보호한단 말인가? 의아한 광경에 입이 벌어졌다.

순달 씨는 빙그레 웃으면서 의자에 앉았다.

"어디가 불편해서 오셨습니까?"

"아무 곳도 불편하지 않습니다."

나는 다시 한 번 당황했다.

"아니 그래도 불편한 곳이 있지 않으신지……."

"아니요. 불편한 곳은 없습니다."

단호한 대답이었다.

"그럼 왜 병원에 오신건가요?"

"그게……. 동생이 오자고 해서……."

옆에서 바라보고 있던 봉구 씨는 답답했던지, 자신이 설명하기 시작했다.

"새, 새, 생활 보호 대, 대상자가 되려면, 벼, 병원에 가서 지, 지, 진단서를 바, 바, 받아 오, 오라고 해서……."

봉구 씨는 어렵게 말을 이어갔다.

이야기를 들어보니, 자신은 이미 생활보호대상자로 지정이 되어 국가의 도움을 받고 있는데 순달 씨도 도움을 받을 수 있도록 했으면 좋겠다는 것이었다. 그래서 동사무소에 갔더니 병원의 진단서가 필요하다고 하여 왔다는 것이다.

"만약 질병이 발견된다면 질병에 대한 진단서를 끊어드릴 수 있습니다. 그러나 없는 질병에 대한 진단서는 끊어드릴 수 없습니다. 과거에 다른 병이 없었습니까?"

"예, 없습니다."

너무나 당당한 대답에 나는 점점 혼란스러워졌다. 보통은 이런 경우에 진단서를 끊기 위해서 여러 가지 증상을 장황하게 설명하기 마련이다. 그런데 아무런 병이 없다니?

"우선 피검사를 비롯한 몇 가지 검사를 하겠습니다. 검사 결과는 내일 말씀드릴 것이고, 이상이 있으면 진단서를 끊어드리겠습니다."

다음 날 검사 결과가 나왔다. 지극히 정상이었다.

봉구 씨와 순달 씨에게 검사 결과를 설명드리고 진단서를 끊어드릴 수가 없다고 말했다. 봉구 씨는 적잖이 실망했다. 그러나 순달 씨는 빙글빙글 웃기만 했다. 두 사람의 태도도 이상하고 상황이 이해되지 않아 봉구 씨에게 자초지종을 설명해 달라고 했다.

"선생님은 바, 바, 바쁘신데……. 우, 우리 같은 사람들이 시간을 빼, 뺏으면…….."

마침 진료시간이 끝나고 점심시간이 되어 병원 식구들에게 먼저 식사를 하라고 이야기한 뒤, 봉구 씨 이야기를 들어보기로 했다. 봉구 씨는 더듬더듬 이야기를 시작했다.

봉구 씨는 어려서부터 뇌성마비로 몸이 불편했다고 한다. 설상가상으로 부모님마저 일찍 돌아가셔서 어려서부터 여러 기관의 보호를 받았고 성인이 되어서는 허드렛일을 하면서 근근이 살아오신 분이었다. 그러나 나이가 들자 그런 허드렛일감도 구하기 힘들어졌다. 봉구 씨는 밥벌이를 할 수 없었고, 굶주림에 지쳐가고 있었다. 그때 어느 자선단체에서 손을 내밀어주어 보호시설에 들어갈 수 있었다. 봉구 씨와 순달 씨는 그 보호시설에서 만난 사이였다.

처음에 보호시설에 들어갔을 때는 너무나 행복했다고 한다. 우선 굶지 않을 수 있었다. 그리고 비슷한 처지의 사람들과 함께 있으니 위로도 됐다. 무엇보다도 순달 씨와 함께 하는 것이 기뻤다고 했다. 봉구 씨도 순달 씨에 대해 아는 것은 별로 없었다. 그냥 노숙자였다가 보호시설로 온 분이라는 정도만 알고 있었고, 순달 씨의 과거는 딱히 알고 싶지 않았다. 말수는 적지만 항상 빙그레 웃고 있는 순달 씨의 모습은 마음의 위안이 되었다. 봉구 씨는 순달 씨를 형처럼 따랐고 순달 씨도 봉구 씨를 동생처럼 아껴주었다.

그러나 두 사람의 행복한 시간은 오래 가지 않았다. 보호시설에 동팔 씨가 들어오면서부터 악몽이 시작되었다. 동팔 씨는 덩치가 크고 인상도 험악했다. 거기다 교활하기까지 했다. 그는 보호시설에 들어오자마자 이제부터는 자신이 대장이니 자신의 말에 절대 복종하라고 으름장을 놓았다. 봉구 씨는 '비슷한 처지인데 저 사람 왜 저러나' 하고 이상하게 생각했다. 동팔 씨의 말은 곧 현실이 되었다. 그의 말에 복종하지 않는 사람은 무자비한 폭행에 시달려야 했다. 보호기관에는 관리자도 있었고 자원봉사자도 있었지만 아무도 동팔 씨의 행동을 알릴 수가 없었다. 보복이 두려웠기 때문이다. 자원봉사자 앞에서 선량한 척을 하는 동팔 씨였기에, 아무도 그를 나쁜 사람이라고 의심하지 않았다.

동팔 씨는 보호시설 내에서 왕이 되었다. 화장실도 동팔 씨가 사용하는 동안에는 노크를 할 수 없었다. 혹시 누군가에게 돈이 생기면 100원이든 1,000원이든 모두 빼앗겼다. 저항하는 사람에게는 무자비한 폭력이 돌아갔다. 간식을 받아도 모두 바쳐야 했다. 동팔 씨는 자신이 먹고 싶은 만큼 먹고, 남은 것은 자신의 마음에 드는 사람들에게만 주었다. 이 역시 따르지 않으면 폭행을 감수해야 했다. 사정이 이렇다 보니 힘 있는 동팔 씨에게 기생하며 자신보다 더 힘없는 사람을 괴롭히는 사람들마저 생겨났다. 봉구 씨는 저항하고 싶었지만 뇌성마비의 불편한 몸으로 동팔 씨에게 덤빌 수는 없었다.

어느 날 보호시설에서 콜라를 나누어 주었다. 봉구 씨는 그 콜라를 정말 마시고 싶었다. 어쩌면 동팔 씨에 대한 반발심 때문이었는지도 모른다. 어쨌든 그 콜라만큼은 꼭 먹고 싶었다. 봉구 씨는 순달 씨를 데리고 외진 곳으로 갔다. 그리고 콜라를 따서 한 모금 마셨다. 그리고 남은 콜라를 순달 씨에게 건넸다. 순달 씨는 웃으면서 고개를 저었다. 그 콜라는 봉구 씨 혼자 다 마셨다.

그날 저녁 일이 터지고 말았다. 상납(?)된 콜라의 개수를 세던 동팔 씨가 콜라 한 병이 모자란다는 사실을 알아차린 것이다.

"야, 어떤 새끼야! 어떤 새끼가 내 허락도 없이 콜라를 처먹은 거야!"

모두 두려움에 숨을 죽이고 있었다. 봉구 씨는 심장이 터질 것 같았다.

"당장 안 나와?"

아무도 꼼짝하지 않았다.

"당장 안 나오면 단체로 맞는다. 당장 나와!"

그때 순달 씨가 앞으로 나갔다.

"내가 먹었어. 아까 목이 말라서……."

동팔 씨는 음흉한 웃음을 지으면서 말했다.

"이 병신 새끼가 정신을 못 차렸구만! 내가 오늘 정신 차리도록 해주지!"

그리고 가혹한 구타가 가해졌다. 봉구 씨는 말리고 싶었지만 용기가 없었다. 그냥 비겁하게, 자기 대신 순달 씨가 구타당하는 것을 바라보기만 했다. 순달 씨는 정신없이 두들겨 맞으면서도 봉구 씨를 향해 빙그레 웃었다.

모두가 잠든 시간, 봉구 씨는 순달 씨에게 다가가서 귓속말로 물었다.

"혀, 혀, 형 아까 왜 그, 그, 그랬어?"

순달 씨는 평소같이 빙글빙글 웃으며 말했다.

"나는 동생이 아픈 게 싫어."

봉구 씨의 가슴이 미어졌다.

"혀, 혀, 형은 내, 내, 내가 미, 미, 밉지 않아?"

"아니, 나는 동생이 좋아."

봉구 씨의 눈에서 눈물이 흘렀다.

"나도 형이 좋아."

며칠 뒤, 둘은 함께 보호시설을 나왔다. 보호시설 원장님께 동팔 씨의 만행에 대해서도 알렸다. 원장님은 자신의 시설에서 일어난 일을 믿지 못하시다가 나중에는 눈물을 흘리며 온몸을 떨었다고 한다. 그 후 보호시설에서 어떤 조치가 있었는지는 알지 못한다. 어쨌든 봉구 씨와 순달 씨는 미련 없이 보호시설을 떠났다.

그러나 세상은 보호시설보다 더 차가운 곳이었다. 일자리를 구하는 것은 하늘의 별 따기였다. 다행히 주변 분들의 도움으로 봉구 씨는 생활보호대상자가 될 수 있었다. 원래 장애가 있었기에 심사 과정이 어렵지는 않았던 모양이다. 두 사람이 함께 기거할 쪽방도 구했다. 그러나 한 명에게 지급되는 보조금으로 두 사람의 배를 채우기는 힘들었다. 그래서 일을 해야 했다. 마땅히 일자리를 구할 수 없었던 둘은 폐지를 모으기 시작했다. 그런데 보호시설에서 알지 못했던 순달 씨의 문제점이 나타났다.

집을 나가면 길을 잃어버려서 다시 찾아오지를 못하는 것이었다. 처음에는 길눈이 어두워서 그러려니 생각했다. 그러나 순달 씨는 단 한 번도 집을 찾아오지 못했다. 폐지 모으는 일이 끝나면 봉구 씨는 불편한 몸을 이끌고 순달 씨를 찾아 밤새 동네를 헤매야 했다. 한 번은 이런 일이 있었다고 한다. 일을 마치고 집에 돌아와보니 역시 순달 씨는 집에 없었다. 봉구 씨는 순달 씨를 찾아 다시 길을 나섰다. 그런데 그날은 동네를 아무리 뒤져도 찾을 수가 없었다. 하는 수 없이 옆 동네를 찾아 헤매다 새벽녘에 골목길에 쪼그리고 앉아있는 순달 씨를 발견했다.

"형! 여, 여, 여기서 뭘 하, 하고 있는 거야?"

순달 씨는 고개를 번쩍 들더니 반가운 표정으로 봉구 씨에게 달려왔다.

"동생, 이거……."

순달 씨는 품안에서 뜨뜻해진 콜라를 꺼내어서 봉구 씨에게 주었다.

"동생 이거 좋아하잖아!"

순달 씨는 폐지를 팔아 번 돈으로 봉구 씨에게 콜라를 사다주려고 하다가 길을 잃은 것이었다.

봉구 씨는 더 이상 순달 씨가 일을 하지 못하게 했다. 이러다 순달 씨를 잃어버릴까 봐 걱정이 되었던 것이다. 순달 씨를 집에만 있으라고 한 뒤, 성치 않은 몸으로 혼자 폐지를 모으러 다녔다. 그러니 아무리 열심히 일해도 배고픔을 피할 수 없었다. 뇌성마비의 봉구 씨가 정신 지체의 순달 씨를 먹여 살리고 있는 셈이었다. 이런 생활을 벌써 4~5년째 해오고 있다고 했다. 주변 분들도 보기에 딱했는지 순달 씨도 생활보호대상자가 될 수 있는지 알아보라고 귀띔을 해줬다고 한다. 그래서 동사무소와 병원을 찾게 된 것이었다.

이야기를 마친 봉구 씨의 눈에도 내 눈에도 눈물이 고이기 시작했다.

그러나 감상에 젖어 있을 수만도 없었다. 봉구 씨의 말대로라면 순달 씨는 심각한 정신지체가 의심되었다. 환자의 정신지체를 밝혀서 국가의 도움을 받도록 해주는 것이 내 도리이다. 그런데 정신 지체에 대한 전문적인 진단은 신경과나 정신과 의사의 몫이다. 그래도 일단 간단한 검사를 해보았다.

"순달님, 100빼기 7은 얼마죠?"

순달 씨는 한참 고민하더니

"글쎄요, 잘 모르겠네요."라고 했다.

옆에 있던 봉구 씨가 답답한지 자신이 나서려고 했다.

"아이, 혀엉! 선생님이 물으시는데 저, 저, 정신 좀 차려! 93이잖아!"

그리고 예의 바르게 말했다.

"혀, 혀, 형이 저, 저, 정신이 없는 모, 모, 모양이에요. 제, 제가 대신할게요."

나는 웃으면서 계산이 필요한 것이 아니라, 순달 씨를 검사하는 것이라고 했다. 몇 가지 간단한 검사에서 순달 씨는 아무 대답도 못했다. 나는 동사무소에 전화를 걸었다.

"저는 내과 의사입니다. 고순달님이라고 생활보호대상자 신청하신 분 때문에 전화를 드렸습니다."

"아! 예! 김봉구님과 함께 다니시는 분 말이죠!"

담당자는 다행히 순달 씨를 잘 알고 있었다.

"예, 맞습니다."

"그분 혹시 특별한 병 같은 것은 없나요?"

담당자가 오히려 관심을 가지고 내게 물어왔다.

"내과적으로는 이상을 발견하지 못했습니다만 정신지체가 있을 가능성이 있습니다."

"그러면 정신지체에 대한 진단서를 끊어주시면 안 되나요?"

나는 현재의 상황을 자세히 설명했다.

"저는 내과 의사입니다. 정신지체에 대한 진단서를 받으려면 정신과나 신경과 의사의 전문적 진단이 필요합니다. 그런데 한 가지 문제가 있습니다. 스스로 병원을 찾아가서 진단서를 받을 정도의 사람이라면, 이 사람은 이미 정신지체가 아닐 것입니다. 결국 정신지체에 대한 진단을 받으려면 보호자의 도움이 필요한데……. 안타깝게도 고순달 씨의 보호자라고 할 수 있는 분은 김봉구님 뿐입니다. 고순달 씨의 경우, 만약 장애가 있다 하더라도, 이를 증명할 수 있는 진단의 기회조차 가질 수 없는 형편입니다."

"김봉구 씨에게만 맡겨 놓기가 좀 그렇죠?"

심각한 어조로 답한 담당자는 잠시 고민을 하는 듯하더니 이어 말했다.

"그러면 진료의뢰서를 좀 끊어주세요. 가정간호사 제도를 통해 시립병원에 의뢰를 해서 진단을 받으실 수 있도록 해보겠습니다."

"감사합니다. 그러면 진료의뢰서를 적어서 동사무소를 방문하도록 하겠습니다."

"감사는 저희가 드려야죠!"

담당자가 웃으면서 대답했다.

나는 봉구 씨에게 진료의뢰서를 쥐어주고 동사무소를 방문하라고 했다. 봉구 씨는 참았던 눈물을 터뜨렸다.

"고, 고, 고맙습니다."

나는 괜히 멋쩍어졌다.

"고맙기는요! 정말 고마워해야할 분은 동사무소에 계십니다."

두 분이 진료실을 나가자 점심시간이 끝났다. 점심을 굶었는데도 왠지 모르게 배가 불렀다.

며칠 뒤 봉구 씨와 순달 씨가 다시 병원을 찾았다. 동사무소의 도움으로 진단도 받고 생활보호대상자가 될 수 있었다고 한다.

"이, 이, 이제는 해, 행복하게 살 수 이, 이, 있을 것 같습니다."

봉구 씨도 순달 씨도 환하게 웃었다.

날이 갈수록 세상 사람들이 영악해져간다. 사람들은 세상의 모든 일을 '이익'과 '손해'로 나누어서 계산한다. 어처구니없게도 이러한 계산을 '생각'이라고 부른다. 그래서 손익을 따지지 못하는 사람은 '아무 생각이 없는 사람'으로 놀림당한다.

똑똑한 사람들은 생각이 많다. 업무에서뿐만 아니라 인간관계 대해서도 쉴 새 없이 생각한다. 그런데 생각이 많을수록 우정에는 금이 간다. 생각이 많은 사람의 우정은 곤궁할 때 유지될 수 없기 때문이다. 성공한 사람이 외롭고 고독한 것은 생각이 너무 많기 때문은 아닐까?

반면에 부족한 사람들의 우정은 진실로 아름답다. 아무런 생각도 계산도 없는 우정이기 때문이다. 그래서 좋을 때든 곤궁할 때든 변함이 없다. 부족한 사람들은 가난하게 살지언정 외로운 삶을 살지는 않는다. 그렇게 서로에게 기대어 살 수 있기에 모진 세상을 함께 이겨낼 수 있는 것이다.

말다툼과
싸움이 있는 사랑

결혼은 기나긴 대화이다. 자주 있는 말다툼이 거기에 색상을 부여한다. **로버트 루이스 스티븐슨**

물과 생명의 탄생에 관한 북유럽 신화 한 토막을 소개할까 한다.

신화는 태초의 황량한 세상에서 시작된다. 세상의 북쪽 끝에는 니펠헤임이라는 나라가 있었다. 1년 내내 세찬 눈보라가 몰아치고 모든 것이 얼어붙어 있는 얼음의 나라였다. 이곳에는 그 어떤 생명도 살 수 없었다. 반대로 남쪽 끝에는 불의 나라 무스펠헤임이 있었다. 이곳은 1년 내내 불꽃이 타올라서 모든 것을 태워버렸다. 이곳 역시 생명이 있을 수 없었다. 세상은 수천 년 동안 아무런 변화도 없이 이어졌다. 그런데 어느 날, 무스펠헤임의 불꽃이 갑자기 세차게 타오르기 시작했다. 온 세상을 집어 삼킬 기세였다. 뜨거운 열기는 니펠헤임까지 전달되었다. 니펠헤임의 빙산이 녹아내리기 시작했다. 녹아내린 물방울들은 아래로 흘러갔다. 시간이 지나자, 니펠헤임과 무스펠헤임 사이에는 큰 강이 생겼다. 이 강에서 생명이 탄생했다고 한다.

흔히 대립을 이루는 것은 함께 존재할 수 없다고 생각한다. 빛과 어둠이 함께 할 수 없고, 선과 악이 함께 할 수 없고, 천국과 지옥이 함께 할 수 없다고 믿는다. 불과 얼음도 마찬가지이다. 불과 얼음이 함께하면 불이 얼음을 모두 녹여버리거나, 얼음에서 녹은 물이 불을 꺼버리거나 둘 중 하나이다. 공존할 수 없는 두 존재가 만난다는 것은 한쪽의 파멸을 동반하기에 무척 두려운 일일 수밖에 없다.

그러나 북유럽 신화에서는 다르다. 공존할 수 없는 두 존재, 얼음과 불이 충돌했지만 둘 다 파멸하지 않았다. 대립된 두 존재의 충돌은 오히려 '생명의 창조'라는 위대한 결실을 낳는다.

사랑과 다툼은 분명 대립되는 감정이다. 그래서 많은 사람들이 사랑과 다툼은 함께 할 수 없는 것이라고 믿는다. 그렇지만 둘은 정말 함께 할 수 없는 것일까? 북유럽 신화에서처럼 대립이 위대한 창조를 만들어 낼 수는 없는 것일까?

조수진 씨는 30대 초반의 결혼 3년차 주부였다.

"아무런 이유 없이 눈이 뻑뻑하고, 자꾸 뭔가 들어간 것처럼 불편해요. 왜 이런 거죠?"

수진 씨는 안구건조증xerophthalmia이 의심되었다.

눈물은 안구의 보호에 중요한 역할을 한다. 우선 세균이나 먼지 등을 씻어내 질병을 예방한다. 이뿐만 아니라 눈꺼풀은 우리가 모르는 사이에 수없이 열렸다 닫혔다를 반복하는데, 이때 윤활유 역할을 하는 것도 눈물이다. 눈물의 분비가 줄어들면, 이러한 기능에 장애가 생긴다. 눈이 뻑뻑하고 충혈되며 모래알이 들어가 있는 것 같은 이물감을 느끼게 되는데, 이를 '안구건조증'이라 부른다. 눈곱이 잘 끼고 눈이 쉽게 피로해지는 불편함도 생긴다. 안구건조증의 원인으로는 지나치게 건조한 주변 공기와 비타민A 부족 등이 거론된다. 노화와 당뇨 같은 전신질환에서도 이 증상이 발생할 수 있다. 그러나 무엇보다도 중요한 원인은 스트레스이다.

수진 씨에게 안구건조증에 대해서 설명하고 안과 진료를 권유했다. 그러자 수진 씨는 혼잣말로 중얼거렸다.

"스트레스 때문이었군요."

"무슨 스트레스 받는 일 있으세요?"

"최근 남편과 갈등이 심해지면서 증상이 생긴 것 같거든요."

남편은 호방한 성격이고, 연애할 적에는 그런 남편의 성격이 너무 좋았다고 했다. 수진 씨 아버지는 속된 말로 하면 '쫀쫀한 남자'였다. 가계부 검사는 기본이었고, 사람이 없는 방에 불이 켜져 있거나 냉장고 문을 오래 열어두면 불호령이 떨어졌다. 이런 아버지 밑에서 자란 수진 씨는 대범한 남자를 동경했다. 그리고 지인의 소개로 남편을 만나서 결혼했다. "대범한 남자와 살면 행복할 거라고만 생각했는데, 현실은 아니더군요." 수진 씨는 기운 없는 목소리로 말했다. 친구가 많았던 남편은 허구한 날 술을 마셔댔다. 가정에는 별 관심이 없고, 밖으로만 나돌았다. 가계는 적자인데 전혀 신경 쓰지 않았다. 화가 나서 바가지도 긁어보고 부부싸움도 몇 차례 했지만 바뀌지 않았다. 그런 남편이 힘들었지만 사실 못 참을 정도는 아니었다.

그런데 최근, 남편 주변에 한 여자가 나타났다. 남편 회사의 거래처에서 근무하는 올드미스인 A씨였다. 남편은 아무렇지도 않게 A씨와 저녁 식사를 하고 맥주도 한 잔씩 했다. 별일 아니라고 넘길 수도 있었지만 수진 씨의 마음 한 구석은 부글부글 끓어올랐다. "저는 생활에 쪼들려서 남편과 외식을 해본 것이 언제인지, 남편과 맥주 한 잔을 해본 것이 언제인지 기억도 안 나요." 가끔은 집으로도 A씨의 전화가 걸려왔다. 그때마다 남편은 정말 친절하게 전화를 받았다. 자신이 전화 했을 때 '근무 중이야. 끊어.' 한마디만 하고 전화를 끊어버리던 남편의 목소리가 생각났다. 화가 나서 남편에게 불평을 했다. 그런데 남편은 오히려 화를 냈다. "내가 바람을 피우는 것도 아닌데 왜 그래? 나는 거래를 성사시키기 위해서 자존심도 버리고 뛰는데, 너는 왜 이해를 못해주니?" 수진 씨는 아무 대꾸도 하지 못했다. "저도 남편이 불륜을 저지른다고는 생각하지 않아요. 그렇지만 남편이 다른 여자에게 관심을 가지는 모습은 견딜 수가 없어요. 혹시 남편에게 벌써 권태기가 온 걸까요?"

부부간의 이야기는 남에게 쉽게 털어놓지 못하는 경우가 많다. 수진 씨가 이렇게까지 이야기하는 것을 보면 상당히 오랜 시간 괴로움을 참고 지내온 것이 분명했다.

"허! 3년 살고 권태기라니요? 아직 한참 멀었어요!"

"그래요? 선생님은 언제 권태기가 찾아왔나요?"

"권태기요? 솔직히 집사람은 느끼는지 모르겠는데, 저는 권태기를 느껴보지 못했어요."

"그렇게 금슬이 좋으세요?"

"그럴리가요. 맨날 싸우다 보니 권태기를 느낄 여유가 없어요. 신혼 시절에는 싸울 때 제가 많이 봐주었는데, 이제는 봐주지 않습니다."

"왜요?"

"이제는 봐주지 않고 최선을 다해서 싸워도, 제가 이길 수 없거든요."

수진 씨는 웃음을 터트렸다.

"그래도 두 분은 서로 사랑하니까 지금까지 잘 살고 계시잖아요. 연애하실 적의 추억을 떠올리면 어떤 생각이 드세요?"

"연애할 때 아내에게 쓴 편지를 얼마 전 읽어 봤는데 '내가 정신과 치료를 받아야 하는 건 아닌가?' 하는 생각이 들더군요."

"그렇게 말씀하셔도 선생님 가정이 화목하다는 건 느낄 수가 있어요."

"그런가요? 옛날, 제가 존경하던 선생님께서 회진 중에 이런 질문을 하셨어요. '여자가 임신을 하면 어떤 장기臟器가 가장 무거워 질 것 같은가?' 저는 의학적인 지식으로 대답했습니다. '우선 자궁이 무거워질 것이고, 혈액량이 많아지니까 심장 혈관계의 무게가 무거워 질 것 같습니다.' 그랬더니 선생님께서 혀를 차면서 말씀하시더군요. '아직 뭘 잘 모르는군. 여자가 임신을 하면 가장 무거워지는 장기는 간이야!' 나는 어리둥절했죠. '간이요? 임신을 했는데, 왜 간이 무거워집니까?' 그랬더니 그러시더군요. '여자는 애가 생기면, 간땡이가 부어!' 저는 선생님의 가르침을 이제 이해합니다."

수진 씨는 다시 웃음이 터졌다. 나는 수진 씨의 웃음이 그치길 기다렸다가 이야기를 이어 갔다.

"부부싸움이란 서로 상대의 자존심을 잔인하게 구겨버리는 싸움입니다. 아무리 사랑하는 부부라도 싸움은 피할 수가 없죠. 그리고 싸우는 동안만큼은 서로가 서로를 증오해요. 어떻게 사랑과 증오가 함께 할 수 있냐고요? 함께 할 수 있습니다. 그렇게 사랑과 증오가 함께 하면서 차곡차곡 쌓인 사랑이 '진짜 사랑'이에요. 이렇게 지지고, 볶고, 싸워가는 과정 중에서 생긴 사랑, 행복한 순간만을 함께 한 사랑이 아니라 불행한 시간과 고통스런 시간을 함께 한 사랑이 '진짜 사랑'이죠. 수진 씨도 부군夫君도 사랑이 식어버린 것이 아닙니다. 지금은 두 사람이 '진짜 사랑'을 만들어가고 있는 거죠."

수진 씨의 표정은 한결 편해져 있었다.

"진짜 사랑을 하면 상대를 어떻게 느끼게 되나요? 선생님은 사모님을 어떤 분이라고 생각하세요?"

"글쎄요? 저도 아직 지지고, 볶고, 싸워가는 과정이라서 잘은 모르겠는데……. 음……. 아무래도 아내는 저의 가장 좋은 '친구'인 것 같습니다. 언제나 마음으로 의지할 수 있고, 마음 속 깊은 이야기를 털어놓을 수 있는 친구요."

"감사합니다."

이렇게 수진 씨의 진료를 끝냈다. 문을 열고 나가는 수진 씨의 입가에는 살짝 미소가 걸려 있었다.

사랑에는 여러 가지 종류가 있다. 항상 베풀어 주는 무조건적인 사랑을 '아가페적인 사랑'이라고 하고, 육체적이고 성적인 사랑을 '에로스적인 사랑'이라고 한다. 부모와 자식 간의 사랑은 '스토르게', 친구 간의 우정은 '필리아', 그리고 정신적인 사랑은 '플라토닉 러브'라고 한다. 세상에는 이렇게도 많은 사랑이 존재하고, 우리는 이런 수많은 사랑들 속에서 살아간다. 이중에서 아가페는 신神적인 사랑이고, 나머지는 인간의 사랑이다. 인간의 사랑은 아가페처럼 절대 선善일 수도 없고, 완전히 순수하지도 않다. 하지만 인간의 사랑 역시 아름답다. 그리고 인간의 사랑은 완전한 순수함으로 만들어지는 것이 아니라 대립과 갈등을 겪으며 깎이고 다져져서 만들어진다. 연인의 사랑도 정신적 사랑도 부모 자식 간의 사랑도 모두 지지고 볶고 싸워가면서 차곡차곡 쌓아가는 것이다. 그것이 인간의 '진짜 사랑'이다.

고난이
지혜를 낳는다

신은 슬픔을 통하여 우리의 지혜를 깊게 한다. 고뇌와 슬픔은 책에서는 얻을 수 없는 지혜의
편린을 얻도록 해준다.　　　　　　　　　　　　　　　　　　　　　　　　　　　**고골리**

메소포타미아 신화에는 인간의 운명에 관한 재미있는 이야기가
전해 온다.

　신들이 최초의 인간을 만든 걸 축하하기 위해 축제를 열었다.
그런데 이 축제의 장에서 두 신이 싸우게 되었다. 인간의 출산을
담당하기로 한 '아루루' 여신이 술에 취해, 인간을 최초로 만들
어 낸 지혜의 신 '에아'를 도발한 것이다.

　"인간의 운명은 내가 지배해요. 알아요? 내가 정한 인간의 운
명은 에아 당신이 아무리 애를 써도 바꿀 수가 없단 말입니다.

어떻게, 한번 겨루어 볼 거예요?"

그렇게 운명의 신 아루루와 지혜의 신 에아의 대결이 시작되었다.

아루루는 손을 편 채로 구부릴 수 없는 남자를 만들었다. 비참한 운명을 살아야 할 사람이었지만, 에아는 그에게 지혜를 주어 왕을 모시게 만들었다. 두 번째로 아루루는 장님을 만들었다. 에아는 그에게 노래를 가르쳐 훌륭한 가수를 만들었다. 세 번째로 아루루는 다리를 절룩거리는 남자를 만들었다. 다리에 힘이 없었지만, 에아는 그의 팔 힘을 길러줘 대장장이가 되도록 만들었다. 네 번째로 아루루는 멍청한 사람을 만들었다. 에아는 그 멍청이를 왕실의 어릿광대로 만들었다. 마지막으로 아루루는 아이를 낳을 수 없는 여자를 만들었다. 에아는 이 여자를 왕실에서 베를 짜는 여인으로 만들었다.

인간은 태어나면서부터 재능을 타고 나고, 정해진 운명을 가진 채 태어난다고 생각한다. 그러나 그러한 재능과 운명까지도 이겨낼 수 있는 것이 바로 지혜이다.

유정이는 미술대학에 다니는 20대 초반의 학생이었다. 가끔 병원을 찾았고, 예쁘고 똑똑한데다가 예의까지 발라 기억에 남는 환자였다. 그런데 최근 들어서 생긴 심한 두통으로 병원을 찾았다.

"오른쪽 머리가 너무 심하게 아파요. 무엇인가 펄쩍펄쩍 뛰는 것 같기도 하고, 누군가가 콱콱 쑤시는 것 같기도 해요. 일단 두통이 시작되면, 너무 아파서 아무것도 할 수가 없어요. 두통약을 사먹어도 효과가 없어요. 시간이 좀 지나면 괜찮아지는데, 최근에는 너무 자주 아파요. 어떻게 해야 하죠?"

　두통을 일으키는 질환은 여러 가지가 있다. 우선 감기 같이 열이 나는 감염성 질환은 대부분 두통을 동반한다. 뇌출혈이나 뇌종양도 심한 두통이 발생한다. 이렇게 원인이 뚜렷한 경우도 있지만, 원인을 명확하게 알 수 없는 두통도 있다. 이러한 두통을 '일차성 두통'이라 한다. 이 일차성 두통 중에서 가장 흔히 볼 수 있는 질환은 편두통인데 남성보다 젊은 여성에게 흔히 발생한다. 편두통은 대부분 머리의 한쪽 부분에서 발생하지만, 간혹 양쪽 머리가 모두 아픈 경우도 있다. 보통 맥박이 뛰듯이 욱신거리는 양상을 보이고, 육체적 활동에 따라 두통이 악화된다. 편두통은 일단 발생하면 일상생활에 지장을 줄 정도로 통증이 심해서 업무에 지장을 받거나 가사를 돌보지 못하는 경우가 많다. 보통 수 시간에서 하루 이틀 정도 통증이 지속된다. 또한 환자는 구역질과 구토를 호소하는 경우가 많고, 빛과 소리에 예민해져서 방에 커튼을 치거나, 핸드폰을 꺼두기까지 한다.
　편두통을 유발하는 가장 흔한 이유는 스트레스이다. 술도 편두통을 일으킬 수 있으며, 특히 적포도주가 많이 일으키는 것으로 알려져 있다. 초콜릿, 치즈, 오렌지 같은 음식도 편두통의 유발인자가 된다. 배고픔, 과도한 운동, 심한 피로도 피하는 것이 좋다. 잠이 부족하거나, 반대로 잠을 너무 많이 자는 경우에도 편두통이 발생할 수 있으며, 날씨나 기압의 변화도 영향을 미친다. 편두통은 비교적 흔한 질환이지만 다른 질환이 두통을 일으킬 수 있으니 두통이 심한 사람은 신경과를 방문하여 정밀 검사를 받아 보는 것이 좋다.

편두통에 대해서 설명하자 유정이는 고개를 끄덕였다.
"사실은 고민이 많아요."
유정이는 어려서부터 예쁘고 공부를 잘해서 주위로부터 약대나 의대를 가라는 권유를 많이 받았다고 한다. 그러나 유정이는 주위의 권유를 뿌리치고 명문대 미대에 입학했다.
1, 2학년 때까지만 해도 그럭저럭 즐거운 대학 생활을 보냈다. 그런데 3학년이 되자 초조해지기 시작했다. 자신은 뛰어난 재능을 가지고 있다고 믿어 왔지만 대학에 와보니 자신 정도의 재능을 가진 사람은 흔했다. 열심히 그린 작품도 뛰어난 선배 그림 옆에 걸어 두면 너무 초라해보였다. "친구들이 전시회에 와서 그 선배 그림을 보고 멋지다고 하더군요. 그리고 제 그림이 어디 있느냐고 묻는 거예요. 머리가 텅 비는 것 같았어요. 제 그림은 선배 그림 바로 옆에 걸려 있었거든요. 제 작품은 눈에 들어오지도 않았던 거예요." 노력이 부족한 것은 아니었다. 하지만 도저히 넘을 수 없는 벽이 있는 것 같았다. "이제는 순수 예술가의 길

을 걸을 것인지, 취업의 길을 걸을 것인지를 결정해야 해요. 취업을 하려면 4학년 한 해 동안은 취업 준비를 해야 하거든요. 예술가의 길을 걷자니 재능이 부족한 것 같고, 취업의 길을 걷자니 화가의 꿈을 버려야 합니다. 제가 어리석었던 것 같아요. 고등학교 때 어머니께서는 의대를 가라고 하셨어요. 그림은 취미로 그리면 된다고요. 그렇지만 그림이 너무 좋았어요. 그림을 그리는 순간은 행복했거든요. 또 사람들이 제 그림을 보고 즐거워 해주는 것이 너무 좋아서, 한 평생 그림을 그리면서 살고 싶었죠. 화가로서 성공할 자신도 있었어요. 그래서 미대를 온 건데⋯⋯. 제가 그때 만약 의대를 갔다면 지금 이런 고민을 하지 않았겠죠?"

어떻게 보면 의대 생활은 무척 단순하다. 공부만 하면 되기 때문이다. 공부를 잘하는 방법 또한 간단하다. 남들이 놀 때 공부하고, 남들이 잘 때 공부하면 된다. 놀고 싶은 것을 참고, 잠을 참으면 누구나 공부를 잘할 수 있는 것이다. 그래서 의대 생활에서 필요한 것은 인내심밖에 없다. 그렇지만 창작과 예술의 과정은 다르다. 밤새 캔버스 앞에 앉아 있는다 해서 위대한 작품이 탄생하는 것은 아니며, 남들 놀 때 오선지 앞에 앉아 있다고 해서 아름다운 곡이 탄생하지는 않는다. 예술에는 또 다른 힘, 바로 '환상fantasy의 힘'이 필요하다. 유정이의 후회는 충분히 이해할 수 있었다.

환상의 힘은 어디서 나오는 것일까? 프로이트는 환상의 원동력은 충족되지 않는 소망이라고 했다. 마음속 깊은 곳 충족되지 않는 소망을 아름답게 가공한 것이 바로 예술이라는 것이다. 충족되지 않는 소망을 가졌다는 점에서 예술가와 신경증 환자는 비슷하다. 하지만 신경증 환자가 충족되지 않은 소망에 지배당할 때, 예술가는 충족되지 않은 소망을 지배한다는 점에서 차이가 있다. 그래서 프로이트는 '예술가는 현실의 실패자이지만, 환상의 성취자이다'라고 말했다. 어쩌면 훌륭한 예술가들은 현실에서 더 많은 고뇌에 시달린 사람이자 마음속 깊은 곳의 충족되지 않는 소망 때문에 더 많은 심적 갈등을 겪은 사람인지도 모른다. 마음속에 차곡차곡 쌓인 고뇌의 에너지가 화산처럼 폭발할 때, 예술가는 스스로의 혼을 작품에 담을 수 있을 것이다. 그리고 폭발하는 에너지를 아름다움으로 승화시킬 수 있는 능력은 타고난 재능이라기보다는 지혜다.

"의대를 가지 않은 게 후회되니?"

유정이는 머리를 숙인 채 고개를 끄덕였다.

"글쎄……. 의대를 갔다면 유정이가 더 행복했을지는 잘 모르겠다. 그렇지만 한 가지는 분명해. 만약 의대를 갔으면, 지금쯤 코피 나게 공부하고 있었을 거야. 그림 그릴 시간은 당연히 없고. 한 10년 정도 더 지나야 비로소 그림 그릴 시간이 생기겠지. 아마 의대를 갔어도 지금쯤 후회하고 있었을 것 같은데?"

유정이가 피식 웃었다.

"그렇겠네요."

"재미있는 이야기가 있는데 들어볼래?"

나는 아루루와 에아의 이야기를 해주었다.

"네가 훌륭한 화가가 될 수 있는지 실패할 것인지가 오로지 재능에 달려있다고 생각하지? 그건 잘못된 생각이야. 너한테는 재능보다는 지혜가 필요하다고 생각해. 그런 지혜는 고뇌 속에서 자라게 되는 거야. 선생님 생각에는 화가의 꿈을 간직할 수만 있다면, 유정이가 어떤 선택을 해도 상관없다고 생각해. 솔직히 항상 공부도 잘하고, 예의바르고, 예쁘기까지 한 부잣집 따님이 삶의 고뇌라는 주제에 대해서 진지한 고민을 해보았을 것 같지는 않구나. 하지만 지금부터는 어떤 길을 선택하든, 아마 고난의 연속일거야. 그리고 고난이 너에게 지혜를 선물할 거야."

유정이는 고개를 끄덕였다. 그리고 몇 차례 약을 투약하면서 두통 증상도 호전되었다.

그후 1년이 흘렀다. 밝은 모습의 유정이가 병원을 찾았다.

"선생님! 그간 안녕하셨어요?"

"그래. 별일 없었고?"

"네!"

유정이는 캔 커피 한 병과 초대장을 내밀었다.

"선생님. 저희 졸업 전시회를 하는데, 선생님께서 꼭 와주셨으면 해요."

날짜를 보니 중요한 약속이 줄줄이 잡혀 있는 시기라 도저히 갈 수가 없었다.

"이거 미안하구나. 그때쯤은 시간이 도저히 안 되겠네. 그런데 진로는 결정했어?"

"예. 취업하기로 했어요. 선생님 말씀 듣고 많이 생각했어요. 그러다 제가 너무나도 평탄한 길만 걸어 왔다는 사실을 알았어요. 그래서 용기를 가지고 세상과 부딪혀 보려구요. 물론 화가의 꿈을 버린 건 아니에요. 선생님께서 말씀하신 삶의 고뇌를 깨닫고 지혜를 얻을 때까지, 잠시 미뤄두기로 했어요."

"그래. 네가 직장생활을 하는 과정은 낭비가 아니야. 인생에서 낭비되는 시간이란 없어. 젊은 시절의 시간은 더욱 그렇지. 앞으로 힘들더라도, 그건 훌륭한 화가가 되는데 밑거름이 될 거야."

"고맙습니다. 제가 훌륭한 화가가 된다면 선생님 덕분이에요. 이번 전시 때는 그림을 못 보시겠지만, 제가 유명한 화가가 돼서 전시회 할 때는 꼭 와주셔야 해요!"

유정이는 해맑게 웃었다.

순탄한 삶을 살면 마음의 평화를 얻고 고뇌에 찬 삶을 살면 지혜를 얻는다. 두 가지 모두 얻지는 못하지만 적어도 한 가지는 얻을 수 있기에 우리 삶은 억울할 것이 없다. 삶이란 도대체 무엇일까? 나는 아직 답을 모른다. 하지만 그런 생각은 한다. 우리 삶은 예술작품이 아닐까 하는 생각. 마음속의 고통과 갈등이 오히려 아름다움을 만들어내는 거대한 예술작품 말이다.

트리플 악셀 점프 없는
김연아의 피겨

우리는 남들보다 더 행복하게 되기를 바란다. 그러나 남들보다 행복해지는 것은 어려운 일이
다. 왜냐하면 우리는 남들이 실제보다 더 행복하다고 믿기 때문이다.　　　　**몽테스키외**

트리플 악셀 점프는 공중에서 세 바퀴 반을 회전하고 착지하는
고난이도 기술로, 피겨 스케이팅에서 가장 힘든 기술 중 하나
이다.

　트리플 악셀 점프를 처음 선보인 사람은 캐나다의 남자 선수
번 테일러Vern Taylor였다. 그는 1978년 월드 피겨 스케이팅 챔피
언십World Figure Skating Championships에서 최초로 이 기술을 선보
였다. 그러나 번 테일러의 성공 이후에도 이 점프를 할 수 있는
선수는 그다지 많지 않았다. 엄청난 체력과 근육의 무리가 요구

되는 트리플 악셀 점프는 남자들에게도 힘든 기술이고, 여자는 아예 할 수 없다는 고정관념이 지배적이었다.

이 고정관념을 깬 선수가 일본의 이토 미도리 선수이다. 이토 미도리는 부단한 노력과 지옥 같은 훈련 끝에, 1988년 '그랑프리 NHK트로피 대회'에서 여자 선수로서 최초로 트리플 악셀 점프를 성공시켰다. 전 세계는 피겨 스케이팅에 불어 닥친 황색의 돌풍에 경악했다.

여자 선수로서 두 번째 트리플 악셀 점프를 성공시킨 선수는 미국의 토냐 하딩이다. 토냐 하딩은 91년 한 해에만 무려 4차례나 트리플 악셀 점프를 성공시키며 피겨 스케이팅 팬들을 열광시켰다.

1992년, 마침내 개최된 알베르빌 동계 올림픽! 세계의 이목은 트리플 악셀 점프를 성공시킨 두 선수, 이토 미도리와 토냐 하딩의 대결에 집중되었다. 그런데 경기가 끝나고 금메달을 목에 건 사람은 이토 미도리도, 토냐 하딩도 아니었다. 트리플 악셀 점프를 전혀 하지 못하는 일본계 미국인 선수, 크리스티 야마구치였다.

30대 후반의 남민수 씨는 가슴의 통증 때문에 내원했다. 혹시 심근경색 아닐까 하는 생각에 큰 병원에서 정밀검사를 했지만 아무런 이상이 없었다. 그래도 흉통이 지속되자 내시경을 포함한 여러 가지 검사를 받았는데, 역시 아무런 이상이 없었다. 병원에서는 신경성이므로 안정을 취하라고만 했다. 그러나 통증은 간간이 지속되었다.

"답답해요. 저는 아픈데, 병원에서는 이상이 없다고 하니 어떻게 하면 좋을까요? 제 심장은 정말 괜찮은 걸까요?"

협심증의 통증은 흉골의 아래 또는 약간 좌측에서 발생하며 뻐근하고 쥐어짜는 느낌, 조이는 느낌의 통증이 특징적이다. 주로 계단을 올라가는 등의 운동을 하거나 과도한 스트레스, 찬바람을 갑자기 쐬는 경우에 잘 생긴다. 간혹 새벽에 자다가 발생하는 변이형 협심증도 있으므로 주의가 필요하다. 생활이 서구화되면서 협심증과 같은 심혈관계 질환이 증가하는 추세라 많은 사람들이 가슴이 아프면 '협심증이 아닐까?' 하는 걱정을 한다. 그러나 흉통은 협심증에 의해서만 발생하는 것은 아니다. 식도염과 같은 소화기 질환, 갈비뼈의 골절과 같은 골격계 질환, 늑막염, 대상포진 같은 질환도 흉통을 일으키며, 이러한 질환 없이 스트레스가 극심할 때도 흉통이 발생할 수 있다.

나는 민수 씨에게 흉통에 대해서 설명했다.

"지금 말씀하신 내용으로 보아서 흉통에 관한 중요한 검사는 다 해보셨다고 봅니다. 너무 걱정하시지 않으셔도 될 것 같습니다. 심각한 질환은 아닐 것 같아요. 혹시 언제부터 아프기 시작하셨죠?"

"한 서너 달 전부터……."

"그때 혹시 특별한 일이 있으셨나요?"

"아니요. 그런데……"

민수 씨는 무언가 주저하고 있었다.

"걱정 마시고 말씀하세요."

민수 씨는 결심한 듯 이야기를 시작했다.

그는 뛰어난 인재였다. 명문대 법대를 4년 동안 장학금을 받으면서 다닐 정도로 줄곧 우수한 성적을 유지했었다. 판사가 꿈이었던 민수 씨는 사법고시에 도전했다. 그러나 어찌된 일인지, 1차 시험에 합격하고도 2차에서 번번이 무릎을 꿇었다. 집안 형편이 넉넉하지 않았던 민수 씨는 돈을 벌어야 했기에 결국 고시를 포기하고 평범한 회사원의 길로 접어들었다. 이후 결혼도 하고, 행복한 가정을 이루었다. 민수 씨는 회사에서 성실한 사원이었고, 집에서는 다정한 남편이자 훌륭한 아버지였다.

그러던 어느 주말, 민수 씨의 가족은 놀이동산에 놀러 갔다. 그런데 멀리서 누군가가 민수 씨의 이름을 불렀다. 돌아보니 함께 사법고시를 공부하던 친구였다. 너무 반가워서 친구의 손을 덥석 잡고는 서로 안부를 물어 보았다. 그런데 그 친구는 고시에 합격해서 변호사가 되어있었다. 친구 가족이 외제차를 타고 돌아가는 모습을 보면서 민수 씨는 가슴이 텅 빈 것 같았다고 했다.

"선생님은 학교 다닐 때 공부 잘하셨죠? 쑥스럽지만 저도 공부는 자신이 있었습니다. 그 친구의 실력은 절대로 저보다 위가 아니었어요. 집안 형편도 썩 좋지 않았구요. 하지만 이를 악물고

끈기 있게 버틴 친구는 꿈을 이루었고, 중간에 포기해버린 전 요 모양 요 꼴이네요. 시기심이나 질투심 때문에 괴로운 것이 아니에요. 하지만 사무치게 후회스럽고, 제가 너무나 초라하게 느껴져요."

"혹시 그때부터 가슴이 아프기 시작하셨나요."

나는 조심스럽게 물었다. 민수 씨는 고개를 푹 숙인 채 대답했다.

"그런 것 같아요. 선생님 같이 성공하신 분은 제 이야기가 우습게 들리시죠?"

"아니요! 우습다니요. 솔직히 저는 학교 다닐 때 공부를 썩 잘하는 학생은 아니었어요. 제 스스로 성공한 사람이라고 생각해본 적은 한 번도 없구요. 그리고 성공한 사람이든 성공하지 못한 사람이든 누구나 그런 경험은 해요. 저라고 그런 일이 없었겠어요?"

"선생님도?"

"그럼요. 저라고 특별한 사람이겠어요?"

"그럴 때는 어떻게 해야 하나요?"

"글쎄요. 사람마다 다르겠죠. 민수 씨의 경우에는 기억을 다시 한 번 더듬어 보는 게 좋을 것 같아요. 우선 눈을 한번 감아 보시겠어요?"

민수 씨는 착한 어린이처럼 내 말을 따랐다.

"그 친구를 만났던 순간을 머릿속에 떠올려보세요."

잠시 민수 씨에게 시간을 주었다. 그리고 다시 물었다.

"어떤 느낌이시죠?"

"글쎄요. 반가움, 그리고 후회, 좌절감……."

"네. 좋습니다. 그럼 그날 아침을 떠올려보세요. 민수 씨는 무엇을 하셨죠?"

"보통 휴일에는 늦잠을 자는데 그날은 일찍 일어났어요. 놀이동산에 갈 준비를 하려구요."

"부인은요?"

"머리를 감고 화장을 했습니다."

"아이들은요?"

"아이들은 신나게 옷을 입었어요. 둘째가 옷 입는 걸 첫째가 도와주었습니다. 아이들은 차를 타고 가면서 노래를 크게 불렀어요. '엄마, 아빠, 최고!'라며 좋아했죠. 아내는 옆에서 조용히 웃고 있었습니다."

"그때의 기분을 표현해보시겠어요."

잠시 침묵이 흘렀다. 그리고 입을 열었다.

"행복……. 행복합니다."

"예, 이제 눈을 뜨셔도 좋습니다."

민수 씨는 눈을 뜨고 말했다.

"무슨 말씀을 하시려는지 알 것 같습니다. 그 친구를 만나기 전까지만 해도 저는 행복한 사람이었네요."

나는 그냥 민수 씨를 보고 웃어주었다.

1992년 알베르빌 동계 올림픽에서 크리스티 야마구치 선수가 주인공이었다면, 2010년 밴쿠버 동계 올림픽에서는 김연아 선수가 주인공이 되었다. 김연아 선수도 그 당시에 트리플 악셀 점프를 할 수 없었지만, 트리플 악셀 점프를 구사했던 아사다 마오를 누르고 금메달을 목에 걸었다.

트리플 악셀 점프가 가장 점수가 높은 최고의 기술인 것만은 분명하다. 그래서 선수라면 누구나 탐낼 만한 선망의 대상이 된다. 하지만 피겨 스케이팅은 트리플 악셀 점프가 없어도 얼마든지 아름다울 수 있다는 사실을 김연아 선수와 크리스티 야마구치 선수는 보여주었다.

누구나 자신만이 꿈꾸는 세상이 있다. 그 세상이 너무 멀게 느껴져서 마음이 아플 때도 있다. 하지만 자신이 꿈꾸는 자리에 누군가 다른 사람이 있다는 사실이 '나의 불행'과 동의어로 쓰일 수 있을까? 나보다 나은 삶을 사는 누군가가 있다는 사실 때문에 나의 행복을 빼앗겨 버려야 하는 것일까?

가지지 못해도 우리의 삶은 얼마든지 아름다울 수 있다. 부족한 것이 많아도 얼마든지 행복해 질 수 있다. 트리플 악셀 점프 없이도 아름다운 김연아 선수의 연기처럼 말이다.

2장

생의 화두에
대하여

어느 대기업 이사의
불행

성공이 행복의 열쇠가 아니라, 행복이 성공의 열쇠이다.　　　　**알버트 슈바이처**

옛날, 중국에 주팽만이라는 사람이 살고 있었다. 그는 어려서부터 검술을 좋아했고, 검객으로 천하에 이름을 떨치고 싶어 했다. 어느 날 주팽만은 용을 벨 수 있는 검법인 '도룡검법'이 있다는 이야기를 들었다. 수소문 끝에 지리익이라는 사람이 도룡검법의 전수자라는 사실을 알아냈다. 주팽만은 지리익을 찾아가 무릎을 꿇었다. "전 재산을 바치겠습니다. 도룡검법을 가르쳐주십시오."

3년간의 피눈물 나는 노력 끝에, 주팽만은 마침내 도룡검법을 완전히 전수받았다. 그는 스승에게 큰 절을 한 뒤 하산하였다.

이제 한 푼도 없는 빈털터리였지만 주팽만은 가슴이 부풀었다. '나는 이제 세상에서 가장 강한 검객이다. 이제 용을 베고, 온 천하에 주팽만이라는 이름을 떨칠 것이다.'

그런데 아뿔싸! 이 일을 어떻게 하면 좋단 말인가! 세상을 아무리 뒤져도 용을 찾을 수가 없었다. 용이 없으니 도룡검법을 펼칠 기회도 없었다. 주팽만은 평생 용을 찾다가 거지 신세로 허무한 삶을 마감했다.

『장자』에 나오는 이야기를 재미있게 풀어 써보았다.

우리는 오늘도 각자의 목표를 향해 달린다. 그런데 목표를 이루면 행복해질까? 꼭 그렇지만은 않다. 때로는 우리가 그토록 애타게 쫓았던 목표가, 사실은 겉모양만 그럴싸한 허상일 수도 있다. 그리고 그 사실을 너무 늦게 깨달을 수도 있다.

유명 기업에서 근무하는 50대의 이재승 씨는 심한 피로감 때문에 병원을 찾았다.

"처음에는 나이 탓인가 생각했어요. 그런데 피곤하고 무기력해서 일을 하기가 힘들 정돕니다. 얼마 전까지만 해도 이렇지는 않았거든요. 원래 건강한 체질이라서, 무리를 하더라도 조금만 쉬면 쉽게 회복이 돼요. 그런데 언제부터인가 아무리 쉬어도 피곤합니다. 유명 종합병원에서 건강검진도 해보고, 진료도 받아봤는데 검사결과는 아무 이상이 없다는 이야기만 들었어요. 여전히 피곤한데……. 답답하네요."

의학적 검사에서 신체의 이상을 찾을 수 없는데도 6개월 이상 피로가 지속될 경우, 만성 피로 증후군chronic fatigue syndrome을 의심한다. 힘든 일을 하지 않는데도 불구하고 피로가 지속되고 휴식으로 피로가 해소되지 않으며, 직장이나 사회생활에서 피로로 인한 어려움을 겪는 경우가 많다. 환자들은 기억력과 집중력 장애 때문에 힘들어 하고, 잠을 자도 잔 것 같지 않다고 고통을 호소한다. 관절통이나 두통, 간혹 인후통을 동반하는 경우도 있다. 만성 피로 증후군의 원인은 아직 확실히 밝혀지지 않았지만, 여러 가지 가설이 있다. 특수한 바이러스 감염에 의한 것이라는 가설, 면역 이상에 의한 것이라는 가설 등이 있지만 우울증과 같은 심리학적 원인도 이 증후군을 일으키는 중요한 원인으로 제시되고 있다.

"언제부터 피곤하기 시작하셨죠?"

"7개월 전에 이사로 승진했는데 그때부터인 것 같습니다."

"이사로 승진하신 뒤에 너무 과로하신 것은 아닌가요?"

"물론 열심히 해야겠다는 마음은 있었죠. 그렇지만 업무량이 늘어났다고 볼 수는 없습니다. 지금은 너무 피곤해서 열심히 하려고 해도 할 수가 없으니까요."

"승진하실 때 특별한 일은 없었나요?"

"특별한 일이라……. 특별한 일이랄 것까지는 없지만, 한 가지 깨닫게 되었죠. 제가 인생을 헛살았다는 걸요."

선뜻 이해가 가지 않는 말이었다. 남들 다 부러워하는 대기업에 근무하고 이사로 승진까지 했는데 헛살았다니……. 내가 의아한 표정을 짓자, 재승 씨는 씁쓸한 미소를 지으면서 이야기를 시작했다.

재승 씨는 승진이 발표될 때까지 가족에게 승진 이야기를 비밀로 했다고 한다. 가족을 깜짝 놀라게 해주고 싶어서였다. 마침내 발표가 되던 날, 재승 씨는 오래간만에 일찍 퇴근해서 가족들과 저녁식사를 했다. 그리고 자랑스럽게 승진 소식을 전했다. 그런데 다들 반응이 쌀쌀했다. 고등학생인 딸에게 "아빠가 승진했는데 좋지 않아?" 하고 물었다. 그랬더니 딸은 "내가 왜 아빠 일에 관심을 가져야 해? 아빠도 우리 가족 일에 관심이 없잖아! 아빠는 오로지 자기 출세만을 위해서 살면서……."라며, 식사하다 말고 자기 방으로 들어가 버렸다. 부인도 쌀쌀맞기는 마찬가지였다. 재승 씨는 머릿속이 텅 비는 것 같았다고 한다.

높은 지위에 오른 사람은 자신의 고민을 숨기려고 하는 경우가 많다. 하지만 많이 지치고 외로웠던 걸까? 재승 씨는 자신의 이야기를 솔직하게 털어놓았다.

"지금까지의 회사 생활이 평탄했을 리는 없겠죠. 이를 악물고 참아야 하는 고통이 없었겠으며, 피를 토하고 싶은 억울함이 없었겠습니까? 그럴 때마다 가족을 생각했고, 고통을 참아내신 것 같습니다."

"맞습니다. 그런데 결과는 이렇습니다."

재승 씨는 한숨을 쉬더니 이야기를 계속했다.

"아내는 정말 철이 없는 여자입니다. 아내는 어려서부터 부잣집에서 어려움 없이 자랐어요. 그래서 세상이 얼마나 무서운지 전혀 모릅니다. 저는 어려서부터 가난하게 자랐습니다. 부모님은 착하고 정직한 분들이었지만, 가난했기에 항상 시달려야 했어요. 집세를 못 내면 아버지는 비굴하게 주인집에 빌었습니다. 먹을 것이 없어 가게에서 외상을 구하는 어머니는 엄청난 모욕을 참아내야 했고요. 그러면서도 항상 제게 만은 잘 해주셨죠. 온갖 모욕을 당하고도 아무렇지도 않은 듯이 웃는 부모님의 모습은 제 가슴을 더 갈갈이 찢어놓았습니다. 저는 자식들에게 이런 모습을 보이지 않겠노라고, 배부르고 걱정 없이 공부하게 만들겠노라고 다짐하고 또 다짐했죠. 그래서 더 열심히 공부했고 좋은 직장에 취직할 수 있었습니다. 그리고 휴일도 없이 밤낮 구분 없이 열심히 일했습니다. 제가 성공하지 못하면 자식들의 가슴에 상처가 생긴다는 것을 너무나 잘 알기 때문입니다. 배고픔을 모르고 자란 아내와 딸은 이해하지 못합니다. 이런 가족들을 위해서 온몸이 부서져라 일했다고 생각하니 억울하다는 생각도 듭니다. 난 도대체 왜 이렇게 살았을까요?"

우리 사이에는 잠시 어색한 침묵이 흘렀다.

"제가 몇 가지 여쭈어 보아도 될까요?"

재승 씨는 고개를 끄덕였다.

"사모님과 따님의 생일이 언제죠?"

"어……."

"가장 최근에 가족끼리 여행 가신 건 언제인가요?"

"음……. 아이 초등학교 때?"

"따님이 가장 좋아하는 가수는요?"

"글쎄요……."

"사모님과 따님이 가장 좋아하는 음식은요?"

"그……."

"그렇다면 상반기 회사의 매출액과 영업이익은 얼마나 되지요?"

"그건 자신 있습니다. 상반기 총 매출액은……."

대답을 하려던 재승 씨는 말을 멈추었다.

"……알겠습니다. 제가 가족들에게 지나치게 무관심했군요."

나는 고개를 끄덕였다.

"이제 어떻게 하면 좋을까요?"

"솔직한 마음을 가족들에게 전하시는 게 좋지 않을까요?"

재승 씨는 고개를 끄덕이고 진료실을 나갔다.

며칠 뒤 밝은 표정의 재승 씨가 진료실을 찾았다.

"그날 저녁, 집에 들어가서 아내에게 사과했습니다. 가족 간의 불화가 제 탓이란 것도 인정했습니다. 지금까지는 내가 성공만 하면 가족들이 행복해 질 거라는 헛된 꿈을 꾸고 있었습니다. 아내에게 내가 그런 착각을 할 수밖에 없었던 이유도 말했어요. 이제까지 창피해서 아내에게까지 숨겨왔던 어린 시절의 이야기를요. 그런 고통을 가족에게 물려주는 것이 죽기보다 싫었다는 이야기도 해주었습니다. 아내가 울더군요. 그리고 화해했습니다. 다음 날 저녁에 늦게 퇴근을 했더니 딸의 편지가 있더군요. '아빠, 미안해요. 착한 딸이 될게요.'라고 적혀 있었습니다. 눈물이 핑 돌았습니다. 제가 헛된 삶을 살아온 것은 아닌 모양입니다."

그리고 환하게 웃었다. 이후 재승 씨의 증상은 점점 호전되어 갔다.

성공한 사람들은 말한다. 앞만 보고 달리라고, 열심히 살아가는 사람에게는 주위를 돌아볼 여유가 없다고……. 그러나 성공을 향해 정신없이 달리다 보면 자신의 삶이 어떤 모습인지 살펴보지 못한다. 그리고 목표를 이루었을 때 텅 비어버린 당신의 삶을 마주하게 될 수도 있다. 도룡검법을 익혔지만 용을 찾을 수 없었던 주팽만처럼 말이다.

삶에서 중요한 것은 성공만이 아니다. 우리 삶에서 진정 중요한 것은 행복이다. 우리는 스스로가 행복한 삶을 살고 있는지 한 번씩 둘러보아야만 한다. 주팽만처럼 어리석은 삶을 살기에는 우리 인생이 너무나 소중하기 때문이다.

머리가 좋아지는 약,
기분이 좋아지는 약

쉽게 얻어진 것은, 쉽게 잃는다.　　　　　　　　　　　　　　　　**영국 속담**

잉카제국의 전설 중에는 아름다운 여인에 대한 슬픈 이야기가
전해져 온다.

　먼 옛날, 아름답고 매력적인 여인이 살고 있었다. 얼굴만 예뻤
던 것이 아니라 착하고 사랑스러워서 주변 사람의 기분까지 즐거
워지도록 만드는 여인이었다. 많은 남자들이 사랑에 빠졌고 여
인에게 구애를 했다. 그런데 마음이 여린 여인은 누구의 구애도
거절하지 못했다. 남자가 애인이 되어 달라고 애원하면 그저 고
개만 끄덕였다. 그렇게 해서 여인에게는 수많은 애인이 생기고

말았다.

시간이 지나자 남자들이 상황을 알게 되었다. 여인을 너무나도 사랑했던 남자들은 각자 자신이 이 여인의 진짜 애인이라고 주장했다. 아무도 자신의 주장을 굽히려 하지 않았고 마침내 여인을 차지하기 위한 피 흘리는 싸움이 시작되었다. 그런데 막상 싸움이 시작되자, 더 많은 남자들이 자신이 진짜 애인이라며 싸움판에 몰려들었다. 수많은 남자들이 죽어갔지만 싸움은 끝이 나지 않았다. 여인의 애인이라고 자처하는 남자들은 오히려 점점 늘어만 갔다. 모두들 싸움에 지쳤을 때 한 남자가 말했다. "우리가 이렇게 싸우게 된 건 그 여인 때문이오. 그 여인이 우리에게 꼬리치지 않았다면, 우리가 이렇게 목숨 걸고 싸울 일은 없었을 것이오." 모두 고개를 끄덕였다. 그리고 여인에게 몰려가 잔인한 분풀이를 했다. 남자들은 그 자리에서 여인의 몸을 두 동강 내어 죽였다. 그리고 땅에 묻어 버렸다.

여인을 묻은 곳에서는 작은 나무가 하나 자랐다. 이 나무의 잎을 씹으면, 아름답고 매력적인 연인을 만난 것처럼 기분이 좋아졌다. 나뭇잎은 슬픔을 몰아내는 마력을 가졌고, 배고픔도 피로도 이 나뭇잎을 씹으면 사라졌다. 마치 죽은 여인이 다시 살아나 눈앞에 서있는 것 같았다. 그제서야 사람들은 죽은 여인을 여신으로 떠받들었다. 사람들은 여신에게 '맘마코카'라는 이름을 붙였다. 그리고 나무는 '코카나무'라고 불렸다. 이 코카나무의 잎에서 추출한 마약성분이 바로 '코카인 cocaine'이다.

정미숙 씨는 40대 후반의 환자였다. 평소 고지혈증 때문에 치료를 받고 있었다. 어느 날 미숙 씨는 조심스럽게 물어보았다.

"선생님, 제 딸이 고3입니다. 공부하는데 많이 힘들어하네요. 그런데 강남의 엄마들은 아이들에게 머리 좋아지는 약을 구해준다고 하더라구요. 의사의 처방이 있어야만 구할 수 있다는데……. 선생님께서 좀 처방해주실 수 없나요?"

조금 황당한 질문이었다.

"저는 세상에 머리 좋아지는 약이 있다는 이야기를 들어본 적이 없습니다. 그런 약이 있으면 저부터 먹었을 겁니다. 어떤 성분을 이야기하시는지요."

미숙 씨는 가방 속에서 메모지를 꺼냈다. 메모지 안에 적힌 성분은 ADHD(주의력 결핍 행동과다 증후군)의 치료제로 쓰이는 약이었다.

ADHD는 주의가 산만하고 좀처럼 집중을 못하는 병이다. 만약 환자가 이 약을 먹고 치료가 된다면 집중력이 생기고 성적이 올라갈 것이다. 그렇지만 정상적인 사람이 이 약을 먹어서 머리가 좋아진다는 증거는 어디에도 없다. 오히려 이런 치료제들은 각성을 촉진시키는 효과가 있어서 정상인이 먹으면 지나치게 예민해지거나 이유 없는 불안감을 느낄 수도 있다.

미숙 씨에게 약에 대해서 설명했다.

"그럼 다른 약은 없나요?"

"제가 아는 한에서 머리가 좋아지는 약은 없습니다."

"그럼 집중력을 높이는 약은요? 환자가 먹어서 집중력이 높아지는 약이 있다면, 정상인이 먹는 약도 있을 것 아니에요?"

"집중력이 높아지는 약이라……. 일시적으로 집중력을 높여주는 약이 있기는 한데……."

"알려주세요!"

고3의 어머니는 눈을 반짝이며 볼펜을 쥐었다.

"메스암페타민methamphetamine이라는 성분이 있습니다."

"메스……. 뭐라고요?"

미숙 씨는 열심히 받아 적기 시작했다.

"메스암페타민이요. 흔히들 '히로뽕'이라고 하죠."

적던 손이 멈췄다.

"에이 참! 마약 말구요!"

"그럼 없습니다."

나는 단호하게 말했다. 미숙 씨는 굉장히 아쉬워했다.

잉카제국에서 왕에게 적의 동태를 알리던 전령은 달릴 때 코카나무 잎을 입에 물었다고 한다. 이 나뭇잎을 입에 물면 아무리 달려도 피로를 잘 느끼지 못했기 때문이다. 코카나무 잎은 산소가 부족한 고산지대에 사는 사람들이 피로를 이기는데 도움을 주었다. 잉카의 또 다른 문헌을 보면 코카나무 잎은 신의 선물이라고 적혀있다. 피로와 배고픔을 이기고 열심히 일할 수 있도록 만들어주며, 슬픔을 극복하도록 돕기 위해서 신이 인간에게 준 선물이 코카나무 잎이라고 말이다.

19세기 후반, 서구에서 처음 코카인이 추출되었을 때만 해도 사람들은 이게 위험한 물질이라는 사실을 알지 못했다. 처음에 코카인은 진통제나 기침약의 성분으로 사용되었다. 어느 순간부터는 식품 첨가물로도 사용되었다. 코카인을 첨가한 포도주 빈 마리아니Vin Mariani는 날개 돋친 듯이 팔렸다. 미국의 약사 팸버튼John Stith Pemberton은 코카인과 콜라 나무 열매(콜라 열매에는 카페인이 많이 함유되어 있다)를 섞어서 강장제를 만들었다. 이 음료가 바로 '코카콜라'이다.(물론 현재는 코카콜라에 코카인이 함유되어 있지 않다) 프로이트도 그의 논문에서 코카인은 활력을 주는 약이라고 찬사를 아끼지 않았다. 이때까지만 해도 값이 싸고, 매력적인 효과를 가진 코카인의 인기는 폭발적이었다. 그러나 점차 코카인의 문제점이 밝혀지기 시작했다. 코카인은 과대망상과 폭력성을 불러왔다. 사람들은 환각과 환청 속에서 헤매게 되었지만, 중독성이 강해서 끊을 수도 없었다. 수많은 사람들이 서서히 파멸의 길로 접어들었다. 코카인 중독자들에 의한 엽기적인 범죄도 늘어갔다. 억울하게 죽은 맘마코카의 저주가 20세기에 폭발한 것이었을까? 사회는 코카인의 공포에 시달려야 했다.

머리가 좋아지는 약에 대한 선망은 많은 사람들의 마음속에 남아있다. 치열한 경쟁 속에서 조금이라도 앞서가기 위한 방법, 남들보다 뛰어난 능력을 손쉽게 가질 수 있는 방법이 있다면 누구나 유혹을 느낄 것이다.

그러나 우리는 맘마코카와 코카인 이야기를 되새겨 보아야 한다. 맘마코카는 너무나 매력적이었지만 누구나 쉽게 사랑을 얻을 수 있었기 때문에 비극의 주인공이 되어 버렸다. 코카인은 쉽게 행복감을 주지만 사람들을 파멸의 길로 이끌었다. 신화와 역사가 반복해서 우리에게 이야기한다. 너무나 매력적인데도 쉽게 구할 수 있다면 결과는 재앙이 된다는 사실을……

며칠 전 초등학교에 다니는 아들이 물었다. "아빠. 공부 잘하는 약은 없어요?" "물론 있지!" 아들은 호기심에 찬 눈으로 말했다. "나 좀 줘요!" 나는 회심의 미소를 짓고 대답했다. "너같이 놀기 좋아하는 놈한테는 몽둥이가 약이다!" 내 말이 떨어지기가 무섭게 아들은 책상으로 뛰어가 책을 펼쳤다. 그리고 생글생글 웃으며 말했다. "아빠. 생각해보니까 공부하는데 꼭 약이 필요한 건 아닌 것 같아요!"

나도 웃으면서 말해주었다.

"그래. 학생은 거북이처럼 미련스럽게 한걸음씩 가는 거야."

폼 나는 삶이
그렇게 살고 싶었다

허영에 가득 찬 사람은 이렇게 말한다. "우리의 행복은 완전히 우리들 자신의 외부에 있다.
우리의 행복이 있는 곳은 타인의 두뇌이다."
쇼펜하우어

'와신상담臥薪嘗膽'이라는 고사의 주인공인 서시西施는 중국 역사
상 최고의 미인 중 하나로 꼽힌다. 오나라와 월나라의 싸움에서
월나라가 패하자 오나라 왕에게 바쳐졌던 비운의 여인이 서시이
다. 서시의 별명은 '침어浸魚'인데, 물고기가 강가에서 빨래를 하
던 그녀를 보고 넋이 나가 강바닥에 가라앉아 버렸을 정도로 아
름다웠다는 뜻에서 붙여진 별명이라고 한다. 오왕 부차吳王 夫差
는 서시의 미색에 빠져 정사를 게을리 하였고, 오나라는 결국 멸
망하고 말았다.

서시와 관련된 짤막한 이야기가 하나 있다. 서시에게는 가슴 쓰림 증상이 있었다고 한다. 그래서 가끔씩 가슴에 손을 얹고 고통스럽게 얼굴을 찡그렸는데, 그런 서시의 모습은 남성들의 연민을 자극하곤 했다. 서시가 살던 동네에는 소문난 추녀醜女도 있었다. 이 여인이 길을 가는데, 남자들이 넋이 나간 채 어딘가를 쳐다보고 있었다. 남자들의 눈길을 따라가 보니 저쪽에서 서시가 가슴을 쥐고 고통스러워하고 있었다. '아, 남자들의 눈에는 저런 모습이 아름다워 보이는구나!' 다음 날부터 여인은 얼굴을 최대한 찡그리고 가슴에 손을 얹은 채 길거리를 돌아다녔다. 사람들은 이 모습을 보고 경악했다! 추녀를 본 사람들은 허겁지겁 대문을 걸어 잠그고는 밖으로 나오지 않았다. 견디다 못한 몇몇 사람들은 이사를 가기도 했다고 한다.

『장자莊子』에 나오는 「서시봉심西施捧心」의 이야기이다.

신말순 씨는 50대 초반의 환자였다. 언제부터인가 설사와 변비, 복통이 생겨서 병원을 찾았다. 우리 병원에 오기 전 대학병원에서 위내시경, 대장내시경을 받아 보았지만 아무런 이상이 없었다고 했다. 과민성 장 증후군이 의심되는 환자였다.

과민성 장 증후군이란 대장에 구조적인 이상이 없는데도 불구하고 통증과 불편한 느낌이 생기고, 대변을 보는 습관과 대변의 형태가 변하는 질환을 말한다. 복통은 간간히 쥐어짜는 듯한 형태로 나타나곤 한다. 식사를 하면 증상이 악화되고 대변을 보거나 방귀를 뀌면 복통이 완화된다. 대변은 설사와 변비가 번갈아 나타난다. 변비를 하는 시기에는 대변이 딱딱하고 가늘어진다. 또 대변이 완전히 나오지 않는 느낌이 있어서 자주 화장실을 찾게 된다. 설사가 나오는 시기에는 소량의 무른 변을 자주 본다. 환자들은 배에 가스가 차는 느낌을 많이 호소하고, 소화불량, 구역질, 구토를 호소하기도 한다.

이러한 증상은 지방질이 많은 음식을 먹을 때 더욱 악화되므로 기름기가 많은 음식은 피하는 것이 좋다. 섬유질은 변비가 심한 환자에게 도움이 된다. 가스가 많이 차는 환자는 음식을 천천히 먹는 것이 좋고, 껌이나 탄산음료를 피해야 한다.

과민성 장 증후군이 생기는 원인은 정확히 알 수 없으나 스트레스가 깊이 관련된 것으로 알려져 있다. 대개 스트레스가 심해지면 증상이 악화되는 양상을 보인다. 따라서 과민성 장 증후군을 치료하기 위해서는 스트레스 관리가 잘 이루어져야 한다.

말순 씨는 처음 진료실을 들어설 때부터 강한 인상을 주는 환자였다. 예쁜 얼굴과는 거리가 있는 외모였는데, 자신을 꾸미기 위한 노력은 눈물겨웠다. 파운데이션의 두께는 가늠할 수 없었고, 아이라인은 괴기 영화의 주인공을 연상시켰다. 또 쌀쌀한 날씨인데도 불구하고 짧은 미니스커트를 입고 있었다. 티셔츠의 목 부분은 깊이 파여서 보는 사람을 곤혹스럽게 만들었다. 너무

한다는 생각이 들 정도였다.

말순 씨에게 며칠 간 약을 투약하고 생활 습관을 교정해주자 증상은 점점 호전되어 갔다. 그러던 어느 날 말순 씨가 물었다.

"선생님. 과민성 장 증후군은 원인이 뭔가요?"

원인이 스트레스일 수 있다고 이야기하자 말순 씨는 심각한 표정으로 이야기를 시작했다.

"맞아요. 최근에 스트레스가 심했어요."

"무슨 일이 있으셨어요?"

"요즘 가족들과 심하게 다투고 있어요."

말순 씨는 가방에서 사진을 한 장 꺼냈다. 고등학생 정도 되어 보이는 평범한 외모의 여학생이었다.

"제 딸입니다. 예쁘죠?"

나는 웃으면서 예의상 대답했다.

"엄마 닮아서 참 미인이네요."

그러자 그 순간, 말순 씨의 눈이 반짝였다.

"그렇죠! 살 좀 빼고, 몇 군데만 고치면 톱스타가 될 수 있는 얼굴인데……. 어려서부터 예쁜 아이였어요. 그래서 연예인을 만들려고 애지중지 키웠어요. 그런데 이 철없는 아이가 자기는 사회복지사가 되겠다고 하네요. 솔직히 사회복지사는 고생만 하지 무슨 영화가 있겠어요? 배우나 탤런트가 되면 폼 나게 살 수 있는데……. 왜 그런 기회를 버리려는지 모르겠어요. 연예인으로 성공하면 재벌 2세 같은 부잣집에 시집갈 수도 있잖아요. 아이하고 진지하게 의논해봤는데, 어찌나 고집이 센지 말을 통 듣지를 않아요. 그냥 열심히 공부해서 성공하겠대요. 고지식한 남편은 글쎄, '성적도 오르고 있는데 아이한테 헛바람 넣지 마!'라면서 역정을 내는 거예요."

아무리 생각해도, 딸이 엄마보다 훌륭한 생각을 가진 것 같았다. 그리고 딸의 얼굴은 연예인이 될 정도가 아니라 공부라도 열심히 해야 될 정도였다.

"연예인의 꿈도 좋지만, 사회복지사의 꿈도 훌륭합니다. 본인의 꿈을 이룰 수 있도록 도와주는 것이 부모의 바람직한 태도가 아닐까요?"

그러나 말순 씨는 물러서지 않았다.

"나는 딸이 나와 같은 인생을 살게 하고 싶지는 않아요. 나는 한이 맺혔어요. 나는 시골에서 자랐습니다. 어릴 때부터 얼굴이 예뻐서 동네 어른들께 '우리 말순이는 미스코리아 나가도 되겠네!' 하는 말을 많이 들었어요. 그러나 저희 아버지는 그야말로 시골사람이었어요. 연예인이 되겠다고 하면 크게 화를 내셨어요. 이름도 아버지가 지어주셨죠. 말순이가 뭐예요. 말순이가. 전찍소리도 못하고 살았어요. 덕분에 요 모양 요 꼴로 살고 있는 거죠. 만약 연예인이 됐더라면 지금쯤 아주 폼 나게 살고 있을 텐데……"

말순 씨는 감정이 격해져 있었다. 환자를 상담할 때의 첫 번째 원칙은 공감sympathy이다. 환자의 아픔을 함께 느끼도록 노력해야 환자와 함께 길을 찾을 수 있기 때문이다. 그러나 상황이 상황인지라 공감을 하기가 어려웠다. 누구든지 말순 씨의 얼굴을 한 번만 본다면 말순 씨의 아버지께서 현명한 분이었다는 생각이 들 것이다.

그때 컴퓨터에 간호사로부터 온 메시지가 떴다. '선생님, 다음 환자분의 진료를 빨리 보셔야 할 것 같습니다. 74세이시고 열이 40도입니다.' 진료를 빨리 마무리 지어야 했다.

"예쁘다는 소리를 많이 들으셨군요. 그렇지만 한을 품는 것은 좀 심한 반응이라고 생각됩니다. 어릴 적에 예쁘다는 소리는 누구나 듣거든요. 그리고 부모는 자신의 욕심을 자녀의 꿈으로 착각하는 오류를 쉽게 범합니다. 본인이 미모를 뽐내고 싶은 소망이 있었다고 해서, 연예인이 되어 재벌 2세와 결혼하는 폼 나는 삶을 살고 싶었다고 해서, 자녀도 그런 삶을 꿈꾸는 것은 아닐 겁니다.

죄송하지만 지금 밖에 열이 40도인 할아버지가 계신다고 합니다. 나머지 이야기는 다음에 하시도록 하지요."

그러자 말순 씨는 날카롭게 소리 질렀다.

"내가 먼저 왔잖아요! 순서를 기다려야죠!"

나는 당황했다.

"끝까지 들어보세요. 누구나 어릴 적에 예쁘다는 이야기를 듣죠. 그렇지만 나는 훨씬 많이 들었어요. 아시겠어요? 정말 많이 들었다구요. 그리고 내가 미모나 뽐내는 여자라구요? 모르는 남자들이 나를 보면 행실이 난잡한 여자일 거라고 생각하죠. 그러나 좀 놀아본 남자들은 척보고 알아요. 참 정숙한 분이라고 말한다고요. 그런 사람이 한두 명이 아니라니까요!"

이야기가 끝날 것 같지 않았다. 초조해진 나는 할 수 없이 한 마디 비수를 던졌다.

"그러셨군요. 그런데 좀 놀아본 남자들은 도대체 어디서 만나셨나요?"

말순 씨의 표정이 굳어졌다. 속사포처럼 쏟아지던 말을 잠시 멈췄다.

"그냥……. 우연히 그런 사람을 만난 적이 있어요."

"아까 그런 사람이 한두 명이 아니라고 말씀하셨는데……."

그러자 갑자기 화를 냈다.

"그런 건 알아서 뭐 하게요! 하, 진짜, 별꼴이야."

말순 씨는 진료실을 문을 쾅 소리 나게 닫고 나가 버렸다.

'인정받고 싶은 욕구'는 인간의 자연스런 욕구 중 하나이다. 그리고 인정받고 싶은 욕구는 개인의 발전에 큰 도움이 된다. 칭찬과 찬사에 대한 욕구는 목표를 향한 집념을 만들어주기 때문이다. 관객들에게 박수 받고 싶은 욕구가 훌륭한 가수를 만들고, 관중의 열띤 응원이 훌륭한 축구 선수를 만든다. 그러나 인정받는 것 자체가 목표가 되면 안 된다. 그 자체가 삶의 목표가 되면, 삶은 남을 위한 것이 되어버린다. 예뻐 보이기 위해서 짙은 화장을 하고, 성형 수술을 감행하기도 한다. 하루 중 자기가 자신의 얼굴을 볼 수 있는 시간은 거울을 보는 짧은 시간뿐인데 말이다. 명품도 그렇다. 명품 시계를 사 봐야 하루 중 시계를 보는 시간을 모두 합쳐도 단 몇 분에 지나지 않는다. 예쁜 얼굴도 명품도 결국 남의 눈을 의식한 도구에 불과하다. 이런 삶을 '폼 나는 삶'으로 착각하고 살아가는 사람들이 있다. 하지만 남의 생각을 쫓아 자신의 모습을 바꾸려고 하는 멈출 수 없는 욕망은 '허영'일 뿐이다.

말순 씨는 폼 나는 삶을 동경했다. 하지만 동경이 지나친 나머지 이루지 못한 꿈을 딸에게 강요하고 있다. 말순 씨가 찾으려는 행복은 어디에 있을까? 말순 씨의 마음속일까? 딸의 마음속일까? 혹시 타인의 두뇌 속에 있는 것은 아닐까?

폼만 날뿐인 삶을 부러워할 필요가 없다. 어차피 그들은 행복하지 않다. 쇼펜하우어의 말에서 알 수 있듯이, 허영에 가득 찬 사람의 행복은 타인의 머릿속에 있기 때문이다. 겉보기에 평범한 사람의 삶을 초라하다고 생각하는가? 진짜 행복은 평범한 삶속에서만 가능하다. '폼'을 신경 쓰지 않는 사람의 행복은 자기 가슴 속에 있기 때문이다.

빨리 핀 꽃은
성공한 꽃인가

서두르지 말되, 멈추지도 마라   괴테

바야흐로 경쟁 사회다. 사람들은 조금이라도 앞서가려고 한다.
남들보다 일찍 일어나서 앞서 나가야 벌레 한 마리라도 잡는다.
조금씩 뒤쳐지다가는 언제 낙오될지 모른다. 경쟁자의 뒤통수를
보고 뛰는 상황은 불안과 초조를 불러온다. 그래서 앞서나가기
위해 편법과 반칙도 마다하지 않는다. 그렇지만 의문스럽다. 앞
서 나가는 것이 항상 좋은 것일까?
　중년의 분들, 특히 바둑을 좋아하시는 분들은 80년대 숙명의
라이벌 한국의 조치훈 9단과 일본의 고바야시 9단을 기억하실

것이다. 조치훈은 6살 때 삼촌의 손에 이끌려 일본으로 건너가 기타니 미노루 9단의 제자가 된다. 8살이 되었을 때 기타니 도장에는 12살의 꼬마가 새로 입문했다. 고바야시 고이치였다. 어려서부터 뛰어난 실력을 보였던 두 사람은 서로 경쟁하면서 성장했다.

일본에는 3대 기전棋戰이 있다. 기성棋聖, 명인名人, 본인방本因坊이 그것이다. 먼저 두각을 나타낸 사람은 조치훈이었다. 조치훈은 1980년 명인, 1981년 본인방, 1983년 기성 타이틀을 획득하여, 대삼관大三冠(기성, 명인, 본인방의 모든 타이틀을 획득하는 것, 조치훈은 역사상 처음으로 대삼관에 올랐다)의 위업을 달성했다. 당시 조치훈의 나이 27세였다. 조치훈이 대삼관에 오르자, 일본 언론에서는 조치훈에 대한 찬사가 쏟아졌다. 그런데 한 언론사에서는 조치훈에게 '빨리 핀 꽃'이라는 알쏭달쏭한 평가를 했다.

조치훈이 승승장구하는 동안 고바야시는 조치훈의 그늘에 가려져 있었다. 그러나 보이지 않는 곳에서 끊임없이 노력했다. 1985년, 고바야시는 명인 타이틀에 도전하는 기회를 얻었다. 숨 막히는 접전 끝에, 고바야시는 조치훈을 물리치고 명인 타이틀을 거머쥐었다. 1986년에는 조치훈에게서 기성 타이틀마저 빼앗아 왔다. 언론에서는 고바야시를 '늦게 핀 꽃'이라 불렀다. 빨리 피는 꽃은 빨리 지고, 늦게 피는 꽃은 늦게 지는 것일까? 이후 10년간은 고바야시의 시대가 이어졌다. 1994년이 되어서야 조치훈은 고바야시에게서 다시 기성 타이틀을 빼앗을 수 있었다.

고상준 씨는 20대 후반의 남자 환자였다.

"이상하게 머리카락이 엄청 빠집니다. 동전모양으로 쏙 빠져버렸습니다."

자신도 모른 채 머리카락이 원형 또는 타원형으로 빠지는 증상을 원형탈모라 한다. 직경은 보통 1~5cm 정도이며, 머리카락뿐만 아니라 눈썹이나 수염에 발병하기도 한다. 한군데에만 발생할 수도 있지만 여러 군데에 생길 수도 있고, 합쳐지기도 한다.

원형탈모의 원인은 아직 자세히 알려지지 않았다. 자가 면역, 내분비 장애 등의 여러 가설이 제기되지만, 그중 스트레스가 중요한 유발인자로 알려져 있다.

상준 씨에게 원형탈모에 대해서 설명하고, 피부과 진료를 권유했다. 그러자 그는 크게 한숨을 쉬었다.

"결국 스트레스 때문이네요."

"무슨 일이 있었나요?"

상준 씨는 고개를 숙인 채 이야기를 시작했다.

상준 씨는 회사에서 영업사원으로 근무 중이다. 이 회사에는 2년 전 입사했다. 상준 씨는 스스로를 '학벌이 별로 좋지 않고 능력도 없지만, 부족한 만큼 열심히 살아왔다'고 생각했다. 입사 후 2년 동안 밤낮도 없이 뛰었더니 마침내 영업실적 순위가 회사에서 1위가 되었다. 이 회사는 입사 후 3년째가 되면 진급심사에 들어가게 되는데, 매년 한 명을 뽑아 조기 진급 시킨다고 했다.

선배들을 제치고 영업성적 1위를 차지한 만큼, 동료들과 선배들도 모두 자신의 조기 진급을 믿어 의심치 않았다고 했다. 그러나 발표된 진급자 명단에 자신의 이름은 빠져 있었다. 조기 진급자로 뽑힌 사람은 입사 1년차의 사원으로 영업성적도 별로 좋지 않은 후배였다. 너무 어이가 없었다. 그때 누군가가 귀띔해주었다. "그 사람, 사장님 친조카야. 상준 씨는 운이 없었던 것뿐이야. 힘 내." 맥이 탁 풀렸다. 몇 년 동안 뛰어온 자신이 한심하게 느껴졌다. 하필이면 자신이 조기 진급 대상인 해에 사장님 조카가 입사하다니! 사장님의 입장은 이해한다. 그러나 가슴 속에서 무언가 치밀어 오르는 것은 어쩔 수 없었다. 상준 씨는 눈에 띄게 울적해졌고, 실적이 조금씩 떨어지기 시작했다. 상관들은 예전만 못한 그를 닦달했다. 억울했다. 그럼에도, 시간이 갈수록 오히려 상준 씨는 불평이 많은 사람이라고 찍히게 되었다. 그리고 머리카락이 빠지기 시작했다.

"이제 지겹고 구역질이 납니다. 이 회사에는 정이 떨어졌습니다. 하루를 일해도 공정하고 정직한 곳에서 일하고 싶습니다."

회사의 불공정한 인사는 의욕에 차 있던 한 젊은이의 꿈을 짓밟아버렸다. 회의를 느낀 그가 회사를 떠나려 하는 건 자연스러운 일이었다. 나도 깊은 한숨이 나왔다.

"억울하시죠?"

"어떤 놈은 '빽'으로 힘들이지 않고 쭉쭉 나가는데, 힘 없는 놈은 죽어라 뛰어도 제자리네요. 참 더러운 세상이지요."

"혹시 바둑 좋아하세요?"

궁금한 얼굴로 나를 보는 상준 씨에게 조치훈 9단과 고바야시 9단의 라이벌 대결을 이야기해주었다.

"빨리 피는 꽃은 화려합니다. 그렇지만 빨리 지지요. 마치 벚꽃처럼요. 하지만 늦게 피는 꽃은 오랫동안 우리와 함께 합니다. 마치 무궁화 같이 말이죠."

이야기에 빠져들었던 상준 씨는 고개를 끄덕였다.

"나도 20대 때에는 빨리 앞서나가는 것이 성공하는 길인 줄 알았어요. 그런데 살아보니 꼭 그런 것도 아니더군요. 오히려 세상 온갖 쓴 맛을 경험하고 늦게 올라온 친구들이 훨씬 훌륭한 인품과 지도력을 가지고 있더라구요."

"무슨 말씀이신지 알겠습니다. 마음이 좀 편해지네요."

나는 상준 씨를 향해 웃어주었다.

『장자』의 「소요유逍遙遊」 편에는 대붕의 이야기가 나온다. 세상의 북쪽 끝에는 북해라는 큰 바다가 있다. 북해에는 엄청나게 큰 물고기가 살고 있는데, 이름이 곤鯤이다. 오랜 세월이 흐르면, 곤은 허물을 벗고 새로 변한다. 이 새가 바로 대붕大鵬이다. 대붕은 수십 년 동안 날갯짓을 해 구만리 상공까지 수직 상승을 한다. 구만리 상공에 도달하면, 서서히 남쪽 끝에 있는 이상향인 천지天池로 날아간다. 대붕의 이야기를 들은 매미가 말했다. "우리는 마음만 먹으면 바로 날 수 있다. 한 번 날아보자고 구만리 상공까지 올라가는 대붕이란 놈은 어리석은 것이 아닌가?" 매미가 날아가고자 하는 곳은 기껏해야 나무 위 정도까지다. 그리고 한 해밖에 살지 못한다. 매미에게 1년 이후의 미래는 없는 것이다. 그래서 매미는 대붕의 뜻을 알 수 없다.

원하기만 하면 언제든지 날아오르는 사람들이 있다. 어떤 사람은 뛰어난 처세술로, 또 어떤 사람은 빼어난 능력으로, 그리고 때로는 '빽'으로 날아오른다. 우리는 그들이 부럽기만 하다.

그들이 신나게 날아다닐 때 우둔한 사람은 제자리에서 날갯짓만 한다. 바보 같고 미련스러워 보인다. 하지만 우둔한 사람은 세상 사람들의 비웃음 속에서도 기다린다. 그 기다림은 소중한 시간이다. 오랜 기다림이 모여 구만리 상공을 향한 인고의 날갯짓이 되기 때문이다.

남들보다 앞서 나가는 것은 분명 신나는 일이다. 그렇지만 천지는 대붕의 것이지 매미의 것은 될 수 없다.

진실을
받아들이지 않는 사람

인간은 사실을 왜곡되게 생각하려는 생득적 문화적 경향이 있다.　　**알버트 앨리스**

1980년대 초, 내가 어렸을 때 '히틀러가 아직 살아있다'는 다소 황당한 이야기가 떠돌았다. 히틀러는 베를린이 소련군에게 점령될 때 애인인 에바 브라운과 벙커 안에서 결혼식을 올리고 함께 자살한 것으로 알려져 있다. 그런데 벙커 안에서 죽은 사람은 히틀러 본인이 아니라, 히틀러의 대역 배우라는 것이다. 당시 나치는 비행접시를 개발하고 있었다고 한다. 소문에 따르면 히틀러는 비행접시를 타고 부하들과 함께 탈출했다. 그리고 남미의 정글 속으로 숨어서 재기를 꿈꾸었다. 이제 제3차 세계대전 준비가 거의 끝났다는 것이다. 80년대에 발견되었던 UFO는 히틀러가 3차 대전 준비를 위해서 정찰 목적으로 보낸 것이며, 곧 3차 대전이 터져서 노스트라다무스의 예언대로 1999년에 지구가 멸망할 것이라는 이야기였다. 어린 나이의 필자는 이 이야기를 듣고 소름이 끼쳤다.

하지만 가만히 생각해보자. 소설 같은 이야기이지만, 히틀러가 탈출까지는 성공했을지도 모른다. 그리고 신분을 감추고 살아갔을지도 모른다. 그런데 히틀러는 1889년생이다. 1980년대면 히틀러가 혹시 살아있다고 해도 90이 넘은 나이다. 90살 넘은 노인이 60살이 넘은 부하들을 이끌고, 정글 한가운데서 사냥을 해가며 식량을 비축하고, 여력이 남아서 무기를 개발하여 3차 대전을 꿈꾼다는 것이 상식적으로 납득할 수 있는 이야기인가? 그럼에도 불구하고 이 말도 안 되는 소문은 '이건 CIA의 비밀문서에 나오는 이야기인데 말이야…….' 하면서 퍼져 나갔다.

1923년, 일본에서는 관동 대지진이 있었다. 이때 '조선인들이 혼란을 틈타 우물에 독을 풀고 폭동을 일으키려 하고 있다'는 헛소문이 돌았다. 성난 일본인들은 '자경단'을 조성해 조선인을 눈에 띄는 대로 학살했다. 그런데 조금만 생각해 보자. 우물 하나를 사람들의 생명을 위협할 정도로 오염시키려면, 생각보다 엄청난 양의 독극물이 필요하다. 당시 도쿄에는 수많은 우물이 있었고, 이 우물들을 오염시키려면, 적어도 수십, 수백 톤의 독극물이 필요했을 것이다. 지진으로 혼란스러운 상황에서 조선인들이 그 많은 독극물을 어디서 구하고 또 어디에 숨긴단 말인가? 그리고 아무에게도 들키지 않고, 그 많은 독극물을 우물에 푼다는 것이 가능한 일인가? 하지만 관동 대지진 때 학살당한 조선인의 숫자는 6,000명을 넘었다.

이종규 씨는 50대 후반의 환자였다. 2년 전에 게실염으로 수술을 받으셨고, 가끔씩 진료실을 찾아주셨다. 종규님이 어느 날 심각한 목소리로 이야기했다.

"내가 이제까지 보아온 의사 중에는 선생님이 가장 양심적인 분 같아요. 선생님은 사실대로 밝혀주실 거라고 믿고, 한 가지 부탁을 드리려고 왔습니다."

사연인 즉 이랬다. 종규 씨는 2년 전, 밤에 배가 너무 아파서 대학병원 응급실을 방문했다. 그곳에서 게실염으로 진단받고 입원했다. 그런데 바로 수술을 하지 않더라는 것이다. 밥도 주지 않고 주사만 주다가 며칠 후에 수술을 해줬다. 다행히 수술은 잘되었다. 하지만 수술 후 기력이 없고 몸이 약해진 것 같다는 것이다. 종규 씨는 수술이 바로 이루어지지 않은 것이 병원의 과실이라 생각하고 있었다. 바로 수술하지 않고 방치하는 동안, 게실염에 있던 독이 온 몸에 퍼져 버렸다고 생각하고 병원을 찾아가 보상을 요구했다고 한다. 그러나 자신을 수술한 교수는 그 말을 듣고 웃기만 했다. 종규 씨는 거대 병원이 약한 소시민을 탄압하는 사실이 개탄스럽다고 했다. 현재 소송이 진행 중인데 '바로

수술을 하지 않은 것은 병원의 과실'이라는 소견을 적어 달라고
했다.

게실이란 대장 벽이 바깥쪽을 향해 꽈리 모양으로 튀어나오
는 것을 말한다. 원인은 정확하게 알 수 없지만, 대장 중의 약한
부분이 압력을 받으면 바깥으로 튀어 나오는 것으로 보고 있다.
이 게실에 찌꺼기가 차이면 염증이 생기고, 이를 게실염이라고
한다. 열이 나고 배가 아파 맹장염과 증상은 비슷하나 치료는 좀
다르다. 맹장염이 발견되면 즉시 수술하는 반면, 게실염은 금식
을 하면서 항생제를 이용한 내과적 치료를 먼저 해보는 것이 원
칙이다. 내과적 치료를 해도 질병이 악화되거나 천공이나 출혈
이 있는 경우라야 수술을 한다.

종규 씨에게 게실염에 대해서 설명했다. 게실염이 진단된다
고 해서 무조건 칼을 대지는 않는다는 점, 처음에 내과적인 치료
를 하면서 경과를 보다가, 뒤에 수술을 하기로 결정한 것은 지극
히 정상적이고 바람직한 절차였다는 점도 말했다. 게실염에 생
긴 염증이 결코 독소일 수 없다는 점도 설명했다. 그러나 종규
씨의 반응은 냉담했다.
"당신도 한통속이군요!"
그리고는 문을 쾅 닫고 나가 버렸다.
그 후 몇 개월 동안, 종규 씨는 병원을 찾지 않았고, 그러다 어

느 날 초췌한 모습으로 나타났다. 잠을 잘 수가 없어서 수면제 처방을 받고 싶어했다. 나는 조심스럽게 물어보았다.

"일전의 소송은 잘 되었나요?"

종규 씨는 고개를 가로저었다.

"거대 병원과 사법조직이 함께 손잡고 소시민을 탄압하더군요. 기득권을 지키기 위해서 서로 담합하고 있는 거예요. 그 일을 생각하니 잠이 오질 않아요. 저는 물러서지 않을 겁니다. 어떻게 해서라도 이 썩은 세상을 바로잡겠습니다. 제 억울한 사연을 언론에 제보하려고 합니다."

한숨이 나왔다. 수술을 늦춘 게 본인을 위한 것이었다는 사실을 납득시키긴 불가능해보였다.

며칠 뒤 종규 씨는 또 병원을 찾았다. 이번에는 입맛이 없어서 영양제를 맞고 싶다고 했다. 나는 아무 말 없이 영양제를 처방하려 했다. 그런데 이번에는 본인이 먼저 입을 열었다.

"참 더러운 세상입니다. 소시민 하나를 탄압하기 위해 병원과, 사법부, 언론이 손을 잡다니……."

"언론 기관에 제보한 일이 잘 안 된 모양이죠?"

"처음에는 기자도 관심을 가졌어요. 하지만 며칠 뒤에 연락해 보니 제가 뭘 잘못 알고 있다는 거예요. 기가 막히죠. 며칠 사이에 병원과 법원, 언론이 담합해버린 겁니다. 억울합니다. 그리고 힘듭니다. 저는 혼자서 병원과 법원과 언론의 탄압을 감당해야 합니다."

나는 또 한 번 답답함을 느꼈다. 나도 충분히 설명했다. 대학병원에서도 그랬을 것이다. 법원도 언론도 병원의 잘못이 아니라고 했다. 그런데도 종규 씨는 사실을 받아들이려 하지 않았다. 이 일이 자신의 무지와 곡해 때문에 생겼다는 사실을 받아들이기가 그렇게 힘들었을까? 그리고 대학병원 의사들이, 법원의 판사들이, 언론 기관의 기자들이 종규 씨를 탄압할 이유가 있는 사람들일까? 나는 다시 한 번 병원에는 오류가 없으니, 그 일은 잊어버리라고 말했다. 계속 그 일에 매달리는 것은 종규 씨의 건강에도, 삶에도 지극히 나쁜 영향을 미친다. 그러나 종규 씨는 이번에도 화를 내면서 나가 버렸다.

또 한동안 종규 씨의 발걸음이 끊겼다. 며칠 뒤 종규 씨의 이웃이 진료실을 방문했다. 나는 궁금해서 종규 씨의 소식을 물어보았다. 그런데 이 이웃 분은 짜증을 내는 것이었다.

"그 집 아저씨가 어떤 분인지 사람들이 잘 몰랐어요. 동네 사람들은 그 집 아주머니만 알고 지냈죠. 참 좋은 분이었거든요. 그 집 아저씨는 큰 병원과 소송을 벌였대요. 원래 장사를 했는데, 소송에만 매달리다 그만 쫄딱 망했다지 뭐예요. 마침 아파트 관리 사무소 소장 자리가 생겼어요. 아주머니 처지가 딱해보이기도 하고, 아주머니를 보니 아저씨도 좋은 사람일 거란 생각에 주민들이 아저씨에게 관리 사무소 소장직을 권했어요. 그런데 이 아저씨, 소장이 되자마자 말썽만 일으키는 거예요. 마치 왕이 된 것 같았어요. 주민들과 매일 싸우고, 수위 아저씨들과 관리

사무소 직원들도 모두 그만 뒀어요. 하는 수 없이 주민들이 아저씨에게 물러나 달라고 했죠. 그랬더니 주민들이 모두 합세해서 자신을 탄압한다나요? 기가 막히죠. 주민들과 삿대질 끝에 결국 물러나긴 했지만, 지금 생각해도 끔찍하다니까요."

나도 기가 막혔다. 조금 있으면 종규 씨는 '내 귀에 도청 장치가 있다'는 주장까지 할 것 같았다. 종규 씨에게 심리 상담이나 정신과 치료를 권해보고 싶었지만 그럴 수도 없었다. 만약 정신과나 상담실을 찾으면 '정신과 의사와 심리 상담사가 담합해서 나를 탄압한다'고 주장할 것 같았기 때문이다.

엘리스의 말처럼 인간에게는 '사실을 왜곡되게 생각하려는 생득적生得的 문화적 경향'이 있는지도 모른다. 독자 여러분께서는 이러한 본성이 본인에게는 없다고 생각할 것이다. 하지만 잘 생각해보자. 남들과 다른 삐딱한 견해를 가지고 있을 때 자신이 뭔가 특별한 사람이 된 것 같은 기분을 느낀 적은 없는가? 진실인지 거짓인지 확인되지도 않은 이야기를 하면서 자신이 어쩐지 중요한 사람이 된 것 같은 기분을 느낀 적은 없는가? 누군가에게 부당한 탄압을 받고 있다고 느낄 때, 남들은 모두 사악하고 비열한 사람이지만, 자신은 정의롭고 순수한 사람이라고 생각한 적은 없는가?

삐딱한 생각은 자신을 특별한 사람처럼 보이게 만든다. 왜곡된 생각은 스스로에게 위안을 준다. 그런데 왜곡된 생각은 한 번 시작되면 쉽게 멈추지 않는다. 부정적인 생각은 꼬리에 꼬리를 물고 눈덩이처럼 불어나는 법이다. 결국 불화를 만들고 자신을 파괴한 뒤에야 멈춘다. 때로는 완전히 망가진 뒤에도 왜곡된 생각을 고집스럽게 버리지 않는 애처로운 모습도 보이게 된다.

반면 평범한 생각은 스스로를 눈에 띄지 않도록 만든다. 그렇지만 평범함에는 보이지 않는 강력한 힘이 있다. 남들과 비슷한 사고방식, 남들과 비슷한 모습은 인간관계를 원만하게 한다. 평범함은 위기 상황에서도 우리를 보호하는 무기가 된다. 폭주하는 부정적인 사고를 멈출 수 있게 하는 것도 바로 보편타당하고 평범한 생각이다.

우리는 삶에서 평범함을 추구할 수 있어야 한다. 남들이 다 '예' 할 때 '아니요'라고 말하는 사람은 돋보이는 삶을 살아가지만, 남들이 '예' 할 때 함께 '예' 하는 사람은 평화로운 삶을 살 수 있기 때문이다.

가족에게 무심한 남편,
가면을 썼다?

사람은 세상에 보이고 싶은 외양만을 보여준다. 때로는 이 가면을 너무 철저하게 쓰고 다니
다가, 같은 인격이 되어버리기도 한다.   **서머싯 몸**

칼 융Carl Gustav Jung은 스위스의 의사이자 심리학자이다. 원래 프
로이트의 수제자였고 후계자가 될 사람이었지만, 두 사람은 각
자 다른 이론을 주장하면서 갈라섰다. 이후 융은 자신의 이론을
분석 심리학이라 칭했다.

분석 심리학에 '페르소나persona'라는 개념이 나온다. 페르소
나는 고대 그리스 연극에서 배우들이 쓰던 가면이다. 사람을 뜻
하는 person이란 단어도 persona에서 유래했다. 분석 심리학
에서는 사람들이 모두 가면을 쓰고 살아가고 있다 말한다.

아이일 때는 세상을 자신의 본래 모습대로 살 수 있다. 그러나 나이가 들면 그러한 자유는 허용되지 않는다. 집단에 소속되어 살아가야 하기 때문이다. 학교에 가면 학생으로, 군대에 가면 군인으로 살아야 한다. 학교에서 자신의 본래 모습대로 행동했다가는 문제아로 낙인찍히고, 군대에서 자기 모습대로만 살려고 하면 관심사병이 될 것이다. 집단 속에서는 집단이 요구하는 모습대로 살아야 한다. 그래서 사람은 가면을 쓰게 된다. 진정한 자기 자신의 모습은 가면 뒤에 숨기고, 세상이 원하는 모습의 가면을 쓰고 살아간다. 이 가면을 융은 '페르소나'라고 불렀다. 즉, 페르소나는 '내가 보는 나'가 아니라, '세상 사람들에게 보여지는 나'이다.

있는 그대로의 모습으로 살아가는 사람은 아무도 없다. 모든 사람들은 좋든 싫든 가면을 쓰고 살아간다. 생존을 위한 불가피한 선택이다. 의사가 가운을 입으면 의사의 페르소나를 쓰고 의사답게 행동해야 한다. 의사도 사람인지라, 큰 수술을 앞두고 있으면 불안하다. 그러나 의사는 페르소나를 쓰고 인자한 얼굴로 환자를 안심시켜야 한다. 마치 대범하고, 자신에 찬 사람인 척 해야 한다. 교단에 서면 선생님의 페르소나를 쓰고 교육자로서의 모습을 보여야 한다. 선생님 역시 사람이다. 불손하고 말썽만 부리는 학생이 예뻐 보일 수가 없다. 마음속은 부글부글 끓어오르고, 타들어 갈 것이다. 그렇지만 선생님은 그러한 학생마저도 사랑으로 포용하는 모습을 보여야 한다. 사랑과 포용의 페르소나를 쓰지 않고는, 학생을 바르게 인도할 수 없기 때문이다. 이렇게, 누구나 세상 사람들이 기대하는 모습의 페르소나를 써야 한다.

임명희 씨는 50대 중반의 여자 환자로 감기로 병원을 찾았다. "이번 겨울에는 감기 걸리시는 분들이 많네요. 손을 자주 씻고, 충분한 휴식을 취하세요."
"이상하네요. 손은 틈만 나면 씻어요. 피곤한 일도 없구요. 그런데 선생님, 스트레스가 심하면 면역력이 떨어지나요?"
명희 씨는 심각한 표정으로 물어보셨다.

스트레스가 면역 기능을 떨어뜨린다는 의견은 꾸준히 제기되어 왔고, 이에 대한 여러 가지 연구가 진행되었다. 이혼이나 별거를 하게 된 사람들의 혈액을 조사해보았더니, 우리 몸을 방어하는 NK세포의 활동성이 감소되었고, 면역 세포들을 활성화하는 마이토겐mitogen 반응도 감소된 것으로 밝혀졌다. 시험을 준비하는 수험생들도 마이토겐 반응이 감소되어 있었다. 이런 결과는 동물 실험에서도 나타났다. 연구진은 어린 원숭이를 어미로부터 떼어놓고 키워보니 어린 원숭이의 혈액에서는 몸을 방어하는 세포인 T세포의 활동성이 떨어졌고, 마이토겐 반응도 감소되었다. 그런데 어미와 재결합을 시키자 면역 지표가 정상으로 돌아왔다. 기타 여러 연구를 종합해봐도, 스트레스는 우리 몸의 면역을 떨어뜨리는 것으로 보인다.

명희 씨에게 스트레스와 면역에 대해서 말씀드렸다.

"스트레스 받는 일이 있으세요?"

"있죠. 우리 아저씨가 속을 썩여요."

"아⋯⋯! 혹시 아저씨가 너무 이기적이신 것 아닌가요?"

"맞아요."

"자기 밖에 모르고요."

"예!"

"젊었을 적부터 임명희님 속을 그만큼 썩이고도 미안한 줄 모르시죠?"

"아니, 우리 집 아저씨를 아세요?"

"아니요. 하지만 제가 만난 대한민국 50대 아주머니들은 모두 그렇게 말씀하시던 걸요!"

명희 씨는 큰 소리로 웃었다.

"다들 그런지 몰라도, 우리 아저씨는 좀 특이해요."

"그치요! 다들 자기 남편은 좀 특이한 경우라고 말씀하세요! 어떻게 다들 짜고 하듯이, 똑같은 말씀들을 하시는지 모르겠다니까요."

"아이! 아니라니깐. 하여튼 이야기 좀 들어보세요."

명희 씨의 남편은 중견기업의 이사였다. 회사에서는 온화한 성품으로, 부하 직원들의 존경을 한 몸에 받는다. 그러나 가족들에게는 너무나도 엄하고 야속한 가장이었다. 명희 씨와 자녀들은 남편이 언제 폭발할지 몰라서 항상 조마조마한 마음으로 살아야 했다. 씀씀이도 마찬가지였다. 남편은 항상 집에서는 아껴 쓰고 절약할 것을 강조했다. 빈 방에 불이 켜져 있으면 전기세를 낭비한다며 불호령을 했다. 여름에 에어컨을 켜는 것도 남편의 눈치를 살펴야 했다. 그런데 밖에서의 씀씀이는 달랐다. 회사의 아랫사람, 친구, 후배들에게 밥을 사고 술을 살 때는 돈을 아낄 줄 몰랐다. 그래도 명희 씨는 지금까지 꾹 참고 살아왔다고 했다. 그런데 얼마 전 도저히 참을 수 없는 일이 터졌다. 큰 딸이 곧 대학을 졸업할 예정이어서, 가족들이 모두 모인 저녁식사 시간에 딸에게 물어 보았다. "졸업 선물로 뭘 받고 싶어?" 그런데 남편이 깜짝 놀랐다. "졸업이라니? 너 지금 몇 학년이지?" 모두 말문이 막혀 버렸다. 명희 씨는 순간 피가 거꾸로 솟는 것 같았다고 한다. "남편은 졸업시즌을 앞두고, 부하 직원들 자녀 가운데 졸업하는 학생이 있는지를 몰래 조사하더군요. 그리고 졸업하는 학생들에게 선물하려고 영어사전도 사 두었어요. 자기 자식이 졸업하는지 모르고요……." 남편은 자기 자신 밖에 모르는 이기주의자이고, 가족은 안중에도 없는 사람이라고 했다. 그리고 밖에 나가서는 인자한 척 가면을 쓰고 살아가는 위선자라며 분통을 터뜨렸다.

"가면이라……. 심리학에 가면에 관한 이야기가 있습니다. 한 번 들어보실래요?"

나는 명희 씨에게 융의 페르소나 이야기를 했다.

가면을 썼기 때문에 위선자라고 할 수는 없다. 우리 모두 가면을 쓴 채 살아가기 때문이다. 한 사람이 한 가지 페르소나만 가지고 살아가는 것도 아니다. 대부분의 직장인들은 직장과 가정이라는 극단적으로 다른 환경 속에서 살아가게 된다. 직장에서는 훌륭한 회사원의 가면을 쓰고, 집에 오면 가장의 페르소나를 쓰고 살아간다. 한 가정 안에서도 아내를 대할 때는 남편의 페르소나를, 자녀들을 대할 때는 아버지의 페르소나를 써야 한다. 이외에도 사회생활을 하면서 여러 가지 페르소나를 바꿔 쓴다. 명희 씨 남편도 마찬가지였을 것이다. 남편이 회사에서 고위직까지 승진할 수 있었던 것은 상황에 맞는 페르소나를 적절히 잘 골라 썼기 때문이리라. 부하 직원들에게는 밥을 사고 술을 사면서, 소통을 잘하는 상관의 페르소나를 썼다. 직원 자녀 중에 졸업생이 있는지를 몰래 조사하여, 졸업 선물을 준비한 것도 마찬가지이다. 직원들은 남편의 인자한 페르소나를 보고 더 열심히 일했을 것이다. 물론 가족들에 대해서 지나치게 무관심했던 것은 잘못이다. 그렇다고 해서 명희 씨의 남편이 가족들보다, 부하 직원을 더 사랑한 것일까? 절대로 그럴 수는 없다. 남편이 회사에서 보여준 모습은 마음 속 깊은 곳의 진심이라기보다는, 페르소나이기 때문이다.

아무리 강해보이는 가장이라도, 그 역시 나약한 인간일 뿐이다. 그리고 살아남기 위해서는 이런저런 페르소나를 바꿔 쓰면서 살아갈 수밖에 없다. 그건 '위선'이 아니라 살아남기 위한 몸부림이다.

페르소나에 대한 설명이 끝나자, 명희 씨는 고개를 끄덕였다.

"사실 저는 직장생활을 해본 적이 없어요. 그래서 남편을 잘 이해해주지 못한 점도 있었을 것 같네요."

오늘 당신은 어떤 모습인가? 초라한 자신의 모습에 괴로워하고 있지는 않은가? 끝없이 아부하고 비굴하게 살아가는 자신에게 환멸을 느끼고 있지 않나? 혹시라도 그렇게 느낀다면 좀 더 생각해보아야 한다. 비굴한 모습이 당신의 진짜 모습인가? 초라한 당신의 행색이 당신의 본질을 보여 주는 것인가? 당신의 모습이란 것이, 살아남기 위해 하는 수 없이 쓰게 된 페르소나는 아닌가?

사람은 때로는 좋은 페르소나를 쓰고 존경받으면서 살아간다. 하지만 때로는 나쁜 페르소나를 쓰고 악역으로 살아야 할 때도 있다. 때로는 잘난 사람의 페르소나를 쓰고 잘난 체 하면서 살아가지만, 때로는 못난 사람의 페르소나를 쓰고 비굴하게 굴기도 한다. 그러나 가면을 벗은 우리의 민낯은 모두 비슷하다. 우리의 민낯은 그리 아름답지도 않고, 그리 흉하지도 않다.

우리는 한 번씩 스스로를 돌아보아야 한다. 오늘 나는 어떤 페르소나를 쓰고 살아가고 있는가? 그리고 지금 당장 우리가 써야 할 페르소나는 어떤 것인가?

세상이
정해 놓은 기준

무엇이 진실인지를 결정하는 사람들이 있다. 이들은 자신의 생각을 일반인들이 진실이라고
믿도록 만든다.
미셸 푸코

금은 귀한 물건이다. 값어치를 톡톡히 하는 물건이고 금 시세에
촉각을 세우는 사람들도 많다. 그런데 이런 금도 푸대접받았을
때가 있었다. 19세기 초, 프로이센은 나폴레옹 군대와 전쟁을 벌
였다. 프로이센 군대는 용감하게 싸웠으나 패배했고 굴욕적인
'틸지트 조약'을 맺었다. 프로이센의 귀족들은 분개했다. 그리고
언젠가는 다시 강력한 군대를 키워서, 나폴레옹 군대를 몰아내
겠다는 굳은 결심을 했다. 귀족들은 자신이 가진 금붙이와 보석
을 국가에 기증했다. 그리고 철로 만든 모조품으로 금붙이를 대

신했다. 몇 년이 지나자 프로이센에서 가장 고귀한 신분의 상징은 철로 만든 장신구가 되었다. 철이 더 가치 있는 물건이 된 것이다. 금이 귀한 물건이라지만, 철이 더 대접받을 때도 있었던 것이다.

이런 의문을 가져 본 적이 있는가? 도대체 왜 금이 철보다 비싼 것일까? 이 문제에 대해서 고민해본 사람은 많지 않을 것이다. 그렇다면 이런 상상을 해보자. 여기 똑같은 크기의 커다란 금덩이와 쇳덩이가 있다. 그리고 사람들을 불러 모은다. '이 두 가지 중에 한 가지를 가지셔도 좋습니다. 물론 공짜입니다!' 사람들은 줄을 서서 한 명씩 고르기 시작한다. 자! 이런 상황에서 쇳덩이를 고르는 사람은 몇이나 될까? 아주 어린 갓난아기, 치매환자, '금도끼 은도끼' 이야기가 진실이라고 믿는 순진한 사람을 제외하면, 쇳덩이를 고를 사람은 없을 것이다.

이번엔 다른 상상을 해보자. 갓 태어난 아기에게 어릴 적부터 금덩이보다 쇳덩이가 더 귀한 물건이라고 가르친다. 이 아이가 지극히 정상으로 성장했을 때 금덩이와 쇳덩이 중에 하나를 고르라고 하면 무엇을 고르겠는가? 당연히 쇳덩이를 고를 것이다.

혹자는 금이 희소가치 때문에 비싼 것이라고 한다. 그렇지만 그것은 이치에 맞지 않는다. 지구상에는 금보다 훨씬 희귀한 원소들이 있지만, 가격은 금보다 비싸지 않다. 혹자는 금의 색깔이 예뻐서 그렇다고 한다. 이것 역시 말이 안 된다. 색깔 때문이라면 순금제품과 도금제품은 똑같은 가치를 인정받아야 한다. 게

다가 금은 강도가 약해서 철보다 용도도 많이 떨어진다. 토마스 모어가 쓴 유토피아를 보면, 유토피아에서는 금으로 요강을 만들거나, 노예를 묶는 족쇄를 만들 때 사용한다고 했다. 꼬치꼬치 따져보면 금값이 다른 물질보다 비싸야 할 이유는 별로 없다.

우리는 모든 일을 자기 스스로 판단한다고 믿는다. 그러나 사실을 그렇지 못하다. 금이 왜 더 귀한 물건인지, 철보다 얼마나 더 가치 있는지를 면밀하게 분석하고 고민해서 금이 더 귀중하다고 판단하는 것이 아니다. 금이 귀중하다는 반복적인 교육을 받으며 자랐기 때문에 금이 철보다 귀하다는 걸 당연한 사실로 받아들이는 것이다. 스스로의 생각, 판단인 것 같지만 사실은 어린 시절부터 세뇌 받은 생각일 뿐이다.

우리가 옳다고 생각하는 것들, 소중하다고 느끼는 것들 중에서 얼마만큼이 내 스스로 판단한 부분일까? 또 얼마만큼이 누군가 내 머릿속에 주입시켜 놓은 것일까?

여름이 다가올 무렵, 20대 중반의 김민지 씨가 진료실을 찾았다. 민지 씨는 약간 마른 체형의 미인이었다. 그런데 비만 치료를 위한 식욕억제제 처방을 원했다. 민지 씨의 체질량 지수는 저체중에 가까웠다. 게다가 손까지 미세하게 떨고 있었다. 식욕

억제제의 부작용이 의심되는 상황이었다. 민지 씨에게 더 이상 살을 뺄 필요가 없으며, 지금 식욕억제제를 복용하면 몸에 해로울 수 있다고 설명했다. 대화를 해보니 이미 다른 병원에서도 식욕억제제를 중단하라고 권유 받았다고 했다. 그럼에도 불구하고 민지 씨는 막무가내였다.

식욕억제제는 비만 치료에서 흔히 쓰이는 약이다. 이는 신경을 흥분시켜 식욕을 못 느끼게 한다. 그러나 몇 가지 문제점이 있다. 우선 의존성이 생길 수 있으므로 장기간 복용해서는 안 된다. 게다가 부작용이 심하다. 손 떨림이 생기고 잠이 잘 오지 않는다. 성격이 예민해져서 쉽게 흥분하고, 안절부절못하게 된다. 경우에 따라서는 심장에도 무리가 갈 수 있다. 그러므로 식욕 억제제를 복용할 때는 반드시 의사와의 상담이 필요하며, 의사의 지시에 잘 따라 주어야 한다.

사정이 있는 것 같아 민지 씨의 이야기를 들어보기로 했다.

민지 씨는 지방 출신이었다. 지방에서 살 때 몸무게가 100kg이 넘었다고 한다. 너무 뚱뚱하다 보니 놀림감이 되기 일쑤였고, 사람들에게 무시를 당했다. 정신적인 괴로움에 시달리던 민지 씨는 아무도 자신을 모르는 서울로 올라왔다. 그리고 취직을 해서 돈을 벌기 시작했다. 악착같이 일했고 악착같이 모았다. 뭔가를 즐기는 일에는 단 한 푼도 쓰지 않았다. 번 돈은 오로지 비만 치료에만 투자했다. 시간이 지나자 체형은 놀랄 만큼 날씬해졌다. 내친 김에 얼굴도 몇 군데 수술했다. 그러자 자신을 대하는 사람들의 태도가 달라졌다. 다들 자신에게 너무나 친절해지더라는 것이다. 그녀는 울먹이며 말했다. "세상 사람들이 100kg의 여자에게 얼마나 잔인한지 아세요? 직접 당해보지 않으면 절대로 알 수 없어요. 저는 죽어도 그때로 돌아가지 않을 거예요. 그리고 계속 살을 뺄 거예요!" 민지 씨의 아픔이 느껴졌다. 조롱받고 무시당하던 세월에서 해방된 기쁨. 그 기쁨을 어떻게 다 표현할 수 있을까? 뚱뚱하고 못생긴 시절로 돌아가는 것이 어찌 두렵지 않을까?

민지 씨가 받은 마음의 상처를 모르는 바 아니었다. 하지만 나는 민지 씨에게 약을 끊도록 설득해야만 한다.

"지금 식욕억제제를 먹는 것은 건강을 해치는 위험한 행동입니다. 더 이상 욕심 부리시면 안 됩니다. 그리고 이미 무척 아름다우십니다."

"선생님께서 처방을 안 해주셔도, 저는 다른 병원에서 처방받을 거예요."

민지 씨는 토라져서 말릴 새도 없이 진료실을 나가 버렸다. '아차! 좀 더 따뜻하게 이야기 해줬어야 했는데…….' 후회가 밀려 왔지만 이미 늦고 말았다.

『순자荀子』에는 '초왕호세요 궁중다아사楚王好細腰 宮中多餓死'라는 말이 나온다. 춘추 전국시대 초나라의 영왕은 마른 여인을 좋아했고, 특히 허리가 가는 여인을 좋아했다. 왕의 눈에 들어 보려는 궁녀들은 마른 체형과 가는 허리를 만들기 위해 끼니를 걸렀다. 그러나 수많은 여인들이 왕의 눈에 들기도 전에 굶어 죽고 말았다.

반면, 오스만 제국의 18대 술탄이었던 이브라힘 1세는 뚱뚱한 여자를 좋아했다. 그는 신하들에게 수도 이스탄불에서 가장 뚱뚱한 여자를 데려오라고 명령했다. 신하들은 이스탄불을 뒤져서 가장 뚱뚱한 여자를 데려왔다. 이브라힘은 이 여인을 너무나 총애한 나머지 자신의 누이들에게까지 이 여인을 시중들게 했다고 한다.

뚱뚱한 여인이 아름다운가? 아니면 마른 여인이 아름다운가? 이는 사람마다 다른 취향일 뿐이다. 하지만 지금은 날씬한 체형을 벗어나 깡마른 체형을 선호하는 풍조가 만연해있다. TV와 영화에서는 가녀린 여성들이 스타가 된다. 세상 사람들은 저체중인 사람들에게 예쁘다고 찬사를 보낸다. 마른 사람이 아름답다는 생각은 과연 내 스스로 판단한 것일까? 혹시 우리도 모르는 사이에 세뇌되어 버린 것은 아닐까?

우리는 영문도 모른 채 강요를 받으며 살아간다. 날씬해질 것을 강요받고 오뚝한 콧날을 강요받고 쌍꺼풀을 강요받는다. 도대체 누가 정한 것인지도 알 수 없는 이런 아름다움의 기준은 숨막힐 정도로 우리를 압박한다. 하지만 세상의 풍조만 쫓아가는 것은 너무나도 위험하다. 풍조를 쫓아간다는 것은 남들이 내게 새겨둔 생각에 의해 쉽게 조정되는 꼭두각시가 된다는 뜻일 수도 있기 때문이다. 꼭두각시는 남을 위해서만 많은 것을 희생하는 인형에 불과하다.

금이 왜 철보다 귀한 지를 따지고 있으면 바보 취급을 당한다. 마찬가지로 왜 날씬해져야 하는지 왜 오똑한 콧날과 쌍꺼풀이 예쁜 건지를 따지면 바보로 취급된다. 세상을 바보 취급 받아가면서 살아갈 이유는 없다. 하지만 꼭두각시가 되어 살아가야할 이유는 더욱 없다.

스스로 자유로워져야 한다. 세상 풍조의 압박에서 벗어나, 자신만의 개성과 멋을 감사히 즐기면서 살아야 한다. 뚱뚱하든 날씬하든, 쌍꺼풀이 있든 없든, 사람에게는 각자의 아름다움과 멋이 있기 때문이다.

만약 그때,
그 길로 갔더라면

이 세상의 기쁨은 완전한 것이 아니다. 기쁨에는 고통의 맛이 섞여 있고, 벌꿀에는 땀방울이 섞여 있다.
조지 롤렝하겐

일본에서 전해 내려오는 민담 중에 혀 잘린 참새 이야기가 있다.

옛날에 가난하지만 마음씨 착한 할아버지가 참새 한 마리를 소중하게 키우고 있었다. 어느 날 할아버지가 밭에 나간 사이, 참새는 이웃의 마음씨 나쁜 할머니 집으로 가서 할머니가 만든 음식을 다 먹어 버렸다. 화가 난 할머니는 참새의 혀를 자르고 밖으로 쫓아냈다. 일을 마치고 돌아온 할아버지는 집에 참새가 없자 이웃집 할머니에게 물어보았다. "할멈, 우리 집 참새 못 봤수?" 할머니는 아무렇지도 않게 대답했다. "고 녀석이 우리 집 음식을 다 먹어 치웠지 뭐야! 그래서 내가 혼을 내서 내쫓아버렸어." 할아버지는 슬퍼하며 참새를 찾아 나섰다. 할아버지는 고생 끝에 어느 대나무 숲에서 참새를 찾을 수 있었다. 혀 잘린 참새는 다른 참새들의 보살핌을 받고 있었다. 할아버지는 기쁨의 눈물을 흘렸다. 참새들은 잔치를 열어주었다. 잔치가 무르익을 무렵, 참새들이 두 개의 상자를 가지고 왔다. "이건 할아버지를 위한 우리의 선물이에요. 큰 상자든 작은 상자든 할아버지께서 원하시는 걸로 고르세요." 선물을 받기가 미안했던 할아버지는 작은 상자를 선택했다. 집에 와서 상자를 열어보자 그 속에는 금은보화가 가득 들어 있었다.

이야기를 들은 이웃집 할머니는 욕심이 났다. 그래서 할머니도 참새를 찾아 나섰다. 대나무 숲에 도착하자, 참새들은 할머니 앞에도 두 개의 상자를 내놓았다. 욕심이 많은 할머니는 큰 상자를 선택했다. 집으로 돌아온 할머니는 기대에 들떠 상자를 열어보았다. 그런데 상자 안에서는 무시무시한 도깨비 한 마리가 튀어 나왔다. 할머니는 놀라서 기절하고 말았다.

이은정 씨는 20대 후반의 신혼 주부였다.

"잠이 잘 안 와요. 수면제를 좀 처방해주세요."

"왜 잠을 못 주무실까요?"

"자기 전에 이런 저런 고민을 많이 해서 그런가 봐요."

은정 씨는 쓸쓸한 미소를 지었다.

잠자리에서 고민하는 것은 숙면에 크게 방해가 된다. 고민거리로 침대에서 20분 이상 잠들지 못할 때는 다른 방으로 가서 이완의 시간을 가지고 다시 잠자리에 드는 것이 좋다. 쉽게 말해서 자려고 누웠는데 딴 생각이 나면 다른 방에서 그 생각을 다 하고 와서 자라는 말이다. 또한 잠이 오지 않는 것에 대해 너무 불안해하면 긴장 때문에 오히려 잠들기가 더 어려워진다. 그러므로 억지로 잠들려고 하지는 말아야 한다.

이외에도 쾌적한 수면을 위한 몇 가지 원칙이 있다. 우선 잠드는 시간과 기상시간을 일정하게 한다. 그리고 잠자리에 누워서 TV를 시청한다든가 책을 읽어서는 안 된다. 여러분도 파블로프의 조건반사라는 말을 한 번쯤 들어보았을 것이다. 개에게 종소리를 들려주면서 음식을 주면 나중에 음식 없이 종소리만 들려줘도 개가 침을 흘린다는 실험결과를 말한다. 잠자는 것도 마찬가지다. 잠자리에서 바로 잠드는 습관을 들인 사람은 배게만 베면 반사적으로 잠이 드는 반면, 잠자리에서 책을 읽던 사람은 베개를 베고 누우면 반사적으로 이런저런 생각이 나게 되는 것이다.

술과 담배, 커피는 저녁시간에 먹지 않는 것이 좋다. 특히 술을 마시면 일시적으로 졸리는 현상이 생기지만 수면 후반부를 방해하여 아침에 일찍 깨게 된다. 밤에 운동을 하는 것 역시 수면을 방해할 수 있다. 너무 배가 부르거나, 반대로 너무 배가 고픈 것도 수면을 방해할 수 있으므로 적절한 양의 저녁식사가 필요하다. 배가 너무 고프면 가벼운 간식을 먹도록 한다. 침실은 약간 시원한 온도에 조용한 것이 좋다.

나는 은정 씨에게 수면위생에 대해서 설명했다.

"잘 알겠습니다. 그런데 지금은 그런 방법만으로 해결될 것 같지 않네요."

은정 씨는 힘이 없어 보였다.

"대체 무슨 일이시죠?"

주저하던 은정 씨는 이야기를 시작했다

은정 씨는 결혼 2년차 전업주부였다. 남편은 능력 있는 대기업 사원이었고, 성격도 다정다감한 사람이었다. 결혼할 때 '이 남자와 함께라면 행복하게 살 수 있겠구나' 생각했다고 한다. 그렇지만 현실은 그리 만만치 않았다. 시어머니와 갈등이 생기기 시작한 것이다. 젊을 때 남편을 잃고 하나뿐인 아들을 키워 온 시어머니는 아들에 대한 애착이 무척 강했다. 반면 며느리인 은정 씨에게는 너무나 엄했다. 시어머니는 신혼살림에 사사건건 간섭했고, 은정 씨는 항상 감시당하는 기분으로 살아야 했다. 조금이라도 어머니 마음에 들지 않으면 불호령이 떨어졌다. "정말 숨이 막히는 것 같아요. 시어머니를 이해해보려고도 했죠. 그렇지만 마음속에 차곡차곡 쌓여가는 섭섭함은 어쩔 수가 없더군요." 남편에게 어려움을 호소해보았지만, 남편은 어머니 편만 들었다. 은정 씨는 더 이상 도망칠 곳이 없었다.

"결혼하기 전에 저를 좋아했던 사람이 남편만은 아니었어요. 대학 동기인 A는 진심으로 저를 좋아했고, 열렬했습니다. 그러나 저는 능력 있는 현재의 남편을 선택했습니다. 행복할 것이라고만 기대했던 결혼생활이 고통스러워져서일까요? 가끔씩 머릿속에 A가 떠오릅니다. 'A와 결혼했어도 이렇게 고통스러웠을까?' 솔직히 마음속은 혼란스럽습니다. 지금 생각해보면 A도 참착한 사람이었는데……. 제가 A의 구애를 매정하게 뿌리쳐서 벌을 받는 것일까요? 잠자리에 들면 시어머니의 불호령이 머릿속에서 메아리칩니다." 은정 씨는 자신의 혼란스런 상황과 잠을 못잔 피로에 지쳐 기어들어가는 목소리로 이야기하고 있었다.

"동화 하나 들려드릴게요."

나는 은정 씨에게 혀 잘린 참새 이야기를 해드렸다.

"마음씨 나쁜 할머니도 두 가지 상자 중에 하나를 선택해야 했습니다. 큰 상자 안에는 도깨비가 들어 있었습니다. 작은 상자 안에는 뭐가 들어 있었을까요? 할아버지 때처럼 금은보화가 들어 있었을까요? 그렇다면 마음씨 나쁜 할머니가 작은 상자를 선택했으면, 할머니도 행복하게 살 수 있었을까요?"

"음……. 작은 상자에는 금은보화가 들어 있지 않았을까요? 아니 작은 상자에도 도깨비가 들어 있었으려나?"

은정 씨는 곤혹스런 표정을 지었다.

사실 작은 상자 안에 어떤 것이 들어 있었는지는 아무도 알 수 없다. 우리 삶도 이렇다. 우리는 무엇이 들어있는지를 알 수 없는 운명의 상자들 가운데서 살아간다. 일부는 스스로 선택한 것이고, 일부는 선택하지 않았음에도 우리에게 주어진 것이다. 그런데 현실의 상자는 동화 속의 상자처럼 금은보화만 들어있거나, 도깨비만 들어있지 않다. 어떤 상자를 선택하든 그 상자 속에는 기쁨과 슬픔이 함께 들어있고, 행복과 불행이 함께 들어있으며, 아름다움과 추함도 함께 들어있다. 우리가 열어본 상자에서 기쁨을 느낄 때는 아무 문제가 없다. 그러나 상자 바닥 속에 숨어있던 슬픔이 나오면서 우리는 후회를 느끼기 시작한다. 그리고 '선택하지 않은 상자 속에는 과연 무엇이 들어있었을까?' 하고 궁금해 한다. 이러한 궁금증이 반복되면 미련이 된다. 남의 떡이 더 커보이듯이, 자신이 선택하지 않은 상자 속에는 행복만이 가득할 것 같은 생각이 드는 것이다. 그러나 자신이 선택하지 않은 상자 속에도 행복 뿐 아니라 또 다른 불행이 함께 들어있기 마련이다.

은정 씨는 고개를 숙이고 묵묵히 앉아 있었다. 잠시 침묵이 흐른 뒤 은정 씨가 말했다.

"감사합니다. 제가 어리석었네요."

은정 씨는 현실을 현명하게 받아들였고, 증세도 점차 호전되어 갔다.

일이 뜻대로 되지 않을 때, 슬픔이 가슴 속에 밀려올 때, 우리는 먼저 상자를 탓한다. 왜 나는 남들처럼 좋은 상자를 가지지 못했을까? 왜 내게는 이런 슬픈 상자가 주어졌을까? 신을 원망하고 세상을 원망해보기도 한다. 남들은 모두 행복한데 자신만 불행한 것 같다. 그러나 행복만이 가득한 상자는 애당초 세상에 존재하지 않았다.

우리는 자신에게 주어진 상자를 소중히 해야 한다. 때로는 눈물을 흘리고, 때로는 가슴을 쥐어뜯지만, 흥분이 가라앉으면 상자를 다시 정리해야 한다. 슬픔과 불행과 추함이 나오지 않도록 상자 속에 잘 갈무리하고, 우리에게 주어진 행복과 기쁨과 아름다움에 감사하며 오늘을 살아야 한다. 그리고 부족한 상자를 가지고도 모자란 상자를 가지고도 충분히 행복해질 수 있다는 사실을 잊어서는 안 된다.

완벽한
흰색이 존재할까

사람들 중에는 캄캄 절벽인 바보 천치도 없으며, 아주 완전한 빛의 인간도 없다. 모든 사람은 두 갈래 길목에 서 있는 것이다. **톨스토이**

당신이 동화에나 나올법한 조그만 왕국에 살고 있다고 상상해보자. 임금님은 사냥을 무척 좋아한다. 그런데 임금님에게는 아들은 없고 딸만 하나 있어서 그게 고민거리였다. 어느 날 임금님은 나라에 공표를 했다. '사슴 사냥대회를 열어 사윗감을 구하겠다. 이 대회에서 우승한 사람을 부마로 삼고, 그 사람에게 임금 자리도 물려주겠다.' 당신은 이 소식을 듣고 자리를 박차고 일어났다. 당신은 이 나라에서 다섯 손가락 안에 드는 사냥꾼이었기 때문이다.

당신은 당당히 사슴 사냥 대회에 참가한다. 당신뿐만 아니라 쟁쟁한 경쟁자들도 몇 명 참가했다. 마침내 규칙이 발표되었다. '화살은 단 한 발만 지급된다. 이 한 발로 이 산에서 가장 크고, 가장 아름다운, 완벽한 사슴을 잡아오는 사람이 승자가 된다. 하지만 완벽하지 못한 사슴을 잡아온 사람은 교수형에 처해진다. 화살을 쏘지 못한 사람은 그냥 집으로 돌아간다.'

대회가 시작되었다. 산을 헤매다가 사슴을 한 마리 발견했다. '제법 크고 눈망울이 예쁘군. 털빛도 곱고, 날씬하긴 한데. 뿔이 별로야.' 화살을 쏘는 것을 포기할 수밖에 없다. 잘못 쏘았다가는 목이 날아간다.

그럼 다시 사슴을 찾아 헤매야 한다. 또 멋진 사슴을 발견했다. 첫 번째 사슴보다 좀 더 크고, 뿔도 멋있다. '아까 사슴보다 낫군. 어! 아까 사슴보다 좀 뚱뚱한가?' 이번에도 화살을 쏘는 것은 쉽지 않다.

당신은 다시 사슴을 찾아다닌다. 그리고 마침내 정말 멋진 사슴을 만난다. '멋지군. 뿔도 몸매도 나무랄 데가 없어.' 이제 활을 재고 시위를 당긴다. 그때 갑자기 불안한 생각이 머릿속을 스쳐지나간다. '그런데 이놈이 가장 완벽한 사슴일까? 다른 사냥꾼이 이보다 더 멋진 사슴을 잡아오면, 나는 어떻게 되지?' 자! 당신은 화살을 쏠 수 있을까?

사실 어떤 사슴을 만나도 당신은 확신에 차 화살을 쏠 수 없다. 완벽한 사슴이란 애초에 존재하지 않는다. 사람 사는 세상이 이렇다. 끊임없이 완벽을 추구하는 사람의 손에는 결국 아무것도 주어지지 않는 법이다.

최승훈 씨는 30대 초반의 남자 환자였다.

"뒷머리가 아프고, 어깨를 짓누르는 것 같습니다. 아무래도 고혈압인 것 같아서 다른 내과에 가보았는데 혈압은 정상이라고 하네요. 왜 이런 거죠?"

뒷목이 뻣뻣한 증상이 생기면 흔히 고혈압이라고 생각한다. 그러나 실제로 고혈압 환자의 대부분은 증상이 없다. 아주 갑자기 또는 심하게 혈압이 올라간 경우를 제외하고 고혈압 때문에 뒷목이 뻣뻣해지는 경우는 드물다. 이런 증상은 오히려 '긴장형 두통'에서 더 흔하게 나타난다. 긴장형 두통은 스트레스나 피로, 수면부족 때문에 발생하는 두통으로 뒷머리가 아프고 어깨를 짓누르는 증상, 띠를 두른 듯이 조이는 느낌이 특징이다. 약을 복용하면 두통이 치료되지만, 간혹 만성적인 두통으로 발전하기도 한다. 승훈 씨의 경우 혈압은 정상이었고 긴장형 두통이 의심되었다.

승훈 씨에게 긴장형 두통에 대해서 설명드렸다.

"어떤 일을 하시죠?"

"변호사입니다."

"전에도 이런 증상이 있었나요?"

"고시 공부할 때 이 증상으로 고생을 많이 했어요. 그렇지만 고시에 합격하고 난 뒤에는 이런 적이 없었습니다."

"긴장형 두통은 스트레스와 관련된 경우가 많습니다. 특별히 스트레스 받는 일이 있으신가요?"

"최근 패소한 사건 때문에 스트레스를 많이 받긴 했어요."

'변호사라면 승소와 패소가 반복되는 것에 익숙할 텐데…….' 나는 좀 이상하다고 생각하면서 자세한 사연을 좀 이야기해달라고 부탁했다.

승훈 씨는 최고 명문 대학을 졸업한 뛰어난 인재였다. 대학입시, 사법고시, 심지어 운전면허시험까지 단 한 번에 합격한, 실패의 경험이 거의 없는 사람이었다. 군 복무를 마칠 즈음, 주변으로부터 판사가 되라는 권유를 많이 받았다. "그때 정말 진지하게 고민했습니다. 성적도 충분했어요. 하지만 저는 변호사가 좋았습니다. 억울한 사람을 위해서 싸워주고, 도와주고 싶었습니다. 원래 법대에 간 것도 그런 멋진 변호사가 되기 위해서였으니까요." 승훈 씨는 국내의 권위 있는 한 법무법인에 들어갔다. 워낙에 똑똑하고 원만한 성격이었던 그는 법무법인에서도 뛰어난 능력을 인정받았다. 드디어 자신이 꿈꾸던 삶이 열리는 것 같았다.

그런데 얼마 전, 아주 쉬운 사건을 배당 받았다. 변호사가 아닌 누가 보더라도 의뢰인이 억울한 피해를 당한 것이 분명했다. 승훈 씨는 자신만만하게 재판을 준비했다. "저는 당연히 이길 것이라고 생각했습니다. 자만한 거죠." 승훈 씨는 쓸쓸히 웃었다. 막상 재판이 시작되자 상황은 뜻대로 돌아가지 않았다. 상대 변호사는 승훈 씨보다 훨씬 철저히 준비해왔다. 상대의 허를 찌르는 변론에 승훈 씨는 등에 땀이 흐르는 것 같았다. "가슴이 터질 것 같았어요. 하지만 전 바보같이 아무 말도 하지 못했죠. 그런 게 아니라고, 내 의뢰인이 정말 억울한 것이라고 당당히 주장해야 하는데, 무슨 말부터 해야 할지 생각이 안 났어요." 결국 승훈 씨는 재판에서 지고 말았다. 재판이 끝난 후 승훈 씨는 자리에서 일어나지 못했다. 그저 멍하니 퇴장하는 판사를 바라보고 있었다.

"정말 고맙습니다. 비록 졌지만, 변호사님이 정말 저희를 위해서 열심히 싸워주셨다는 걸 잘 알고 있습니다. 항소를 하겠습니다. 이번에도 준비를 부탁드립니다." 의뢰인은 눈물을 글썽이며 말했다고 한다. "그때 저는 무언가에 한 대 꽝 얻어맞은 기분이었습니다. 도대체 누가 누굴 위로해야 한단 말입니까? 내가 위로를 드려야 하는 분에게 위로받는 꼴이 되었습니다. 내가 지켜드려야 하는 분이 나를 지켜주고 있었습니다. '도대체 나는 뭔가?' 하는 생각이 들었습니다. 저는 시험지 앞에서만 용감했지, 사람 사는 세상에서는 아무 것도 할 수 없는 무기력하고 무능한 사람일 뿐이었습니다. 이제야 저의 진짜 모습을 보게 된 거예요."

우리는 어릴 적, 정의가 승리한다고 배웠다. 하지만 세상에 나와 보면 정의가 승리한다는 것처럼 공허한 말이 없을 것이다. 우리는 새로운 사실을 깨닫게 된다. 늑대가 들소를 잡아먹을 수 있는 것은 들소보다 힘이 세서가 아니라 들소보다 잔인하기 때문이라는 사실을……. 승훈 씨는 의뢰인의 아픔을 위해서 열심히 일하는 양심적인 변호사였다. 이런 착하고 선량한 변호사가 용기 잃은 모습은 너무나도 안타까웠다.

'무슨 말을 해드리지?'

나는 잠시 고민하다가 A4용지를 꺼내서 검은색 볼펜으로 크게 '최승훈'이라고 적었다.

"자, 글자가 무슨 색깔이죠?"

"검은색이요."

"종이는요?"

"흰색입니다."

나는 승훈 씨를 바라보면서 다짐하듯이 물었다.

"정말요? 진짜로 글자는 검은색이고 종이는 흰색이라고 확신하실 수 있나요?"

승훈 씨는 어리둥절한 얼굴이 되었다.

우리는 종이에 글자를 쓸 때 종이는 희고 글자는 검다고 생각한다. 그러나 볼펜은 완전히 검은색일까? 페인트 가게에 가보면 세상에 얼마나 많은 검은색이 존재하는지를 알게 될 것이다. 그리고 볼펜보다 검은 색이 분명히 존재한다는 사실도 알 수 있다.

펜보다 검은 색의 입장에서 보면, 볼펜의 색깔은 짙은 회색에 불과하다. 종이도 마찬가지이다. 종이보다 흰 색의 입장에서 보면 종이는 옅은 회색에 불과하다. 우리는 검은색, 흰색을 쉽게 이야기하지만 완전한 흑과 백은 우리의 상상 속에만 존재할 뿐이다. 완전한 흑, 완전한 백을 본 사람은 아무도 없다. 완전한 선과 완전한 악, 완전한 아름다움과 완전한 추함, 완전한 정의와 완전한 불의, 이런 것들은 모두 우리의 상상 속에서만 존재한다. 현실을 사는 우리 모두는 상상 속의 흑과 백 사이에 존재하는, 길고 긴 회색지대의 한 군데에 서있을 뿐이다.

그런데 이 완전한 선, 완전한 아름다움, 완전한 정의를 자꾸 추구하다보면 흑백논리에 빠지게 된다. 흑백논리에 빠진 사람은 회색지대를 인정하지 않는다. 자신만의 백의 기준을 정하고, 이 기준에 들지 못하면 모두 흑으로 간주해버린다. 흑백논리에 빠진 사람에게 있어서 회색은 곧 흑인 것이다.

안타깝지만 내가 보기에는 승훈 씨도 흑백논리에 빠져버린 것 같았다. 자신은 완벽해야 한다는 생각이 승훈 씨를 지배하고 있었다. 이러한 생각이 지금까지의 성공에 밑거름이 되었을 것이다. 자신이 생각하는 백색의 기준에 들기 위해서, 열심히 공부하고 끊임없이 스스로를 채찍질했을 것이다. 그러한 노력으로 마침내 세상 사람들이 부러워하는 위치까지 올라서게 되었다. 하지만 그런 성격 때문에 실패는 감당할 수가 없었다. 부족한 자신은 회색이 아니라 검은색이라고 단정해버린 것이다.

나는 회색지대에 대한 생각을 승훈 씨에게 말씀드렸다. 승훈 씨는 고개를 푹 숙이고 말했다.

"다 맞는 말씀이에요. 어릴 때부터 사람들은 저보고 천재라고 칭찬했는데, 사실 저는 천재가 아니라 천재인 척하기 위해서 몸부림치며 살아왔던 것뿐입니다. 그래서 그런 건지… 제가 생각한 대로 일이 진행되지 않으면 견디질 못해요. 남한테 지는 것도 참지 못하구요. 제 스스로가 너무 초라하게 느껴지거든요."

오랜 시간 힘들었을 것이다. 오랜 시간 답답했을 것이다. 자신도 평범한 사람일 뿐이라고 왜 말하고 싶지 않았겠는가? 하지만 주변의 기대에 떠밀려서, 또 자신의 자존심에 이끌려서 지금까지 숨가쁘게 뛰었다. 그리고 지금, 억울한 의뢰인에게 아무런 도움이 되지 못하는 지금, 승훈 씨가 할 수 있는 것은 스스로를 괴롭히고 책망하는 일뿐이었다.

"스스로가 정한 백색의 기준에 들지 못한다고 해서 실망할 필요는 없습니다. 모든 인간은 회색지대에서 살아가는 부족한 존재일 뿐이니까요. 지금 승훈 씨의 모습은 이미 충분히 훌륭해요. 완벽하지 못하다고 쓸모없는 사람이 되는 것은 아닙니다. 지금처럼 착한 마음을 가지고 일하시면 세상 사람들 모두가 칭찬할 것입니다. 힘내세요!"

며칠 뒤 어떤 여자분이 감기 진료를 받으러 와서 말했다.

"최승훈 씨 아내입니다. 남편 증상이 많이 좋아졌어요. 그리고 선생님께 감사하다고, 다음 재판에서 꼭 이기겠다고 전해달라고 하네요. 두 분 무슨 말씀을 하신 거예요?"

나는 웃으면서 대답했다.

"비밀입니다!"

아무리 완벽한 척하고 아무리 깨끗한 척해도 우리는 회색지대에 살고 있는 부족한 인간이다. 내가 아무리 잘났어도 나보다 잘난 사람은 부지기수이고, 내가 아무리 못났어도 나보다 못난 사람 또한 셀 수 없이 많은 세상, 이것이 우리가 살아가는 세상의 실체이다. 그러므로 잘났다고 오만해져서도 안 되고, 못났다고 주눅들 필요도 없다.

우리는 흰색이 아니다. 누구도 흰색일 수 없다. 우리가 할 수 있는 최선은 죽는 날까지 흰색을 향해 달리는 것뿐이다. 스스로가 부족하다는 생각을 할 때가 있는가? 당신이 저지른 실수 때문에 뼈아픈 후회가 가슴을 파고들 때가 있는가? 가끔씩 자책감에 눈물을 흘릴 때가 있는가? 그렇다면 당신은 지극히 정상이다. 우리는 모두 회색이기 때문이다.

4차원 진료실

의사는 환자를 치료하는 일을 하는 사람입니다. 그래서 의사는 항상 진지해야 하고, 긴장해야 하고, 집중해야 합니다. 그렇지만 진료실이라는 공간은 의사와 환자, 둘만 대화를 할 수 있는 곳이므로 환자는 이를 편안하게 느낄 수도 있습니다. 그래서 진료실에서는 마음 아픈 사연과 힘든 시련 이야기가 많이 오고 가지요.

하지만 항상 진지한 얘기만 나오는 것은 아닙니다. 때때로 웃기거나 웃시 못할 황당한 이야기가 나오기도 합니다.

지금부터 4차원 진료실의 모습을 보여드리겠습니다.

첫 번째 이야기
열심히 봐줄게

A씨는 20대 초반의 아가씨였다. 심한 열과 옆구리가 아픈 증상이 있어서 간단한 이학적 검사를 해 보니, 신우염이 의심되었다.

"신우염은 어떨 때 생기는 병이죠?"

콩팥의 사구체에서 걸러져서 만들어진 소변은 세뇨관을 통해 빠져 나오고, 각각의 세뇨관을 통해 나온 소변은 깔때기 모양의 신우로 모인다. 이렇게 모아진 소변은 요관으로 흘러가서 방광과 요도를 거쳐 몸 밖으로 배출된다. 이 순서 중 신우 부분에 염증이 생긴 질환을 '신우염'이라 부른다.

신우염은 세균이 신우에 침입해서 생기는 질환이다. 원인이되는 세균 중 가장 흔한 것은 대장균이다. 대장균은 소변이 나오는 요도로 침범하여 방광을 거쳐 신우로 들어간다. 여성들은 소변이 나오는 요도의 길이가 남자들보다 짧고, 항문 주변의 세균이 쉽게 침범할 수 있어서 요로감염에 취약하다. 그래서 신우염이나 방광염이 남성보다 여성에게 자주 발생하는 것이다. 이런 감염은 성관계 중에도 발생할 수 있으며, 관계 후 소변을 보면 방광염 발생이 줄어든다는 보고도 있다.

이런 사실을 A씨에게 간단히 설명했다.

그런데 다음 날 병원이 발칵 뒤집혔다. 웬 젊은 남자가 병원을 찾아와서 온갖 욕설을 퍼부으며 행패를 부린 것이다. 그 남자는 나를 찾고 있었다.

나는 일단 남자에게 진료실로 들어오라고 했다. 나이는 20대 중반 정도, 행색을 보고 딱 떠오르는 말은 '양아치'였다. 그런데, 전날 진료를 본 A씨가 미적미적 따라 들어오는 것이 아닌가!

사연은 이랬다. A씨가 아프기 이틀 전, 두 사람은 성관계를 가졌다. 하지만 다음 날, 두 사람은 크게 다투고 헤어지기로 했다. A씨는 그 이후로 온몸에 열이 나기 시작했고 병원을 찾았던 것이다. 그 후 성관계가 신우염의 원인이 될 수 있다는 설명을 듣고 화가 났다고 한다. 그래서 남자에게 짜증을 부렸던 모양이다. 그걸 들은 남자는 병원에 분풀이를 하러 온 것이다.

이런 오해가 흔하다고는 할 수 없지만, 아주 없는 것은 아니다. 성관계 후 신우염이 잘 생긴다는 것은 학문적으로 이미 인정되고 있다는 점, 앞으로 질병의 예방을 위해 환자에게 알려주는 것이 도움이 된다는 점, 그리고 두 사람 사이에 갈등이 있다고 해도, 열이 펄펄 끓는 환자 앞에서 이러는 것은 결코 바람직하지 않다는 점을 설명해주면, 보통은 이해를 한다.

그런데 이 친구는 그렇지 않았다. 20대로 보이는 친구가 40이 넘은 의사에게 행패를 부리는 것도 참아주기 힘든데, 아예 반말을 하고 있었다.

"당신이 봤냐고? 그날 밤에 균이 들어 간 것을 당신이 봤어?"

"뭔가 오해가 있으신 것 같은데…… 저는 신우염이 성관계 후에 생길 수 있다는 말씀은 드렸지만, 두 분이 관계할 때 전염

되었다고 말한 적은 없습니다. 당연히 두 분이 관계한 적이 있는지 없는지조차 몰랐고요."

"그러니까, 당신이 그날 밤에 균이 들어가는 것을 봤냐고?"

더 이상 화를 참을 생각이 없어진 나는 A씨에게 잠시 자리를 피해 달라고 말했다. 그리고 그 친구에게 나직이 말했다.

"야 이 자식아. 내가 너 그 짓거리할 때 옆에서 지켜보고 있을 만큼 한가해보이냐?"

순간 그 친구는 당황해서 말을 더듬었다.

"그러니까…… 당신이 못 본 거잖아!"

나는 화가 치밀어서 크게 소리쳤다.

"알았어! 이 자식아. 다음에 할 때 불러. 내가 열심히 봐줄게."

그 친구는 멍해졌다.

"뭐 해! 당장 나가. 이 자식아!"

그 친구는 문을 쾅 닫고 나가버렸다. 이후 그 친구를 본 적은 없다. 무척 다행한 일이었다. 말은 그렇게 했지만, 녀석의 정사를 열심히 봐 줄 생각은 추호도 없었기 때문이다.

두 번째 이야기
바람이 지나가요

B씨는 50대 중반의 남자 환자였다.

"이상한 증상이 있습니다. 바람이 제 오른손으로 들어와서 왼발로 나갑니다."

나는 '참 이상한 증상도 다 있구나' 하고 생각하며 진료를 시작했다.

"언제부터 그러셨나요?"

"한 15년 정도 됐습니다. 바람이 지나가면 오싹한 불쾌감이 생깁니다. 당해보지 않은 사람들은 이 고통을 몰라요. 그동안 별의별 치료를 다 받았어요. 양방뿐만 아니라 한방 치료도 받아 보았지만 효과가 없었습니다. 용하다는 선생님을 찾아다닌 지가 벌써 15년째인데, 답답해요. 양의사들은 잘 모르면 무조건 신경성이라 하고 한의사들은 잘 모르면 무조건 기가 허하다고 하더라구요. 그냥 포기하고 살았는데 동네 사람들이 선생님이 그렇게 용하시다고 해서 이렇게 찾아뵈었습니다."

당황스러웠다. 내과 교과서에 오른손으로 바람이 들어와서 왼발로 나가는 질환은 없다. '이럴 땐 뭐라고 해야 하지?' 나는 크게 심호흡을 했다.

"아마 실제로 바람이 들어가는 것은 아닐 겁니다. 말초신경의 자극 증상이 바람처럼 느껴지시는 걸 거예요."

그랬더니 B씨는 정색을 하고 화를 냈다.

"이것 보세요. 바람이란 말입니다. 바람 같다거나 바람의 느낌인 것이 아니라, 진짜 바람이라고요. 그냥 느낌 가지고 병원을 15년간이나 찾아다니겠어요?"

'침착하자. 침착해야 한다. 아무리 설득해도 이분은 바람이 아니라는 말을 받아들이시지 않을 거야.'

나는 잠시 고민한 끝에 입을 열었다.

"진짜 바람인가요?"

"그럼요. 진짜예요."

"진짜요?"

"진짜 바람이라니까요."

나는 최대한 진지한 표정으로 말했다.

"아! 정말 안타깝네요. 바람이 왼쪽 발에서 들어와 오른쪽 손으로 나가면 '장풍掌風'인데……. 방향이 거꾸로 네요."

갑자기 B씨의 동공이 커졌다.

"지금은 어떤 질환인지 잘 모르겠습니다. 몸에 바람이 지나갈 때, 다시 방문해주십시오."

B씨가 다시 진료실을 찾은 것은 3개월이 지난 뒤였다. 그런데 이번에는 감기 때문에 왔다고 했다. 나는 조심스럽게 물었다.

"바람 증상은 좀 어떠세요?"

B씨는 멋쩍게 웃으며 말했다.

"이제는 더 이상 그 증상이 생기지 않네요."

그의 설명은 이랬다. 지금까지는 몸속으로 바람이 지나가는 걸 병이라고 생각했다고 한다. 그런데 그날 내게 진료를 받고 '혹시 내가 특별한 능력을 가진 건 아닐까? 혹시 이건 병인 게

아니라 초능력은 아닐까?' 하는 생각이 든 것이다. 그래서 방에
초와 성냥을 준비해두고 몸속에 바람이 불면 발바닥에서 나오
는 바람으로 촛불을 꺼보기로 했다. "그런데 개똥도 약에 쓰려면
없다더니, 참! 그날 이후로 아무리 기다려도 바람이 불지를 않
더군요. 병이 나은 건지, 능력을 잃은 건지……. 아무튼 시원섭
섭합니다."

B씨는 씁쓸한 미소를 지었다.

세 번째 이야기
이놈의 광어회

C씨는 20대 중반의 사회 초년생이었다. 항상 밝고 쾌활한 성
격이었는데, 가끔씩 엉뚱한 말로 사람을 당황시키기도 했다.

어느 날, C씨는 설사와 복통, 구역질 때문에 병원을 찾았다.

"아무래도 그저께 먹은 광어회 때문인 것 같아요. 회식으로
횟집을 갔거든요. 거기서 광어회를 먹었는데, 그것 말고는 최근
에 별다른 음식을 먹은 게 없어요."

"회사분들 모두 증상이 있으신가요?"

"아니요. 저만 그래요."

"그렇다면 광어회 때문이라고 단정하기는 좀 어려울 것 같은
데요."

"아! 그런가요?"

증상이 별로 심하지 않은 것 같아서 약을 며칠분 처방했다. 몇 가지 주의사항을 설명하는데 C씨의 정신은 다른 곳에 가 있는 것 같았다.

"다 들으셨어요?"

"아! 죄송합니다. 다시 한 번 설명해주세요. 그런데 선생님! 아무래도 광어회가 맞는 것 같아요!"

"왜 그렇게 생각하시죠?"

"뱃속에서 광어가 뛰어놀고 있는 느낌이에요!"

나는 말문이 막혔다. '광어가 뛰어노는 느낌이라고?'

C씨는 힘주어 말했다.

"정말이에요. 광어가 뱃속에서 펄떡펄떡 뛰고 있다니까요!"

나는 진지하게 말했다.

"본인이 얼마나 행복한지 생각해보세요. 뱃속에서 뛰고 있는 게 광어였기에 망정이지, 소고기나 돼지고기를 먹어서 소나 돼지가 뱃속에 뛰어 놀았다면 얼마나 괴로웠겠어요?"

C씨는 멍하니 나를 쳐다보았다.

"그런 건가요?"

나는 고개를 끄덕였다.

마음속에서 양심의 소리가 울렸다.

'나 이렇게 살아도 되는 걸까?'

네 번째 이야기
꿈에

"선생님, 보호자분께서 환자 진료 전에 선생님을 먼저 뵙고
싶다고 하십니다."

'무슨 일이시지?'

일단 보호자를 들어오도록 했다.

"저는 ○○교회 집사입니다. 오늘 접수하신 D씨는 저희 교회
에서 보호하고 있는 분입니다. 지능이 좀 떨어지시고, 원래 노숙
자 생활을 하셨는데 너무 딱해서 저희가 보호해드리기로 한 겁
니다. 교회에는 내과 의사 선생님이 여러분 계십니다. 그런데 한
선생님께서 해주신 검사에서 당뇨가 진단되었습니다. 즉시 치료
해야 할 정도로 심한 당뇨였어요. 그래서 약을 처방해주셨는데,
드시려고 하지 않는 거예요. 다른 선생님들이 번갈아가면서 설
득해봤지만 소용이 없었어요. 고집이 고래 심줄 같아요. 왜 약을
안 먹으려 하시는지 조심스레 물어봤더니 귓속말로 그러시는
거예요. '이건 비밀인데요, 며칠 전 꿈에 하느님께서 나타나셔서
제 병을 치료해주신다고 했어요. 그래서 약은 안 먹어도 돼요.'
의사 선생님들은 빨리 약을 먹어야 한다고 하시고, 본인은 약을
안 먹겠다고 저렇게 버티고……. 동네의 다른 병원도 다녀보았
지만 아무도 D씨를 설득하지 못했어요. 그런데 교회 성도님 중
한 분이 혹시 선생님이라면 치료해주실 지도 모른다고 해서 이

렇게 찾아뵌 거예요. 선생님께서 치료를 맡아주신다면 환자를 데리고 들어오겠습니다. 아니시라면 선생님을 더 이상 귀찮게 하지 않고 돌아가겠습니다."

'어떻게 하지?'

나는 교회를 다니는 사람은 아니다. 하지만 의사로서 나의 책임은 다 해야만 했다. 잠시 고민한 뒤 말했다.

"될지 안 될지는 모르지만, 일단 환자분을 만나 뵙겠습니다."

집사님이 D씨를 데리고 들어왔다. D씨는 불안한 듯 주위를 두리번거리며 들어왔다. 나는 자리를 박차고 일어나 뛰어갔다. D씨의 손을 덥석 잡고는, 반갑게 외쳤다.

"어젯밤 꿈에 하느님께서 당뇨 환자를 하나 보내신다더니, 진짜로 오셨네요. 너무 반갑습니다."

D씨의 눈은 일순간 환희에 찼다. 집사님을 슬쩍 보니 황당한 표정이 되어있었다. 어쨌든 치료는 성공적이었다. 식사, 운동, 약 복용에 이르기까지 모든 지시를 완벽하게 따랐다. 이렇게 말 잘 듣는 당뇨 환자는 처음이었다!

나는 가끔 D씨를 떠올린다. 그리고 D씨와의 인연은 진짜로 하늘에서 맺어준 것이 아닐까 하는 생각도 든다.

3장

인생, 가만히
들여다보다

순임 할머니의
인생

숨 쉬는 자는 고통이 있고, 생각하는 자는 비통이 있다. 오직 태어나지 않은 사람만이 눈물이 없다.
메튜 프라이어

그리스 신화 중에 이카루스라는 젊은이에 대한 서글픈 사연이 있다. 이카루스의 아버지 다이달로스는 크레타 섬의 위대한 발명가이고 건축가였다. 다이달로스는 왕의 명을 받들어 한 번 들어가면 도저히 빠져나올 수 없는 복잡한 미로의 건축물을 만들고, 이를 '미궁迷宮'이라고 불렀다. 우리가 쓰는 '미궁에 빠졌다'라는 표현에 나오는 미궁이 바로 이 건축물이다. 다이달로스는 이 미궁에 소의 머리에 인간의 몸을 한 포악한 괴물, 미노타우르스를 가두었다.

그런데 다이달로스 부자에게 뜻밖의 불행이 닥쳤다. 억울하게 죄를 뒤집어써서 미궁에 갇히게 된 것이다. 하지만 다이달로스는 포기하지 않았다. 그는 깃털을 모아 밀랍으로 붙여 날개를 만들었다. 두 사람은 날갯짓을 해서 미궁을 탈출했다.

밖으로 나온 이카루스는 기분이 너무 좋았다. 고통스럽고 두려운 미궁을 빠져나오고 보니 하늘 저 멀리에 있는 태양이 눈에 띄었다. 이카루스는 내친 김에 태양을 향해 날갯짓을 했다. 하지만 태양에 가까이 갈수록 밀랍은 서서히 녹아 내렸다. 날개의 깃털도 하나씩 떨어졌다. 결국 이카루스는 추락하여 바다에 빠져 죽고 말았다.

이카루스의 이야기는 우리의 삶을 비유적으로 잘 보여주고 있다. 우리는 고난의 미궁 속에서 살아가고, 어디로 가야 할지 알 수 없는 두려움과 끝이 보이지 않는 어둠 속을 헤맨다. 미궁 어딘가에는 무서운 괴물 같은 시련도 도사린다. 우리는 탈출을 꿈꾼다. 더 밝은 곳, 태양과 가까운 곳으로……. 그러나 태양은 우리의 범접을 허용하지 않는다. 안타깝고 가슴이 터질 듯해도 우리는 미궁 속을 헤매면서 살아갈 수밖에 없는 존재다.

이순임 씨는 80대의 할머니이다. 병원 근처에 살고 계셨고 온화하고 점잖은 분이셨다. 그런데 이 할머니에게는 이상한 증상이 있었다. 겨울만 되면 여기저기가 아픈 거였다. 이런저런 약을 써 보았지만 별다른 효과가 없었다. 어느 해 겨울, 할머니는 또 온몸이 아픈 증상으로 병원을 찾았다. 할머니의 표정은 침울했다.

"무슨 일 있으세요?"

할머니는 씁쓸한 미소를 지으며 말했다.

"아니요. 이 나이에 무슨 별일이 있겠어요. 그런데 살고 싶지가 않네요. 항상 겨울이 되면 이랬어요."

이순임 할머니의 가슴 아픈 이야기가 시작되었다.

순임 씨는 넉넉한 집안에서 태어나 유복한 어린 시절을 보냈다고 한다. 그리고 어린 나이에 시집을 가게 되었다. 그 당시 많은 분들이 그랬듯이, 혼처는 부모님께서 미리 정해두었다. 이웃 동네의 부잣집 아들이었다.

그런데 시집가기 얼마 전, 시어머니될 분이 돌아가시고 말았다. 시집을 가보니, 시아버지는 아내를 잃은 충격에서 헤어나지 못하고 있었다. 시간이 지나자 시아버지는 주색잡기에 빠져서 가정을 돌보지 않았다. 결국 가지고 있는 논과 밭을 팔아 시아버지의 술값을 대야 했다. 집안은 가난해졌다. 집안에 남은 것이라고는 조그만 논 하나가 전부였다. 엎친 데 덮친 격으로 남편은 군대에 갔다. 순임 씨는 아무에게도 의지할 수 없었다. 시할머니는 이미 연로하셨고, 시아버지는 그 지경이 되었는데도 술만 마시고 다녔다. 일꾼을 둘 수 있는 형편이 되지 않았던 순임 씨는 먹고 살기 위해서 혼자 농사를 지어야 했다. 두 살배기 아들은 시할머니에게 맡겼다.

어느 날 시아버지가 순임 씨를 불렀다. "아가, 많이 힘들지?" 순임 씨는 눈물이 왈칵 나려고 했지만 꾹 참고 말했다. "아닙니다. 아버님." 시아버지는 인자한 웃음을 지으며 말했다. "그렇게 말해도 힘든 것 다 알고 있다. 그런데 이제 숨통이 좀 트이게 될 것 같아. 동생에게 빌려 준 돈이 꽤 되었는데, 최근 동생이 돈을 많이 벌었지 뭐야. 이제 그 돈을 돌려받으면 살만해질 게야. 조금만 참거라." 순임 할머니의 눈에 눈물이 고였다.

"그때는 고생이 끝나는 건 줄 알았어요. 하지만 그게 지독한 불운의 시작이었지요."

시아버지는 작은 집에 가서 돈을 돌려 달라고 했다. 하지만 작은 시아버지는 돈을 돌려줄 마음이 없었다. 크게 언쟁을 벌이고 돌아온 시아버지는 담배만 연신 피워댔다.

초겨울로 접어들던 어느 날 시아버지가 장터에 나가셨다. "장날이니까 동생 놈도 장터에 올 거야. 오늘은 술 한 잔 걸치고 잘 달래 보아야겠다. 아가, 너는 걱정 말고 좋은 소식 기다리거라." 그리고는 호기롭게 웃으셨다. 그러나 장터에 가신 아버지는 저녁이 지나서도 돌아오시지 않았고, 그날 밤 늦게, 동네 사람의 등에 업혀서 돌아오셨다. 작은 아버지와 언쟁 끝에 주먹다짐이 있었다는 것이다. 그런데 얼마나 두들겨 맞았는지, 몰골을 알아볼 수가 없을 정도였다. 순임 씨는 울음을 터트렸다. 시아버지는 가쁜 숨을 몰아쉬며 가는 목소리로 말했다. "아가. 미안하다."

그날 밤, 시아버지는 돌아가셨다. 남편은 급하게 휴가를 받아서 나왔다. 순임 씨는 어떻게 해야 할지를 몰랐다. 눈물만 나왔다.

법적으로 보자면 작은아버지는 상해치사로 처벌받아야 마땅하다. 하지만 시할머니의 엄명이 떨어졌다. 시아버지는 작은아버지에게 맞아서 돌아가신 것이 아니라 밤길에 넘어지셔서 돌아가신 걸로 하라는 것이었다. 큰아들이 죽었는데 작은아들까지 살인자로 만들 수 없었던 시할머니의 결정이었다. 남편은 아무 말도 못했다. 그냥 시할머니가 시키는 대로만 했다.

장례가 치러졌다. 문상 온 사람들이 수군댔다. "건강하던 양반이 왜 갑자기 돌아가셨대?" "쉿! 이집 식구들은 다들 쉬쉬하고 있는데 동생한테 맞아 죽었다는구먼." 시아버지의 이야기는 알게 모르게 퍼져나갔다.

장례가 끝나고 남편은 군대로 복귀했다. 팔순 시할머니와 두 살배기 아들을 데리고 살아가야 하는 고달픈 순임 씨의 삶이 다시 시작되었다. 그런데 어느 날 작은 집의 사촌 형제들이 찾아왔다. 세 아들이었는데 막내는 열 살을 갓 넘긴 아이였다. 씩씩거리며 찾아온 형제들은 순임 씨에게 다그치기 시작했다. "형수, 왜 큰아버지와 아버지가 싸운 이야기를 소문내고 다녀요?" 순임 씨는 시어머니의 엄명이 있어서 절대로 그런 적이 없다고 말했다. 그러나 작은 집 형제들은 막무가내였다. "그럼 형수가 아니면 누가 소문을 내고 다닌단 말이요?" 순임 씨는 모르는 일이라고 손사래를 쳤지만 동생들은 점점 살기를 띠었다. 그리고 구타가 시작되었다. 열 살을 갓 넘긴 어린 사촌 동생의 손에도 몽둥이가 들려 있었다. 얼마나 맞았는지 모른다. 그리고 정신을 잃었다.

얼마나 지났을까? "이것 보세요. 새댁. 눈 좀 떠봐요." 이웃 아주머니의 다급한 목소리에 눈을 떴다. 아주머니는 안도의 한숨을 쉬었다. 집 앞에는 개울이 있었는데 순임 씨가 맞다가 정신을 잃자 사촌들은 순임 씨를 개울에 처박아 두고 가버린 것이다.

순임 씨는 시할머니께 억울한 심정을 말했다. 시할머니는 담담히 말씀하셨다. "아가, 미안하다. 내가 손자 녀석들은 불러서 따끔히 혼을 내마. 하지만 이 일을 경찰에 신고하면 네 작은 아버지가 저지른 일도 들통날까봐 두렵구나. 정말 미안하지만, 한 번만 참아줄 수 없겠느냐?" 순임 씨는 다시 한 번 참아야 했다.

해가 바뀌었다. 아들은 세 살이 되었다. 순임 씨는 여전히 일을 하러 나가야 했다. 그런데 시할머니에게 치매기가 생기기 시작했다. 방금 했던 말도 잊어버리고, 금방 식사를 하고도 다시 밥을 달라고 했다. 그런 시할머니에게 아들을 맡기려니 불안했지만 다른 방법이 없었다. 그해 겨울, 순임 씨는 일을 마치고 집으로 들어가고 있었다. 그런데 아이 울음소리가 들렸다. 순간 가슴이 철렁해서 뛰어가 보니 아들이 개울가에 빠진 채 허우적거리고 있었다. 아마 정신이 혼미해진 시할머니가 아이가 빠져나가는 것을 지켜보지 못한 모양이었다. 순임 씨는 부리나케 뛰어가서 아이를 안았다. 몸은 이미 얼음장처럼 차가웠다. 급히 옷을 갈아입히고 몸을 따뜻하게 녹여주었지만 아이는 이날부터 끙끙 앓기 시작했다. 병원에 데려가고 싶었지만 돈이 없었다. 열은 펄펄 끓었다. 아이의 신음소리는 어른 신음소리만큼 컸다. 시할머니는 아무것도 모른 채 밥 달라고만 졸라 댔다. 순임 씨는 아이 옆에서 눈물을 흘리며 말했다. "아가야. 엄마가 미안하다. 엄마가 너무 미안해. 그렇지만 이렇게 고통스러울 바에는 차라리 저세상으로 가거라. 차라리 이번 생을 마감하고, 다음 생에는 부디 좋은 부모를 만나거라." 아이는 3일을 앓다가 저세상으로 갔다. 아이의 장례는 휴가를 나온 남편과 함께 치렀다. 아이를 화장할 때 남편도 울부짖었다.

시할머니의 치매는 점점 심해졌다. 결국 순임 씨가 혼자서 돌볼 수가 없을 지경이 되었고 결국 작은 집에서 모셔 갔다. 남편도 제대했다. 남편은 담담히 말했다. "임자, 서울로 갑시다. 나도 이제 이 동네 정이 떨어지는구면." 그렇게 두 사람은 가산을 정리하고 서울로 올라왔다.

그러나 서울 생활은 만만하지 않았다. 시골 부잣집에서 귀하게만 자란 남편이 할 수 있는 일은 그다지 많지 않았다. 순임 씨는 다시 일을 시작해야 했다. 건물 청소, 식당일. 돈을 벌 수 있는 일이라면 뭐든지 했다. 그래도 시골에서 살던 악몽 같은 시절보다는 나았다. 아이도 생겼다. 아들 하나, 딸 하나……. 귀엽고 사랑스러운 아이들이었다. 남편도 열심히 일했다. 순임 씨는 이때가 가장 행복한 시절이었다고 한다.

그런데 불행은 그치지 않았다. 남편이 교통사고로 세상을 떠난 것이다. 순임 씨의 가족에게 또다시 불행이 시작되었다. 순임 씨는 둘째를 등에 업고 일거리를 찾아 다녔다. 온갖 천대와 모멸을 참으면서 돈을 벌었다. 아이들을 굶길 수는 없었기 때문이다. 그렇게 한 평생을 살아오신 것이다.

"지금은 아들 내외와 살고 있어요. 다행히 아이들은 건강하게 잘 자라주었습니다. 주위에서는 효자 아들, 딸을 두었다고 부러워합니다. 이제는 끼니 걱정을 안 해도 되고 괴롭히는 사람도 없어요. 살만해진거죠. 그런데 살만해지려니 겨울만 되면 아프네요. 저세상으로 먼저 간 아들 생각, 억울하게 돌아가신 시아버지 생각, 힘들었던 시절이 머릿속을 가득 메워요. 정신과에서 상담도 받아봤습니다. 정신과 선생님은 이제 잊어버리라고 하시더라구요. 하지만 그게 쉽지가 않아요. 그리고 온몸이 아파서 견딜 수가 없네요."

나는 머리가 멍해졌다. 어떠한 방법으로 할머니를 위로할 수 있겠는가? 어떻게 할머니의 한 맺힌 인생을 보상할 수 있단 말인가? 나는 힘없이 이 말밖에 드릴 수가 없었다.

"견디실 수 없는 것이 아닙니다. 지금까지 잘 견뎌 오셨습니다. 누구보다도 잘 견뎌 오셨습니다."

내가 평소 존경하던 선생님께 할머니의 이야기를 해드렸다.

선생님은 내게 이런 질문을 하셨다.

"한 많은 인생을 사신 할머니, 아무런 힘도 없는 연약하기만 한 여인이 그런 끔찍한 고통을 이겨내게 한 원동력은 무엇일까요?"

나는 아무 대답도 할 수가 없었다.

유태인 정신과 의사 빅터 프랭클은 나치 수용소에서 구사일생으로 살아 나온 뒤, 자신의 경험을 책으로 펴냈다. 『죽음의 수용소에서』라는 제목의 이 책은 '왜 살아야 하는지 아는 사람은 어떤 상황도 견뎌 낼 수 있다'고 말한다. 자신의 삶의 의미를 찾은 사람은 고난을 이겨내고 살아남을 수 있다는 것이다.

순임 할머니도 삶의 의미를 깨닫고 계셨던 것일까? 자신이 삶에서 지켜내어야 할 무엇인가가 있었던 것일까? 나는 잘 모른다. 할머니는 이후에도 나와 많은 이야기를 나누셨지만, 못 죽어서 살아왔다는 말씀뿐, 모진 시련을 이겨내게 해준 원동력이 무엇인지는 잘 모르고 계셨다. 빅터 프랭클의 말처럼 우리는 스스로의 삶의 의미를 알고 있어야만 하는 것일까? 그런 의미를 모르는 사람은 모진 시련과 고난을 이겨낼 수 없는 것일까?

나는 아니라고 생각한다. 할머니도 삶의 의미 같은 건 모르셨다. 하지만 할머니는 삶의 고통을 너그럽게 받아들이셨다. 젊을 적 마음의 상처가 지금도 자신을 괴롭히고 있었지만, 복수를 할 생각은 하지 않았다. 고통을 보상받기 보다는 고통과 공존하는 방법을 택한 것이다. 일그러진 자신의 운명을 삶의 일부로 받아들이고, 자신의 삶 앞에 당당했다. 이런 마음가짐이 할머니가 모진 시련을 이기게 해준 원동력이 아니었을까?

　우리는 오늘도 삶의 미궁 속에서 살고 있다. 어디로 가야 할지도 모르겠고, 온갖 시련이 가득한 미궁이다. 때로는 탈출을 꿈꾼다. 그러나 탈출이 쉽지는 않다.
　그렇지만 아무리 모진 시련이 닥쳐도 우리는 살아갈 수 있다. 미궁에서 시련을 완전히 몰아낼 수는 없지만, 우리는 고통과 공존할 수 있는 존재이기 때문이다.

인생에서 가장 소중한 것은 무엇인가요

어려운 것은 사랑하는 기술이 아니라, 사랑을 받는 기술이다. **알퐁스 도데**

죽은 영혼을 저승으로 편안히 인도하는 의식을 사령제死靈祭라고 한다. 우리나라에서는 전국 곳곳에서 다양한 형태의 사령굿이 전해내려 오고 있다. 그런데 그 많은 굿판에서 단골손님으로 등장하는 이야기가 바리데기의 전설이다.

머나먼 옛날, 불라국이라는 나라에 오구대왕이 살고 있었다. 왕은 길대 부인과 결혼하여 슬하에 여섯 딸을 두었다. 오구대왕과 길대 부인은 왕위를 이을 아들을 하나 얻었으면 하는 마음이 간절했지만, 그게 어디 사람 뜻대로 되는 일이던가? 부부는 명산 대해를 찾아 열심히 기도했다. 어느 날 길대 부인은 꿈을 꾸었다. 궁궐에 청룡과 황룡이 내려오는 꿈이었다. 이내 부인에게 태기가 있었다. 오구대왕은 이번에는 아들일 거라고 잔뜩 기대했다. 그러나 이게 어인 일인가? 일곱 번째 아이도 딸이었다.

화가 난 오구대왕은 아기를 서해로 띄워 보내 용왕님께 진상하라고 명했다. 길대 부인은 피눈물이 났지만, 왕의 명령을 거역할 수 없었다. 아기를 보내던 날, 길대 부인은 왕에게 간청했다. "키워주지는 못하지만, 아기 이름이라도 지어주십시오." 오구대왕은 "아기의 이름을 '바리데기'라 하시오."라고 말했다. 이렇게 바리데기는 옥함에 실려 바다에 버려졌다.

옥함은 한참을 흘러, 어느 마을에 닿았다. 마을 사람들은 어딘가 귀해 보이는 옥함을 열어보려고 했으나 어찌된 영문인지 도무지 열리지 않았다. 그때 지나가던 비리공덕 할아버지와 할머니가 옥함을 만지자, 함은 스르르 열렸다. 그렇게 바리데기는 그들의 손에 자라게 되었다.

15년이 지난 뒤, 오구대왕은 큰 병에 걸렸다. 좋다는 약은 다 써보았지만 도무지 차도가 없었다. 길대 부인은 깊은 수심에 잠겼다. 그러던 차에 길대 부인의 꿈에 산신령님이 나타나서 말했다. "대왕님의 병환은 인간의 약으로 치료할 수 없습니다." "그럼 어찌한단 말입니까?" 산신령님이 대답했다. "저 서쪽으로 서역국을 지나서 황천바다를 건너면 저승세계가 있습니다. 그 저승 입구의 동대산에 가면 동수자가 지키고 있는 약수가 있습니다. 대왕님은 그 약수를 먹어야 쾌차하실 수 있습니다." 길대 부인은 신하들에게 꿈에 본 이야기를 했다. 그러나 약수를 구하기 위해서 저승으로 가려고 하는 사람은 아무도 없었다. 부인은 하는 수 없이 여섯 딸을 불렀다. 그러나 딸들도 저승으로 가려고 하지는 않았다.

한편 바리데기는 예쁜 소녀로 성장했다. 비리공덕 할아버지와 할머니는 바리데기에게 출생의 비밀을 이야기해주었다. 그리고 옥함에 함께 있던 옷고름을 주었다. 바리데기는 밤낮을 걸어 불라국에 도착했다. 어머니를 만나고 부둥켜 앉아 눈물을 흘렸다. 그러나 오구대왕은 병이 너무 깊어서, 바리데기를 알아보지도 못했다. 길대 부인에게 자초지종을 듣고난 바리데기는 자신이 약수를 구해오겠다고 나섰다. 추운 겨울날, 바리데기는 남자 옷으로 갈아입고 무작정 서쪽으로 발걸음을 옮겼다.

길은 험하고 힘들었다. 그러나 굴하지 않았다. 마침내 황천에 도착한 바리데기는 뱃사공에게 사정을 하여 바다를 건넜다. 그리고 동대산에 가서, 동수자를 만났다. "아버지 병환을 치료하고자 합니다. 약수를 나누어 주실 수 없겠는지요?" 동수자는 말했다. "나무 3년, 물 길어오기 3년, 불 때기 3년을 하면 약수를 주겠소." 바리데기에게 또다시 고된 생활이 시작되었다.

그때까지 바리데기는 남장을 하고 있었다. 하지만 어느 날, 목욕하는 모습을 동수자에게 들키고 말았다. 동수자는 바리데기의 옷을 가져가고, 대신 아름다운 여자 옷을 가져다 놓았다. 바리데기는 목욕을 끝내고, 동수자가 가져다 놓은 옷을 입었다. 동수자는 말했다. "나는 원래 천상의 사람이나, 벌을 받아서 이곳으로 귀양 온 것이오. 부디 나와 혼인해주시오." 이렇게 해서 두 사람은 결혼했다. 바리데기는 약수를 챙겨, 동수자와 함께 불라국으로 발걸음을 재촉했다.

마침내 궁궐에 도착했지만, 오구대왕은 이미 숨이 끊어진 뒤였다. 아버지의 시신을 껴안고 우는 바리데기에게 동수자가 말했다. "부인, 아버지께 약수를 한 모금 드려보시오." 바리데기는 아버지 입에 약수를 흘려 넣었다. 그러자 아버지가 다시 살아나는 것이 아닌가!

바리데기와 동수자는 불라국을 물려받았다. 그리고 세 아들을 낳고 행복하게 잘 살았다고 한다. 하늘에서 바리데기를 지켜보던 옥황상제가 말했다. "바리데기는 이승과 저승을 오가며, 아버지를 살렸다. 그 마음이 갸륵하니, 영혼을 저승으로 인도하는 일을 맡기겠다." 이리하여 바리데기는 최초의 무당이 되었다고 한다.

바리데기의 '바리'는 버린다는 뜻이다. '데기'는 어떤 성질을 가진 사람을 뜻하는 접미사로, 부엌데기, 새침데기 등에서 쓰이는 말이다. 즉, 바리데기란 말은 버려진 사람이라는 뜻이다.

오구대왕은 바리데기를 버렸다. 하지만 바리데기는 오구대왕에게 가장 소중한 사람이었다. 오구대왕은 소중한 사람을 버린 어리석은 사람이었던 것이다. 그렇다면 우리의 모습은 어떨까?

오늘도 우리는 수많은 사람을 만나고, 또 수많은 사람이 우리의 마음속에서 버려진다. 혹시 정말 소중한 사람이 우리의 마음속에서 버려지지는 않았을까? 진정으로 소중한 사람에게 함부로 막대하고 있는 것은 아닐까?

김동석 씨는 70대 중반의 남자 환자였다. 평소 당뇨와 고혈압으로 치료를 받고 있었는데, 진료를 받으러 올 때는 항상 할머니와 함께였다. "두 분, 금슬이 너무 좋아 보이시네요. 참 부럽습니다." 하고 말하면 두 분은 빙그레 웃기만 했다.

어느 날 아침 산책을 하러 나서던 동석 씨는 갑자기 몸의 왼쪽을 움직일 수 없었다. 당황하여 어떻게든 움직이려고 발버둥치다가 그만 넘어지고 말았다. 그렇게 응급실로 오셨다.

검사해보니 뇌경색이었다. 동석 씨는 입원 치료를 받게 되었고, 신경과로 입원하셨지만 당뇨와 고혈압에 대한 내과적인 치료는 내가 계속 보기로 했다.

병실로 들어서자 동석 씨와 할머니는 활짝 웃으며 맞아주셨다. 갑자기 쓰러지신데 대한 충격과 낯선 병원 생활로 불안했던 두 분은 평소에 낯이 익은 의사를 보자 반가웠던 모양이다. 두 분 옆에는 40대 여자분이 서 있었다. 할머니는 들뜬 목소리로 말했다.

"저희 큰 딸입니다. 우리 집에는 딸이 셋인데, 모두 능력이 있어서 직장 생활을 하고 있어요. 얼마나 착하고 효녀들인지 몰라요! 수연아 인사드려라. 지금까지 아버지를 치료해주신 선생님이시다."

이 와중에도 딸들 자랑을 하는 할머니 모습은 어딘가 행복해 보였다.

"안녕하세요. 그동안 한 번도 인사를 드리지 못했네요."

수연 씨는 조용히 인사를 했다.

할아버지는 왼쪽의 마비로 움직이실 수가 없게 되었다. 자꾸 사래가 들리려고 해서, 음식을 삼키기도 힘들었다. 누군가의 도움이 필요한 상황이었다. 딸은 간병인을 쓰자고 했으나, 할머니가 기어코 자신이 간병을 맡겠다고 했다.

"너희 아버지는 내가 제일 잘 안다. 내가 아버지를 모셔야지, 누구한테 맡긴단 말이냐? 당신도 내가 옆에 있는 게 좋죠?"

할아버지는 고개를 끄덕이셨다. 옥신각신한 끝에 간병은 할머니께서 직접 맡게 되었다.

할아버지가 입원하신지 2주 정도 지나셨을 무렵 토요일이었다. 큰 딸이 면담을 요청했다. 신경과 주치의가 아닌 나에게 면담을 요청하는 것이 좀 의아했지만, 나는 수연 씨를 만났다.

"걱정이 많으시죠? 하지만 위험한 고비는 넘기신 것 같습니다. 너무 걱정하시지 마세요."

수연 씨는 잠시 머뭇거리다가 입을 열었다.

"아버지도 걱정이지만, 어머니도 걱정이에요. 입술이 다 부르트셨더라고요. 원래 아무리 힘들어도 표현을 하시지 않는 분이라서요. 어머니 건강이 괜찮으신지 검사를 좀 해주실 수 없을까요? 그리고 영양제 주사도 좀 맞게 해주셨으면 좋겠습니다. 제일 비싸고 좋은 걸로요."

사실 할머니도 지쳐가고 계셨다. 수연 씨의 걱정은 충분히 이해되었다.

"네. 그렇게 하겠습니다."

"어머니가 진료를 받으시는 동안, 제가 아버지를 돌봐드려야 합니다. 그런데 제가 주말 밖에 시간이 없습니다. 토요일도 진료가 가능 할까요? 검사 받으시고, 주사를 맞으려면 시간이 걸릴 텐데……."

"그럼 주사는 오후에 병실에서 맞으실 수 있는지, 간호사 선생님들께 부탁드려보겠습니다."

"감사합니다."

큰 딸의 눈에는 눈물이 글썽이고 있었다. 나는 휴지를 건네드리면서 말했다.

"어머니께서 고생하시는 것을 보니, 마음이 많이 아프시죠? 낳아주시고 키워주신 어머니인데 왜 아프지 않겠습니까? 그렇지만 어머니께서는 따님의 마음을 아실 겁니다. 그리고 마음 속으로는 기쁘실 것입니다."

수연 씨는 잠시 주저하는 듯하더니, 입을 열었다.

"선생님. 저희 어머니는 저를 낳아주신 어머니가 아니에요. 사실은 새엄마입니다."

수연 씨의 사연이 시작되었다.

동석 씨는 중견 기업의 간부였다. 넉넉한 생활환경, 가정적인 아버지와 자상한 어머니, 그리고 사랑스러운 딸들…… . 무엇하나 부족함이 없는 다복한 가정이었다. 그런데 수연 씨가 대학에 들어가던 해에, 어머니는 우연히 병원을 찾았다가 청천벽력 같은 이야기를 들었다. 암이었다. 어머니는 힘겹게 투병 생활을 했지만, 결국 돌아가시고 말았다. "어머니께서 돌아가신 뒤 한 달간은 매일 울었습니다. 마음이 찢어질 것 같았습니다. 어떻게 해야 할지를 몰랐습니다." 아버지도 실의에 빠졌다. 아버지는 매일 밤 혼자서 소주를 마셨다. 그렇게 2년이 흘러갔다.

어느 날 아버지가 딸들을 모아놓고 말씀하셨다. "아버지도 이제 새 출발을 해야겠다." 딸들은 아무 말도 하지 않았다. 마음속으로는 아버지에 대한 배신감에 치를 떨었다. "어린 마음에 아버지께서 평생 어머니를 가슴 속에 묻어 두고 혼자 사실 거라고 믿었습니다. 철이 없었던 거죠. 남자 혼자서 딸 셋을 키운다는 것이 얼마나 힘든 일인지를 그때까지는 몰랐습니다. 그런데…… ."

며칠 뒤 아버지는 아주머니 한 분을 집으로 데리고 오셨다. 한 아주머니가 수줍은 듯 주춤주춤 집으로 걸어 들어왔다. "인사드려라. 너희 새 어머니가 되실 분이다." "안녕하세요." 딸들은 마지못해 공손히 인사를 했다. 하지만 무척 당황스러웠다고 했다. "새엄마는 결코 미인도 아니었습니다. 나름 단정하게 꾸미려고 노력하신 것 같았지만 초라한 행색은 감출 수가 없었습니다. 아버지가 도대체 왜 이런 분을 좋아하시게 된 건지 이해할 수가 없었습니다." 그런데 두 분이 만난 사연이 더 충격적이었다. 새엄마가 되실 분은 아버지 거래처의 구내식당에서 일하던 분이었다. 고향은 두메산골이었고 젊은 나이에 남편을 잃고 혼자 살아온 분이었다. 학벌도 차이났다. 아버지는 대학을 졸업하셨지만 새엄마는 중졸이 전부였다. 새엄마와 상견례를 하고 난 뒤, 수연 씨는 동생들 모르게 말했다. "아버지 왜 하필이면⋯⋯." 아버지는 웃으면서 말했다. "네가 무슨 말을 하려는 지 안다. 우리하고 도저히 격이 맞지 않는다고 생각하는 거지?" 수연 씨는 고개를 끄덕였다. 아버지는 미소를 띤 채 말했다. "돈이 많고 적음으로 사람의 격을 따질 수는 없는 거다. 그리고 비록 학벌이 초라하지만 저분은 시골의 할아버지와 할머니께 철저한 교육을 받으신 분이야. 그래서 험난한 인생살이에도 자신의 인격을 잃지 않은 분이지. 이분이 우리 가정을 다시 행복하게 만들어 줄 거라고 나는 확신한다." 수연 씨는 아무 말도 할 수 없었다.

몇 달 뒤 조촐한 결혼식이 치러졌다. 그리고 새엄마와의 생활이 시작되었다. 그러나 순탄하지 않은 길이었다. 딸들은 새엄마를 은연중에 무시했다. 괜히 새엄마에게 투정을 부리고 짜증을 내기도 했다. 그렇지만 아무리 짜증을 내도 새엄마는 씩 웃기만 했다. "새엄마는 말수가 별로 없는 분이었고, 우리가 아무리 불손하게 행동해도, 아버지께 이르는 일이 없었어요. 그래서 우리가 더 버르장머리 없게 되어버린 건지도 모릅니다." 어느 날 수연 씨는 동아리 행사에 참가했다가 새벽 한 시가 넘어서야 집으로 돌아왔다. 새엄마는 그때까지 잠도 자지 않고 기다리고 있었다. 그리고 평소와는 다르게 정색을 하고 말했다. "수연아, 지금 몇 시인지 아니? 다 큰 처녀가 이런 밤늦은 시간에 혼자 다녀도 되는 거야?" 약간 취해있었던 수연 씨는 새엄마에게 독설을 퍼부었다. "대학 동아리 활동을 하다보면 이 정도는 늦을 수 있는 거예요. 하긴 대학 근처에도 못 가보셨으니, 어떻게 아시겠어요? 잘 모르면 잠자코나 계세요. 그리고 나도 어린 아이가 아니에요. 성인이라구요. 제 앞가림 정도는 스스로 할 수 있어요. 그러니 쓸데없는 참견 마세요." 새엄마는 아무 말도 못했다. 하지만 입술이 떨리고 있었고, 눈에는 눈물이 가득 고여 있었다.

수연 씨는 대학을 졸업하고 취업을 했다. 첫 월급을 탄 날, 백화점으로 향했다. 부모님 내의를 사기 위해서였다. 내친 김에 아버지 점퍼도 하나 샀다. 그런데 새엄마가 마음에 걸렸다. 사실 새엄마에게 선물을 사드리고 싶은 마음은 없었다. 그렇지만 아버지에게만 점퍼를 선물하려니 구색이 맞지 않는 것 같았다. 그때 마침 철지난 스웨터를 반값으로 세일하는 것이 눈에 띄었다. 새엄마 선물에 별로 큰돈을 들일 생각이 없었던 수연 씨는 대충 훑어보고 분홍색 스웨터를 사서 집으로 돌아왔다. 선물을 꺼내자, 아버지는 어린 아이처럼 신나서 점퍼를 입고 폼을 냈다. 새엄마는 분홍색 스웨터를 꼭 껴안고 아무 말 없이 앉아 있었다.

세월은 지나 세 딸들은 결혼을 해서 가정을 꾸렸다. 모두 능력 있는 남자를 만나서 행복한 가정을 이루었고, 직장에서도 능력을 인정받았다. 평안한 날들이 이어졌다. "애 키우랴, 직장생활 하랴, 바쁘다 보니 부모님을 찾아뵙는 횟수는 점점 줄었습니다. 이제는 명절 때만 한 번씩 찾아뵙고 있어요." 잠시 말을 멈추었던 수연 씨가 다시 말을 이어갔다. "아니, 사실 바쁘다는 말은 핑계예요. 사실은 부모님과 멀어지고 싶었습니다. 새엄마와 가깝게 지내는 것이 돌아가신 어머니에게 너무 죄스러웠던 것 같습니다. 그렇게 아버지와는 점점 멀어지고, 새엄마와는 점점 남이 되어가고 있었습니다."

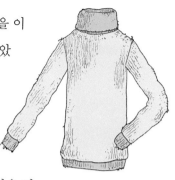

아버지가 쓰러지시던 날 아침, 수연 씨는 새엄마의 전화를 받았다. "수연아, 아버지께서 쓰러지셨다. 지금 응급실로 가는 길이다." 수연 씨는 직장 일을 팽개치고 병원으로 뛰어갔다. 새엄마는 보호자 대기실에서 기다리고 계셨다. "수연이 왔니?" 새엄마의 목소리는 가늘게 떨리고 있었다. "아버지는요?" "지금 검사 결과를 기다리는 중이다." 수연 씨는 짜증스럽게 새엄마를 다그쳤다. "도대체 어떻게 된 거예요?" 새엄마는 죄인 아닌 죄인이 되어 있었다. 수연 씨는 속상한 마음을 새엄마에게 퍼부어 댔다고 한다. 새엄마는 아무 말 없이 눈물만 흘렸다.

며칠 전 밤, 수연 씨는 직장 일을 마치고 병원을 찾았다. 아버지도 주무시고 계셨고, 새엄마도 보호자 침대에 쪼그린 채 주무시고 계셨다. 새엄마는 20년 전에 사드린 분홍색 스웨터를 입고 계셨다. 스웨터는 낡아서 이미 어깨가 헤져 있었다. 수연 씨는 두 분이 깨시지 않도록 조심스럽게 사 가지고 온 간식거리를 정리했다. 그러나 새엄마는 인기척을 느끼고 깼다. "수연이 왔구나." 가는 목소리가 들려왔다. 많이 지치신 모양이었다. "네." 수연 씨도 조용히 대답했다. 잠시 침묵이 흘렀다. "어머니. 스웨터가 너무 낡았네요. 이제 버리세요. 제가 새로 하나 사 드릴게요." "괜찮다. 이 나이에 무슨 멋부릴 일 있냐? 그런데 너 이 스웨터 기억나니?" 수연 씨는 고개를 끄덕였다. 새엄마는 웃으면서 말했다. "나는 세상에서 이 옷이 제일 좋다. 이 스웨터를 입고 있으면 행복해지거든. 내가 죽거든 수의 위에 이 스웨터를 입혀주렴." 수연 씨는 눈물이 왈칵 쏟아지려는 것을 간신히 참았다. "식사는 제 때 하고 다니냐?" "예. 어머니는요?" 새엄마는 웃으며 말했다. "나는 잘 챙겨 먹으니까 걱정마라. 회사 생활에 바쁘더라도 밥은 꼭 챙겨 먹어야 한다." 수연 씨는 장과 냉장고를 열어보았다. 그런데 장 안에는 간단한 옷가지와 햇반, 김이 전부였다. "반찬이 하나도 없는데 어떻게 식사를 하신 거예요?" 새엄마는 잠시 당황하더니 웃으며 말을 이으나. "아버지 드시고 남긴 반찬으로 먹으면 된다. 요즘은 병원 식사도 진수성찬이거든." 하지만 수연 씨는 알고 있었다. 아버지는 당뇨 환자라서 기름진 반찬이 나오지 않는다는 것을……

순간 수연 씨의 머릿속으로 수많은 생각이 지나갔다. 새엄마의 하루는 항상 식구들이 모두 잠든 새벽에 시작되었다. 아침 식사를 준비하고, 아버지의 출근을 돕기 위해 옷가지를 준비해두었다. 자신이 직장에서 입사시험을 칠 때, 동생이 대학 시험을 칠 때, 새엄마는 매일 새벽 기도를 했다. 수연 씨가 처음 직장생활을 시작하고 얼마 되지 않았을 때의 일도 생각났다. 첫 직장생활이라 너무 긴장하고 무리를 해서인지 수연 씨는 심한 몸살을 앓았다. 온몸이 쑤시고 39도의 고열에 정신을 차릴 수가 없었다. 새엄마는 아무 말 없이 찬물수건을 머리에 얹어주었다. 수연 씨는 자신도 모르게 잠이 들었고, 깨어보니 이미 어두워져 있었다. 벽시계는 새벽 3시를 가리키고 있었다. 그런데 그 시간까지도 새엄마는 찬 물수건을 손에 쥔 채, 수연 씨의 침대 옆에서 꾸벅꾸벅 졸고 있었다. 수연 씨가 첫 아이를 낳았을 때 새엄마는 눈물을 글썽였다. 그리고 이어진 산바라지. 아이는 밤새 울었다. 새엄마는 밤새 기저귀를 갈아주고, 우유를 먹였다. 그때 새엄마가 잠자는 걸 거의 보지 못했다.

한 번은 이런 일도 있었다. 수연 씨가 신던 양말에 구멍이 나서 쓰레기통에 버렸는데, 며칠 뒤 보니 새엄마가 그 양말을 기워서 신고 있었다. '참, 가난하게 살았던 티를 저렇게 내는구만.' 수연 씨는 새엄마를 마음속으로 비웃었다. 그러나 이제는 수연씨도 안다. 어머니가 양말을 기워 신는 것은 자식들에게 좋은 옷을 입히기 위함이라는 사실을……. 그리고 부모는 자식이 좋은 옷을 입으면 자기는 누더기를 입든 뭘 입든 행복하다는 사실을……

"새엄마는 아무리 괴로워도 혼자 참으려고만 했어요. 그리고 아무 것도 가진 게 없는데도 저희들에게, 또 아버지에게 베풀려고만 했습니다. 삶에 시련이 닥쳐올 때 새엄마는 제게 알게 모르게 버팀목이 되어주셨습니다. 지금도 새엄마가 없었다면 저희는 이렇게 마음 편히 직장 생활을 할 수 없었을 거예요. 두 분이 결혼하실 때 아버지께서 하신 말씀이 무슨 뜻인지 이제야 압니다. 제가 바보였습니다. 저는 왜 지금까지 새엄마의 마음을 몰랐던 걸까요? 왜 제게 끝없이 베풀어주는 사랑을 냉정하게 거절했을까요?"

수연 씨는 울고 있었다. 나는 수연 씨가 진정할 때까지 잠시 기다렸다.

"선생님. 이제 어떻게 하면 좋죠?"

"글쎄요……. 동생 분들과 이야기해보시는 것이 좋겠지요. 수연 씨가 보고 느낀 그대로를요. 그리고 아마……."

"아마?"

수연 씨는 눈물을 멈추고 나를 물끄러미 보았다.

"저승에 계신 어머니께서도 기뻐하실 겁니다. 따님들과 새어머니께서 사이좋게 지내시면요."

며칠 뒤 수연 씨는 동생들과 이야기했다고 한다. 이후, 세 자매는 틈날 때마다 병원을 찾았다. 그리고 새엄마가 쉴 수 있도록 돌아가면서 아버지를 간병했다. 또 새엄마에게 식사를 사드리고 함께 쇼핑도 다녔다. 멀어져 가던 가족은 동석 씨의 뇌경색을 계기로 다시 합쳐지고 있었다. 그리고 새엄마와 딸들은 20년 만에 따뜻한 부모 자식 관계를 만들고 있었다.

삶에서 가장 소중한 것은 무엇일까? 사람마다 각자 다른 대답을 할 것이다. 그리고 각자 자신의 가장 소중한 것을 얻기 위해서 삶의 여행을 떠난다. 그렇지만 누구에게라도 꼭 필요한 것, 진정으로 소중한 존재는 바로 사람이다. 그런데 이 소중한 사람을 찾는 데는 여행이 필요하지 않다. 소중한 사람은 대개 가까이 있는 법이기 때문이다.

비참한 현실을 비추는
햇빛

사막이 아름다운 것은, 어딘가에 물을 숨기고 있기 때문이다.　　　　　**생 텍쥐페리**

1554년 가을의 어느 날, 프랑스의 프로방스 지방. 예언가 노스트
라다무스의 자택으로 한 젊은 기사가 찾아왔다. "선생님, 저는
생 피에르라고 합니다. 일주일 뒤에 결투를 벌이기로 했는데 결
과가 어떻게 될지 알고 싶습니다." 용맹하기로 이름난 아비뇽 기
사단의 일원인 생 피에르는 잘생기고 멋진 청년이었다. 그는 남
부 프랑스에서 가장 아름답다고 소문난 퐁텐이라는 아가씨에게
반했다. 그런데 강력한 라이벌이 있었다. 베르나르라는 이름의
기사 역시 퐁텐에게 구애 중이었다. 퐁텐은 마음을 결정하지 못

했다. 피에르와 베르나르는 관습에 따라 마상 창시합을 벌이기로 했다. 승자는 퐁텐과 결혼하게 되지만, 패자는 생명을 잃게 된다. 베르나르는 강한 기사였다. 피에르는 불안했다. 자신도 뛰어난 기사지만 사실 베르나르의 실력에는 못미쳤기 때문이다. 그래서 혹시나 하는 마음에 노스트라다무스를 찾은 것이다.

젊은이의 얼굴을 가만히 쳐다보던 노스트라다무스는 말했다. "어떠한 기대도 하지 마십시오. 사람은 어차피 한 번은 죽게 됩니다." 대답은 충분했다. 이제 피에르에게 남은 일은 죽더라도 명예롭게 죽는 것이었다. 그는 불길하다는 백마를 타고 수의를 상징하는 흰색 갑옷을 입은 채 결투장으로 나섰다. 베르나르는 검은 갑옷을 입고 검은 말을 탄 채, 나타났다. 마침내 결투가 시작되었다. 베르나르는 힘찬 기세로 체념한 피에르를 향해 돌진했다. 두 사람이 마주치려는 찰나였다. 햇빛이 흰색 갑옷에 반사되어 베르나르의 눈을 파고들었다. 그 순간 베르나르는 움찔했고, 피에르의 창이 베르나르의 심장에 꽂혔다. 피에르는 승리하여 퐁텐과 결혼했다.

2주일 뒤 피에르는 다시 노스트라다무스를 찾았다. "당신은 어떠한 기대도 하지 말라고 했는데, 나는 결투에서 승리했습니다. 만약 당신이 나를 농락한 것이라면 대가를 치러야 할 것입니다." 노스트라다무스는 빙그레 웃으면서 대답했다. "당신이 모욕을 당했다고 생각하신다면 그 칼로 저를 찌르셔도 좋습니다. 그렇지만 그때 내가 그렇게 말하지 않았어도 당신이 흰색 갑옷을 입고 결투에 나갔을까요?" 순간 피에르는 온몸이 얼어붙었다. 잔잔한 미소를 띤 노스트라다무스가 말을 이어갔다. "상상치 못한 행운은 절망의 구렁텅이 속에서 잠자고 있는 법입니다. 지옥에는 연옥의 빛줄기가 비친다는 사실을 잊지 마십시오."

손은미 씨는 40대 후반의 여자 환자였다.

"벌써 몇 년째 온몸이 쑤시고 아파요. 그동안 내과나 정형외과에서 여러 가지 검사와 치료를 받았고, 한의원에서 침도 맞아보았지만 계속 아프네요. 최근에는 아픈 게 더 심해졌습니다. 아무리 쉬어도 피곤하고 잠도 잘 안 옵니다. 마음도 울적하고요. 어떻게 하면 좋을까요?"

은미 씨에게 몇 가지 이학적 검사를 해보니 '섬유근통 증후군'이 의심되었다.

섬유근통 증후군은 3개월 이상 온몸이 쑤시고 아픈 증상을 보이는 병이다. 환자는 통증뿐만 아니라 만성적인 피로감, 수면장애, 우울한 기분, 불안감, 두통 등의 증상을 동반하게 된다. 섬유 근육통의 원인은 확실하게 밝혀지지 않았으나 일종의 근육통이라는 가설이 가장 널리 인정되고 있다. 근육통의 일종이다 보니 피검사나 엑스레이에서 이상이 나타나지 않는 경우가 많다. 그래서 섬유근통 증후군이 세상에 알려지기 전에는 환자가 꾀병을 부린다고 오해를 사기도 했다. 그러나 최근에는 많은 연구가 진행되었고, 몇 가지 약물도 개발되었다. 섬유근통 증후군의 발생에 가장 유력한 원인은 역시 스트레스이다. 스트레스는 근육을 긴장시키고 피로감을 증가시키므로 섬유근통 증후군을 악화시킨다. 그러므로 적절한 스트레스 조절이 반드시 필요하다.

손은미 씨에게 섬유근통 증후군이 의심된다는 설명을 했다.

"최근에 증상이 심해졌다고 하셨는데 혹시 최근에 심한 스트레스를 받은 일이 있었나요?"

은미 씨는 울먹이면서 이야기를 시작했다.

원래 은미 씨의 남편은 지방에서 사업을 했다. 지방에서는 제법 알아주는 사업체였다. 그런데 몇 년 전, 남편이 친한 친구 A씨의 보증을 섰다. A씨는 자신만만하게 말했지만 결과는 부도였다. 은미 씨의 가족은 완전히 알거지가 되었다. 평소에 건강이 썩 좋지 않았던 남편은 충격으로 건강이 악화되어, 저 세상으로 떠나고 말았다. 은미 씨의 마음은 갈갈이 찢어졌지만 어떻게든 살아야 했다. 자식들을 위해서라도 무엇이든 해야 했다. 그렇지만 전업주부였던 그녀가 할 수 있는 일은 거의 없었다. 사모님 소리를 듣던 동네에서는 더욱 그랬다. 하는 수 없이 자녀들을 데리고 서울로 올라왔다. 아무도 알아보지 못하는 서울에서 닥치는 대로 일했다. 신문 배달, 요구르트 판매, 건물 청소, 가사도우미……. 안 해본 일이 없었다. "식당에서 일 할 때였어요. 사장님이 갑자기 화를 내시는 거예요. '여기 있던 사과 누가 먹었어!' 그러더니 저를 노려봤어요. 정말 제가 먹은 것이 아니었는데, 말문이 막혀서 아무 말도 못했어요. 사장님은 저 들으라는 듯이 중얼거렸죠. '틈만 나면 훔쳐 먹으니, 뭘 내놓을 수가 있나. 걸리기만 해 봐. 가만두지 않을 거야.' 저를 의심하는 것이 분명했어요. 옛날 생각이 나더군요. 명절이 되면 선물로 받은 사과 상자가 집 안에 가득했거든요. 그때는 사과가 귀한지 몰랐는데… 서러워 울고 싶었어요. 하지만 울 수도 없었습니다. 억울해도 속으로 삼켜야 일을 할 수 있고 아이들 입에 풀칠이라도 할 수 있으니까요." 은미 씨는 그렇게 근근이 살아나가고 있었다. 그런데 얼마 전, 거리에서 우연히 옛 친구를 만났다. 부끄러워서 피하려고 했는데 친구가 얼굴을 알아보고 반갑게 인사를 하는 것이 아닌가! 친구는 다짜고짜 은미 씨의 손을 끌고 카페에서 커피를 사 주었다. "카페에 들어가 본 게 몇 년 만인지 모르겠어요. 그래서였을까요? 카페에 앉아 있으려니 얼마나 불편하던지…. 저도 모르는 사이에 계단에 쭈그리고 앉아서 믹스 커피를 먹는 것이 편해졌던 겁니다." 은미 씨의 눈에 눈물이 고였다. 친구는 고향 소식을 전해주었다. 그런데 사업이 망했다던 A씨가 외국으로 도망가서 큰 레스토랑을 차렸다는 것이다. 사업이 망하기 직전, 재산을 다 빼돌렸다고 했다. 그리고 지금은 아주 호화롭게 잘 산다는 거였다. 배신감에 손이 부들부들 떨렸다. 도저히 용서할 수 없었다. 그러나 외국으로 A씨를 찾아갈 수 있는 처지도 아니었고 돈을 받아낼 재주도 없었다. 운명이 원망스러웠다. "나쁜 짓을 한 A씨는 잘 살고 있는데 친구를 도와주려고 했던 우리 가족은 왜 이렇게 고통 받아야 하는 거죠? 세상이 왜 이런 거죠?"

은미 씨의 눈물이 멈추지 않았다. 나는 휴지와 함께 위로의 말을 건네는 것 말고는 아무것도 해드릴 수 없었다. 왜 선량한 은미 씨의 가족이 이런 고통을 받아야 하는지, 또 A씨는 어떻게 양심의 가책을 받지 않고 잘 살 수 있는지도 알 수가 없었다. 법도 정의도 선량한 사람과 너무 떨어져 있는 현실에 가슴이 꽉 막힌 것만 같았다.

그런데 며칠 뒤 은미님이 환한 웃음을 띤 채 딸과 함께 진료실을 방문했다.

"표정이 밝으시네요. 무슨 좋은 일 있으세요?"

"딸이 명문 대학에 장학금을 받고 입학하게 되었어요. 수민아 인사드려라. 엄마 주치의 선생님이셔."

순진하게 생긴 여학생이 수줍게 인사했다.

"예쁜 학생이구나. 얼마나 기쁘시겠어요!"

"사교육을 시켜준 것도 없었는데, 혼자 책만 파서 합격했어요. 얼마나 고마운지 모르겠습니다. 남들처럼 잘 먹이지도 입히지도 못했는데……."

은미 씨는 울먹거렸다.

"아냐 엄마, 나는 엄마한테 너무너무 감사해요. 온갖 고생을 하면서도 지금까지 공부시켜주셨잖아요."

수민이도 울먹였다.

"정말 축하한다. 수민이는 앞으로 꿈이 뭐야?"

"저는 변호사가 되고 싶어요."

"왜?"

"다시는 우리 가족 같은 억울한 사람이 생기지 않도록 하기 위해서예요."

수민이는 똑똑하고 착할 뿐만 아니라 당찬 학생으로 자라 있었다. 수민이는 사막 같은 은미 씨의 삶에 숨겨진 오아시스일 것이다. 지옥 같은 은미 씨의 삶에 비치는 연옥의 빛줄기이며, 이 비참한 현실의 햇빛이다.

"그래, 고난이 우리 수민이를 단단하게 만든 것 같구나. 수민아, 의사랑 변호사는 전혀 다른 직업이란다. 그런데 한 가지 공통점이 있어. 우리를 찾아오는 사람들은 몸이든 마음이든 어딘가가 아픈 사람이라는 거야. 그동안 엄마 고생하시는 거 보면서 많이 아팠지? 변호사가 되어서 성공한 후에도 수민이를 찾아오는 사람은 마음이 아픈 사람이란 걸 잊지 마렴. 수민이는 훌륭한 변호사가 될 것이라고 믿는다."

"예!"

수민이는 활짝 웃으면서 대답했다.

먹고 먹히는 세상이다. 속고 속이는 세상이다. 영악한 사람은 속이고 어리숙한 사람은 속는다. 안타까운 점은 어리숙한 사람들의 대부분이 착하고 정직하다는 사실이다. 그리고 한 번 속아버리면 그대로 비참한 현실을 마주해야 한다는 사실이다. 그러나 포기해서는 안 된다. 권모술수로 역경을 피해가지는 못하더라도 고난을 겪으면서 강한 사람으로 다시 태어날 수 있기 때문이다.

지나갔기에
더 아름다운

젊은이는 소망으로 살고, 노인은 추억으로 산다.   **프랑스 격언**

당신이 티셔츠를 한 장 사기 위해서 동대문 시장으로 갔다고 생각해보자. 시장에는 수많은 옷가게가 있다. 잠시 고민하다가, 가장 먼저 눈에 띄는 가게로 발걸음을 옮긴다.

　가게에 제법 마음에 드는 티셔츠가 있다. 가격도 저렴한 편이다. 종업원은 호들갑을 떤다. "다 팔리고 이거 딱 하나 남았어요. 얼른 사세요." 하지만 이런 말에 속을 사람은 아무도 없다. 티셔츠를 입고 거울 앞에 서 본다. "정말 멋지네요!" 종업원이 감탄한다. 하지만 당신은 이 말 역시 믿지 않을 것이다.

앞으로 수많은 가게가 남아있다. 첫 번째 가게에서 덥석 옷을 사버리기에는 뭔가 꺼림칙하다. 당신은 가게를 나와 두 번째 가게로 들어선다.

두 번째 가게에는 마음에 드는 옷이 없다. 주인의 안목이 형편없는 것 같다. 값도 비싸다. 말없이 세 번째 가게로 발걸음을 옮긴다. 여기는 더 형편없다. 네 번째, 다섯 번째, 여섯 번째 가게……. 갈수록 옷은 별로인데 값만 비싸진다. 열 번째 가게를 나온 당신은 이제 포기하고 첫 번째 가게로 돌아간다.

그런데 종업원이 히죽히죽 웃으며 말하는 것이 아닌가. "아! 아까 그 옷은 이미 팔렸습니다. 이건 어떤가요? 손님께 잘 어울릴 것 같은데……." 순간 밀려드는 후회. 다른 옷들을 둘러보지만 첫 번째 티셔츠 생각이 머릿속을 떠나지 않는다. 이상하게도 생각하면 할수록, 그때 그 옷이 세상에서 가장 아름다운 옷인 것처럼 느껴진다.

우리는 이와 비슷한 경험을 많이 한다. 현재 내 손에 움켜쥔 것에는 매력을 느끼지 못하고, 이미 손을 떠나 버린 것에서만 미련을 가진다. 삶에서도 마찬가지이다. 현재의 내 상황에 만족하기 힘들지만, 지나가버린 행복했던 추억을 떠올릴 때면 미소를 짓는다. 현실이 고단할수록 추억은 더욱 아름답게 보이는 법이다.

70대 중반의 김복남 씨는 국가에서 시행하는 건강검진에서 간의 상태가 안 좋게 나와 내원했다.

"지금은 폐지를 모아서 팔고 교회의 보호를 받으면서 사는 신세입니다. 유일한 낙은 일 끝나고 비슷한 처지끼리 막걸리 한 잔하는 거지요. 검사를 받기 이틀 전에 막걸리를 좀 많이 했어요. 간이 상한 게 이상할 것도 없죠. 나 같은 인간 하나 죽는다고 누구 하나 슬퍼할 사람도 없는데…… 교회의 집사님께서 꼭 병원에 가보라고 진료비까지 쥐어 주시는 바람에 등 떠밀려서 왔습니다. 사실은 별로 살고 싶지 않아요. 사는 게 고달픕니다. 틈틈이 모아둔 돈 백 만원이 있는데, 내 전 재산이에요. 누구든지 나를 고통 없이 죽여준다면, 내 전 재산을 주겠습니다."

검진 결과를 보니 간수치가 약간 높았다.

"간수치가 조금 증가되어 있지만 걱정할 정도는 아닙니다. 술을 드시지 마시고 한 달 뒤에 다시 검사를 해보죠. 그리고 걱정해주시는 집사님도 계신데 죽고 싶다는 생각은 하시지 않으셨으면 좋겠어요."

복남 씨는 픽 웃었다.

"물론 교회의 도움을 많이 받았어요. 집사님께도 진심으로 감사한 마음입니다. 하지만 간신히 끼니를 때우고 사는 인생에 무슨 미련이 있겠어요? 마누라, 자식새끼들은 이런 나를 냉정하게 버리고 떠났습니다. 마누라와 자식들을 원망하지는 않아요. 이렇게 된 건 순전히 내 잘못이니까요. 맨날 술 처먹고 쥐어 패기만 했으니……"

복남 씨는 쓴 웃음을 지었다. 마치 자신의 인생을 비웃는 것 같았다. 그리고 천천히 입을 열었다.

복남 씨는 시골마을에서 태어났다고 한다. 마을을 벗어나 본 적이 없었던 복남 씨에게는 농사짓는 일이 세상일의 전부였고, 마을 사람들이 세상 사람들의 전부였다. 그렇게 평범한 촌놈으로 어린 시절을 보냈다.

어느덧 군대에 입대할 시기가 왔고 처음으로 한적한 시골을 떠나게 되었다. 그런데 어느 날 간첩이 침투한 사건이 터졌다. 수색대에서 근무하던 복남 씨 부대는 비상 출동했고 간첩을 사살하는데 큰 공을 세웠다. "그때는 신문에도 나고 대단했어요!" 복남 씨는 자랑스럽게 그때를 회상했다. 군 복무를 무사히 마치고 고향으로 돌아오자 복남 씨는 마을에서 '간첩을 잡은 영웅'이 되어 있었다. 마을 사람들이 잔치까지 열어주었다. 복남 씨는 마을에서 가장 똑똑하고 예쁘던 경순이와 결혼을 했고, 사람들은 마을의 영웅과 마을의 여신이 결혼을 했다며 축하해주었다. 그 후로도 좋은 일이 이어졌다. 복남 씨가 새마을 지도자로 임명된 것이다. '잘 살아 보세' 구호를 외치며 솔선수범으로 일했다. 이제 복남 씨는 마을에서 존경받는 인물이 되었다. 행복한 나날이었다.

그러던 어느 날 복남 씨는 생각했다. '이 김복남이가 이런 시골에서 농사나 지으면서 살다 죽어야 하는가? 더 큰 세상으로 가자. 이런 시골에서 썩기에는 내가 너무 아깝다. 도시로 가서 더 큰 인물이 되자.' 복남 씨는 아는 사람을 통해 대도시의 공장에 취직했다. 앞날이 너무 기대되었다.

"아무것도 모르고 설쳐댔죠. 그때 그 어리석은 생각만 안 했이도 내 인생이 이렇게 망가지지는 않았을 겁니다." 복남 씨는 회한에 사무친 듯 말을 이어갔다.

복남 씨는 대도시에 발을 디디며 이 도시의 지도자가 되겠다는 야무진 결심을 했다. 그러나 도시의 공장 생활은 상상과 달랐다. 신입 사원이 지도자 행세를 하려들자 '싸가지 없는 놈'으로 찍혔다. 외롭고 힘들었다. 그 큰 공장 속의 조그만 부속품에 불과할 뿐임을 느꼈다. 이때부터 입에 술을 대기 시작했다.

결국 견디지 못하고 사표를 썼다. 이번엔 시골의 땅을 팔아서 장사를 시작했다. 그러나 얼마 못가서 재산을 모두 날리고 말았다. 고통스러움에 술이 늘어갔다. 술에 취해 집에 들어가면 아무 죄 없는 아내와 아이들을 두들겨 팼다. "마음속에 쌓인 분노를 불쌍한 아내와 자식들에게 풀었습니다. 내가 못난 놈이죠."

아내가 생계를 맡게 되었다. 식당과 시장에서 닥치는 대로 일해 식구들을 먹여 살렸다. 그렇게 살아갔다. 아내가 일하는 동안 복남 씨는 술을 끊었다고 했다. 자식들도 성장해서 직장을 구했다. 큰 아들은 공장에 취직해서 적은 월급이지만 안정적으로 지낼 수 있었다. 작은 아들은 화물차 운전을 했는데 벌이가 좋았다. 가정에 평화가 찾아오는 듯했다.

그런데 어느 날 큰 아들이 동생과 의논 끝에 공장을 그만 두었다. 그리고 빚을 내서 큰 화물차를 샀다. 복남 씨는 불같이 화를 냈다. 멀쩡히 잘 다니던 회사를 왜 때려치우냐고 야단쳤지만 큰 아들은 복남 씨의 이야기를 듣지도 않았다. 처음에는 큰 아들의 벌이도 좀 나아지는 것 같더니, 얼마 지나지 않아 IMF사태가 터졌다.

빚만 남긴 채 망한 두 아들은 빚쟁이에게 쫓겨 다니는 신세가 되었다. 복남 씨는 둘을 불러다 놓고 따끔하게 야단쳤다. 그런데 아들들이 대들었다. "아버지, 이 지경이 되었는데 도와주시지는 않더라도 위로는 해주셔야 하는 거 아니에요? 저희는 지금까지 아버지께 두들겨 맞은 것 외에는 받은 게 없어요." 두 아들은 어머니를 모시고 시골로 도망쳤다. 지금 두 아들과 아내는 어딘가에서 포장마차를 하면서 살아가고 있다고 했다. 그렇게 복남 씨는 혼자가 된 것이다.

복남 씨가 올바른 인생을 살아왔다고 말하기는 힘들 것이다. 하지만 복남 씨에게 연민이 느껴지는 것은 어쩔 수가 없었다. 이제 그에게 남은 것은 돈 백만 원이 전부였다. 가족도 친구도 그 무엇도 남은 것이 없었다. 이제는 삶에 대한 의지마저 잃어가고 있었다.

어떤 말로 복남 씨를 위로할 수 있을까? 70대 노인에게 어떤 희망의 메시지를 줄 수 있단 말인가? 아무리 머리를 써 봐도 복남 씨를 도와드릴 수 있는 방법이 떠오르지 않았다.

내 곤혹스러운 마음을 읽었는지 복남 씨는 미소를 지으며 말했다. 이번에는 비웃음이 아니라 진짜 미소였다.

"하하! 내가 살고 싶지 않다고 하니까 자살이라도 할까봐 걱정하시는 모양이네요. 걱정마요. 이것 좀 보세요."

복남 씨는 주머니에서 검은 비닐봉지를 꺼냈다. 비닐봉지를 풀자 손수건으로 감싸놓은 무언가가 있었다. 손수건마저 풀자 수첩 같이 생긴 것이 나왔다. 60년대에 발행된 전역증이었다. 전역증 사이에는 민정경찰 마크와 가슴에 달았던 태극기가 있었다. 군복무 기간에 찍은 낡은 흑백 사진도 있었다. 황금색으로 반짝이는 물건도 있었다. 새마을 지도자 배지였다.

"민정경찰 마크와 태극기는 제 군복에 달려있던 겁니다. 새마을 지도자 배지도 고향에서 달고 다니던 것이구요. 난 간첩을 잡은 사람이에요. 그렇게 쉽게 죽지 않습니다. 난 수색대 출신이고 새마을 지도자 출신이에요. 삶이 끝나는 순간까지 꺾이지 않을 겁니다."

복남 씨의 얼굴에는 어느새 웃음이 번져 있었다. 왜 힘들지 않겠는가? 왜 외롭지 않겠는가? 그렇지만 복남 씨는 웃고 있었다. 민정경찰 마크와 새마을 지도자 배지는 아마도 복남 씨 인생의 가장 빛나는 순간을 함께한 물건일 것이다. 복남 씨는 마크와 배지를 지팡이 삼아, 어렵고 힘들 때마다 다시 일어 설 수 있었을 것이다.

우리는 과거의 기억들 중 행복했던 기억만을 모아서 '추억'이라고 부른다. 추억에는 그때의 기쁨, 그때의 환희, 그때의 떨림이 묻어있다.

살아가다 힘이 들 때, 괴롭고 마음이 아플 때, 우리는 추억에 빠진다. '그때는 참 행복했는데…….' 짧은 시간이나마 황홀경 속에서 기쁨을 느낀다. 그러나 그뿐이다. 결국 우리는 추억에서 깨어나 현실로 돌아와야 한다. 행복했던 백일몽에서 깨어나면 현실은 더 아프게 다가온다. 행복했던 시간들과 지금의 초라한 모습이 비교되면서 자신이 더 초라하게 느껴진다. 내가 원래부터 초라한 인간은 아니었다고 항변하고 싶다. '내가 한 때는 말이야…….' 그러나 자신의 이야기를 들어줄 한가한 사람은 세상에 없다. '저 인간, 또 시작이야!' '저거 바보 아니야!' 과거에 매달려 사는 사람은 이렇게 조롱 당한다.

성공한 사람들은 말한다. '과거를 던져 버려라. 그리고 미래를 향해서 힘차게 발걸음을 내디뎌라.' 물론 옳은 말이다. 승자가 되기 위해서 반드시 귀담아 들어야 하는 말이다. 하지만……. 도저히 미래가 보이지 않는 사람들도 있다. 희망을 가진다는 자체가 사치인 사람들이 있다. 이렇게 앞이 깜깜하기만 한 사람들도 모진 세파를 이기고 세상을 살아간다. 아무것도 가진 것이 없더라도, 마음속에는 즐거웠던 추억이 있다. 세상 모든 것을 빼앗긴다 해도 추억만큼은 아무도 빼앗아 갈 수 없기에 그들은 살아갈 수 있는 것이다.

승자가 미래를 향해 달리는 동안, 낙오자는 빛나는 추억을 지
팡이 삼아 하루하루 걸어간다. 낙오자에게도 마음속 조그만 기
쁨은 있다. 사람은 한 조각 추억만으로도 행복해질 수 있는 존재
이기 때문이다.

진정으로
원하는 것을 잊지 말 것

문제는 '갈망하는 바가 충족 되었는가?' 하는 것이 아니다. '갈망하는 것이 무엇인지 어떻게 하면, 알 수 있는가?' 하는 것이 문제이다. **슬라보예 지젝**

라마크리슈나는 19세기에 살았던 인도의 종교가였다. 그는 지식에 의한 설법이 아니라 가슴 속에서 우러나오는 열정적인 설법으로 많은 사람의 존경을 받고 있었다.

어느 날 대단한 능력을 가진 요기(yogi, 요가 수행자) 한 사람이 라마크리슈나를 찾아와 말했다. "당신은 물 위를 걸을 수 있소?" 라마크리슈나는 고개를 저었다. "아니요. 할 수 없습니다." 요기는 큰 소리로 웃으며 말했다. "아직 물 위를 걸을 정도도 안된단 말이오? 나는 물 위를 걸을 수 있소이다." 라마크리슈나는 깜짝 놀랐다. "참으로 대단한 능력을 얻으셨군요. 진심으로 축하드립니다. 그런데 어떻게 하면 그런 능력을 얻을 수 있나요? 얼마나 많은 노력과 시간을 들여야 하나요?" 요기는 신이 나서 말했다. "나는 이 능력을 얻기 위해서 8년 동안 수련을 했소. 아침부터 한밤중까지 매일 명상을 게을리 하지 않았소. 이런 노력 끝에 마침내 능력을 얻게 된 것이오." 그 말을 들은 라마크리슈나는 혀를 차면서 말했다. "참 바보짓을 하셨소이다. 저기 보이는 뱃사공에게 동전 두개만 쥐어주면, 언제든지 강을 건널 수 있소. 동전 두개면 말이오. 그런데 물 위를 걷기 위해서만 8년을 허비하다니……"

요기는 라마크리슈나에게 자신의 재주를 자랑하려다가 오히려 망신만 당했다. 아마 속이 부글거렸을 것이다. 그런데 요기가 원한 것은 무엇이었을까? 강을 건너기 위한 것일까? 만약 강을 건너기를 원한 것이라면, 8년씩이나 수행을 할 필요가 없다. 라마크리슈나의 말처럼 동전 두 개면 충분하다. 그렇다면 많은 사람들 앞에서 물위를 걷는 쇼를 보여주고, 박수갈채를 받고 싶었던 것일까? 그것도 역시 고개를 갸웃하게 만든다. 만약 사람들 앞에서 신기한 모습을 보여주고 박수를 받기를 원했다면, 8년간 수련을 할 것이 아니라, 8년 동안 마술을 익혔어야 했다. 그럼 요기는 무엇을 원한 것일까? 요기는 자신이 진정 원했던 것이 무엇인지 알고 있었을까?

권혜진 씨는 30대 초반의 여성이었다. 평범한 외모였는데 왠지 차가운 이미지였고 실제로도 냉소적이었다. 때로는 이유 없이 공격적인 태도를 보였다. 참 대하기 껄끄러운 환자였다. 그렇지만 여러 차례 진료를 받으면서 혜진 씨도 점점 마음을 열어갔다. 어느 날 혜진 씨가 힘없이 물었다.

"선생님은 결혼하셨죠?"

"그럼요. 아들이 둘입니다."

"사모님은 굉장히 미인이고, 능력 있는 분이시겠죠?"

이건 무척 어려운 질문이다. 나와 두 아들에게 있어서 아내는 최고의 미인이다. 그러나 다른 사람들도 그 의견에 동의해줄 지는 알 수 없는 일이다. 그리고 아내는 전업주부다. 애들을 건강하게 키우는 능력은 최고지만, 애들 성적을 관리하는 능력은 솔직히 별로다. 나는 질문을 흘려버리고 물었다.

"글쎄요……. 그런데 혜진 씨는 결혼하셨어요?"

혜진 씨는 피식 웃더니 고개를 가로 저었다.

"이제는 결혼도 영업이고 마케팅인 시대예요. 결혼도 스펙이 있어야 잘 하는 거예요."

결혼도 마케팅인 시대라……. 아픈 이야기이지만 인정하지 않을 수 없었다. 하지만 문제는 혜진 씨의 태도였다. 혜진 씨의 마음은 무언가 분노로 가득 차 있는 것 같았다. 무엇이 혜진 씨를 이렇게 냉소적으로 만들었을까? 혹시 화가 난 일이 있었냐고 물어보았다. 약간 당황한 표정을 짓던 혜진 씨는 어렵게 자신의 이야기를 시작했다.

혜진 씨는 바이올린 레슨을 하는 선생님이었다. 어릴 적, 친척 손에 이끌려 간 조그만 공연에서 바이올린 연주를 보고난 뒤부터 연주자의 꿈을 키웠다고 한다. 그 당시만 해도 바이올린은 지금처럼 흔한 악기가 아니었다. 혜진 씨는 탐탁치 않아하는 엄마를 조르고 졸라서 바이올린을 시작할 수 있었다. 처음 바이올린을 사던 날, 혜진 씨는 세상의 모든 것을 가진 것 같았다고 했다. 하지만 바이올린을 배우는 것은 쉽지 않았다. 우선 레슨비가 문제였다. 혜진 씨의 집안 형편은 그리 넉넉하지 않았다. 실력 있는 훌륭한 선생님께 배우려면 돈이 많이 들었다. 유명한 연주자에게 배울 기회는커녕, 평범한 선생님께 배우는 것조차도 힘들었다. 집안 형편에 따라서 레슨을 받다가 중단하는 일이 자꾸 반복되었다. 레슨을 중단하게 되면 철없던 혜진 씨는 엄마를 원망하며 울었다.

그렇지만 혜진 씨는 자신의 꿈을 포기하지 않았다. 레슨을 받을 수 없을 때는 혼자서 악보를 들고 열심히 연습했다. 그리고 마침내 음대에 입학할 수 있었다. 일류 대학까지는 아니지만 그래도 훌륭한 교수님들이 게신 대학이었다. 이제는 잘 배울 수 있을 것이라고 생각했다. 어릴 적 꿈꾸던 멋진 연주가의 길이 손에 잡힐 것만 같았다. 그러나 대학 생활은 혜진 씨에게 또 다른 좌절을 맛보게 했다. 우선 친구들의 악기는 혜진 씨의 것과는 비교도 할 수 없는 고급 악기였다. 연주자의 길을 꿈꾸는 친구들은 대학에 들어와서도 유명한 선생님께 레슨을 계속 받고 있었다. 유학을 준비하는 친구들은 영어 학원에 다니느라 정신이 없었다. 그렇지만 혜진 씨 눈앞에 닥친 고민은 대학 등록금이었다. 친구들이 레슨이나 학원을 다니는 동안, 혜진 씨는 아르바이트를 했다. 친구들의 실력은 일취월장했고, 콩쿠르에서 입상했다. 콩쿠르가 열리는 곳에서 혜진 씨가 할 수 있는 일은 친구를 축하해주는 것이 전부였다. '언젠가 나도 축하받을 날이 있겠지.' 하며 입술을 깨물었지만, 그런 날은 끝내 오지 않았다.

어렵게 대학을 졸업했지만 남은 것은 아무 것도 없었다. 친구들은 교향악단에 들어가거나 유학을 갔다. 어떤 친구들은 음악치료를 공부한다고 했다. 친구들에게는 멋진 애인도 생겼다. 부잣집 딸에, 장래가 밝을 뿐만 아니라 몇 차례의 성형수술로 연예인 뺨치는 외모를 가진 친구들은 뭇 남자들의 구애를 받았다. 하지만 혜진 씨에게는 모두 다른 세상의 이야기일 뿐이었다. 미래에 대한 꿈과 사랑은 혜진 씨에게는 사치였다.

당장 밥벌이를 해야 했다. 가진 재주가 바이올린 하나뿐이었던 혜진 씨는 방문레슨을 시작하기로 했다. 그러나 방문레슨도 쉬운 일이 아니었다. 아이들의 실력이 늘지 않는 것처럼 보이면 단칼에 잘렸다. 잘릴 때면 학부모는 항상 혜진 씨의 초라한 경력을 문제 삼았다. '콩쿠르에 입상 한 번 한 적 없는 주제에…….' '제대로 대학 나온 건 맞아?' 잔인한 말들에 혜진 씨의 자존심은 무참히 짓밟혔다.

"제게는 아무런 희망도 미래도 없어요. 만약 부잣집에 태어났
어도 이랬을까요? 어린 시절에 좋은 선생님께 꾸준히 레슨을 받
았어도 이렇게 되었을까요? 대학 때 아르바이트에 시달리지 않
고, 바이올린에만 집중했더라면 어떻게 되었을까요? 세상은 너
무 불공평해요. 마음을 다스리려고 책도 많이 읽었어요. 열심히
만 노력하면 모든 꿈을 이룰 수 있다고 하더군요. 그게 거짓말이
라는 사실을 너무 늦게 깨달았습니다."

내 마음도 쓰라렸다. 서점에 가면 수많은 책들이 있다. 많은
책들이 시련을 이기고 성공한 사람들의 이야기를 소개한다. 그
리고 외친다. '젊은이여, 꿈을 가져라. 열심히만 살면 무엇이든
이룰 수 있다.' 하지만 그건 성공한 사람들의 오만일지도 모른다.
열심히 살아서 성공한 사람보다는, 열심히 살았지만 성공하지
못한 사람들이 훨씬 많다. 그런 사람들은 책을 쓸 수도 없고 언
론에 인터뷰를 할 수도 없다. 그래서 '열심히 살아 보았지만, 별
수 없더라'는 흔한 이야기는 책에서도, 언론매체에서도 찾아볼
수가 없다. 많은 책들이 또 다른 문제점을 가지고 있다. 어떻게
하면 성공하는 지는 가르치지만, 무엇이 성공인지는 가르치지
않는다는 점이다.

"이제 공연 같은 것은 안 하시나요?"

혜진 씨는 씁쓸한 미소를 지으면서 대답했다.

"아르바이트로 결혼식이나 돌잔치 같은 곳에서 가끔씩 연주를 해요. 클래식 음악을 전혀 모르는 사람들 앞에서 말이죠. 분위기는 웅성웅성 소란스럽습니다. 박수를 받아도 쓴 웃음만 나와요. 아! 그런데 제가 왜 선생님께 이런 이야기를 하고 있죠? 선생님 같이 사회적으로 성공하신 분들은 저 같은 실패자의 이야기가 귀찮기만 할 텐데……."

"귀찮다니요! 혜진 씨의 이야기는 충분히 공감이 갑니다. 저역시 성공한 의사라고는 할 수 없으니까요. 그냥 보잘 것 없는 평범한 사람이죠. 그런데 혜진 씨는 왜 바이올린이 좋으세요?"

"음악이 좋으니까요. 사람들을 즐겁게 해줄 수 있잖아요."

"저는 음악에 대해서는 잘 모릅니다. 저는 의사니까 의사의 입장에서 한 가지 물어볼게요. 제가 지금까지 살린 사람은 몇 명이나 될까요?"

"글쎄요……. 100명, 아니 200명 정도 되나요?"

혜진 씨는 눈을 동그랗게 뜨고 물었다.

"사실은 저도 잘 모릅니다. 그런데 제가 살린 사람들 가운데는 부자이고 권력 있는 사람도 있었고, 가난하고 힘없는 사람도 있었습니다. 의사가 부자를 치료하는 것과 가난뱅이를 치료하는 것이 무엇이 다를까요? 의사에게 중요한 것은 생명이지, 그 생명의 주인이 부자인지 가난한 사람인지는 전혀 중요하지 않은 문제라고 생각하지 않으세요?"

"그렇겠죠."

"그렇다면 멋진 공연장에서 클래식을 잘 아는 사람에게 감동을 주는 것과, 어수선한 돌잔치에 온 사람을 감동시키는 것이 무슨 차이가 있죠? 음대 교수가 되어서 대학생을 지도하는 것과, 어린 시절의 혜진 씨와 같이 바이올린 연주자를 꿈꾸는 꼬마들을 가르치는 일이 뭐가 다르죠?"

"……."

"만약, 혜진 씨의 꿈이 바이올린으로 사람들을 즐겁게 하는 것이었다면, 바이올린을 통해 누군가의 꿈을 함께하는 것이었다면, 혜진 씨는 이미 꿈을 이루었습니다."

혜진 씨는 픽 웃으며 말했다.

"하긴……. 말이 되네요! 저는 꿈을 이룬 건가요?"

나는 고개를 끄덕였다.

갑자기 혜진 씨가 고개를 푹 숙였다. 다시 고개를 들었을 때는 눈물을 글썽이고 있었다.

"지금의 생활이 괴롭지만은 않습니다. 비록 초라하지만 연주를 할 수 있고, 또 가르칠 수도 있으니까요. 사실은 이 일이 즐겁습니다. 하지만 다른 친구들에 비해서 너무나 초라한 제 처지가 싫었어요. 그래서 스스로를 경멸하다가 세상을 삐딱하게 바라보게 됐나 봐요."

혜진 씨의 목소리가 가늘게 떨렸다. 나는 혜진 씨에게 휴지를 건넸다. 혜진 씨는 참지 못하고 울음을 터뜨리고 말았다. 그동안 서러웠을 것이다. 평평 울고도 싶었을 텐데, 강한 자존심이 혜진 씨가 눈물을 삼키도록 만들었을 것이다. 그렇게 혜진 씨의 진료를 끝냈다.

잠시 뒤, 간호사가 캔 커피 한 병을 들고 들어왔다.

"방금 여자 환자분이 드리라던데요."

캔 커피에는 메모지가 붙어 있었다.

'감사합니다. 기억할게요.'

오늘도 많은 사람들이 자신의 꿈을 향해 달린다. 꿈을 이루기 위해 땀 흘리고, 혼신의 힘을 다하는 모습은 참 아름답다. 그런데 세상에 시달리다 보면, 꿈은 점점 기형적인 모습으로 변해간다. 모르는 사이에 세속적인 가치에 오염되는 것이다. 결국 원래의 꿈은 희석되어 버리고, 돈과 지위를 꿈으로 착각하면서 살아가게 된다. 원래의 꿈을 잊어버리면 돈을 차지하기 위한 이전투구가 벌어지고, 지위를 얻기 위한 편법과 권모술수가 난무하게 된다. 이런 투쟁은 결코 아름답지도 행복하지도 않다.

꿈을 좇는 것이 힘든가? 너무나도 큰 세상의 벽이 당신을 가로막고 있는 것처럼 느껴지는가? 그렇다면 눈을 감고 가만히 생각해보자. 우리의 원래 꿈은 무엇인가? 우리가 진정 원했던 것은 무엇인가?

아직도 엄마를 찾는
삼십 대의 어른

심리적인 미성숙 상태를 박차고, 자기 책임과 확신에서 영위되는 삶의 현장으로 나오려면, 죽음과 재생의 경험이 있어야 한다.   **조셉 캠벨**

부처님이 깨달음을 얻으셨을 적 이야기다. 해탈의 기쁨 속에서, 부처님이 깊은 명상에 잠겨 가부좌를 틀고 앉아 있었다. 그런데 갑자기 폭풍우가 몰려오기 시작했다. 부처님이 위험해졌다. 이 것을 본 뱀들의 왕 '무차린다'는 거대한 몸을 일곱 겹으로 똬리를 틀어서 부처님을 감쌌다. 폭풍우는 일주일간이나 계속 되었지만, 무차린다는 꿈쩍도 하지 않았다. 마침내 폭풍우가 물러갔다. 부처님은 명상을 끝냈다. 무차린다도 똬리를 풀었다. 순간 무차린다는 허물을 벗고, 잘생긴 청년으로 다시 태어났다. 청년은 부처님께 합장을 했다. 그리고 부처님의 제자가 되었다. 어쩌면 사람이란 적어도 한 번은 허물을 벗고 다시 태어나야 하는 존재인지도 모른다.

오현주 씨는 30대 초반의 결혼 3년차 주부였다.

"속이 쓰리고 배가 아파요. 내시경 검사를 받아볼 수 있을까요?"

현주 씨의 내시경 검사에서는 위궤양이 발견되었고 헬리코박터 균도 발견되었다. 환자에게 사진을 보여주며 설명하고 약을 처방해드렸다. 현주 씨는 조심스럽게 물었다.

"그럼 헬리코박터 균만 없으면 궤양은 생기지 않는 건가요?"

위궤양이란 위에 상처가 나서 살이 움푹 파이는 질환이다. 위염이 점막 표면에만 병변이 있는 반면, 위궤양은 상처가 훨씬 깊게 난 것이다. 과거에는 위궤양을 '위산이 위벽 표면을 녹여서 상처를 만드는 병'이라고만 생각해왔다. 그러나 1982년 호주의 의사 배리 마셜Barry Marshall이 헬리코박터Helicobacter pylori 균을 배양하는데 성공하면서 이런 추측이 바뀌게 되었다. 이제는 위산보다는 헬리코박터 균이 위궤양 발생에 더 중요한 역할을 한다고 생각한다. 그렇지만 헬리코박터에 감염된 환자 중에서 위궤양을 일으키는 환자는 일부에 불과하다는 점, 또 헬리코박터 균이 없는 환자에서도 위궤양은 생길 수 있다는 점에서 헬리코박터균만이 위궤양의 유일한 원인이라고 할 수는 없다. 그러므

로 위궤양의 발생에는 진통소염제의 복용, 흡연, 음주, 스트레스
와 같은 여러 가지 유해인자들이 함께 영향을 끼친다고 보아야
한다. 특히 스트레스는 위산 분비를 촉진한다. 또 위벽의 혈액
순환을 방해하여 위벽을 약하게 만들어서 위장 질환에 영향을
끼친다고 알려져 있다.

    현주 씨에게 위궤양에 대해서 설명해주었다.
    "저는 술이나 담배는 안 해요. 진통 소염제도 먹은 적이 없구
요. 다만 최근 스트레스가 심했는데 이게 안 좋은 영향을 끼쳤
나봐요."
    "그럴 수 있습니다. 무슨 특별한 걱정거리가 있으세요?"
    "가정불화 때문에요."
    "혹시 시댁 식구들과의 관계가……."
    "아니요. 반대요. 남편과 친정어머니의 관계요."
    현주 씨는 이야기를 시작했다
    현주 씨의 외가는 지방에서 큰 사업을 했다고 한다. 친정어머
니는 부잣집에서 태어나 곱게 자랐다. 현주 씨의 아버지는 어려
운 가정형편을 극복하고 명문 대학을 졸업한 유능한 의사였다.
그런데 현주 씨가 태어나고 얼마 지나지 않아 현주 씨의 아버지
가 암으로 돌아가셨다. 어머니는 절망했다. 다행히 친정이 여유
가 있어서 한동안은 경제적인 문제없이 살 수 있었다. 그렇지만
친정의 사업마저 서서히 어려움을 겪기 시작했다. 더 이상 친정

에 손을 벌릴 수가 없게 되었고, 현주 씨의 어머니는 할 수 없이 장사를 시작했다. 귀하게만 자라온 현주 씨 어머니에게 장사란 너무나 고통스러운 일이었다. 하지만 이를 악물고 열심히 일했고, 건실한 중소기업 사장까지 될 수 있었다.

어린 시절, 현주 씨는 항상 불안에 시달렸다고 한다. 엄마가 없을 때면 혼자 집에 있어야 했다. 그리고 현주 씨의 어머니는 집에 돌아와서 가끔씩 혼자 방문을 잠그고 절규했다. 때로는 현주 씨를 붙잡고 한없이 울 때도 있었다. "그때는 엄마가 왜 그러시는 지 잘 몰랐지요. 하지만 철이 들면서 엄마의 삶을 이해할 수 있게 되었습니다."

3년 전, 현주 씨는 성실한 회사원이었던 남편을 만나 결혼했다. 결혼할 때는 장밋빛 인생이 펼쳐질 것이라고 생각했다. 너무나도 착한 남편이었다. 사위가 생기고 손자 손녀가 생기면 어머니도 행복해지실 거라고만 생각했다.

하지만 그건 희망사항일 뿐이었다. 현주 씨는 결혼하던 날부터 마음이 불편했다. 어머니의 간섭이 지나쳤던 것이다. 어머니는 은연중에 남편을 무시했다. 다소 내성적인 성격의 남편은 속으로 잘 삼키고 참아주었다. 작년, 남편은 다니던 회사를 그만두고 어머니의 회사에 입사했다. 회사를 물려주기 위해 어머니가 제안한 일이었다. 현주 씨는 속으로 기뻤다. 남편은 유능한 사람이었다. 함께 일하면, 어머니가 남편의 진가를 알아줄 것이라고 생각했다.

그렇지만 일은 쉽게 풀리지 않았다. 회사에서 엄마는 남편을 함부로 대하고 툭하면 직원들 앞에서 무시해댔다. 속으로 삼키기만 하던 남편은 마침내 폭발하고 말았다. 어머니와 심하게 다툰 남편은 헤어지자는 말을 남기고 집을 나가버렸다. 현주 씨는 남편이 그렇게 화가 난 모습은 처음 보았다고 한다. 앞이 캄캄해졌다. "솔직히 엄마가 잘못한 게 맞지요. 그렇지만 저는 엄마를 탓할 수가 없어요. 저를 위해서 온갖 어려운 시간을 참아온 엄마잖아요. 엄마의 마음을 배신할 수 없었습니다. 엄마가 남편에게 푸대접을 해도 나는 엄마 편을 들었습니다. 바보같이……. 남편은 모든 것을 참아주는 존재인 줄 알았던 거죠."

현주 씨의 이야기에는 깊은 후회가 묻어 있었다. 괴로워하고 있었다. 하지만 어떻게 해야 할지 몰랐다.

"어머니하고 이 일에 대해서 이야기해보셨나요?"

"물론이죠. 엄마하고는 매일 서너 시간씩 전화 통화를 해요."

"서너 시간이요? 매일?"

"예."

"결혼하시고 줄곧 그렇게 통화해오셨나요?"

"예."

현주 씨는 뭐가 문제냐는 듯한 표정을 지었다. 하지만 나는 한숨이 나왔다. 이건 정상적인 모습이 아니다.

헝가리의 정신분석가인 마거릿 말러Margaret Mahler는 아기의 심리가 어머니로부터 독립하는 과정을 연구해서 '분리-개별화 과정seperation-individuation process' 이론을 완성했다. 말러에 따르면, 아기가 아주 어릴 때는 엄마와 자신을 구분하지 못한다고 한다. 배고프면 젖을 주고, 오줌을 싸면 기저귀를 갈아주는 엄마는 분명 나와 다른 존재가 아니다. 엄마는 내가 원할 때면, 언제나 나타나는 나의 일부분이다. 이때는 엄마도 아이를 독립된 인격체로 생각하는 것이 아니라, 자신의 일부분으로 느낀다. 그렇지만 이런 기분 좋은 공존이 영원히 지속되지는 않는다. 아이가 움직일 수 있게 되면 엄마는 아이를 제지하게 된다. 이제 아이는 엄마를 자신과 동일체로 느끼지 않는다. 대신 아이의 마음속에는 두 개의 엄마 이미지가 생기게 된다. 하나는 항상 나를 사랑해주는 엄마good mother이고, 또 다른 하나는 나를 제지하고 나무라는 엄마bad mother이다. 아이는 이 두 엄마가 다른 사람이라고 생각한다. 시간이 지나면 아이는 이런 분리된 이미지를 극복하고, 이미지가 하나로 합쳐진다. '간혹 나를 나무랄 때도 있지만, 언제나 나를 사랑하는 존재'로 엄마를 인식하게 되는 것이다. 아이는 마음속에 이런 엄마의 이미지를 새겨두고, 성인이 되어서도 이 이미지로부터 힘과 용기를 얻는다. 엄마가 없는 상황에서도 말이다.

현주 씨와 어머니는 분리-개별화 과정을 이루지 못한 것 같았다. 현주 씨와 어머니는 서로가 서로의 일부이지, 독립된 인격체가 아닌 것처럼 보였다. 현주 씨는 엄마의 잘못된 행동을 인지

하면서도 자신도 모르게 엄마 편에 서 있었다.

현주 씨는 울음이 나오려는 것을 참으며 말했다.

"왜 이렇게 되어버린 걸까요? 엄마도 남편도 너무나 좋은 사람들인데……. 뭐가 잘못된 것일까요? 저는 어떻게 하면 좋을까요?"

"글쎄요. 저는 현주 씨가 잘못한 것은 없다고 생각합니다. 다만……."

"다만?"

현주 씨는 다그치듯이 말했다.

"괜찮아요. 뭐든지 말씀해주세요. 솔직하게……."

나는 조심스럽게 말을 이어갔다.

"현주 씨는 눈물 흘리고 괴로워하는 어머니를 보고 자랐습니다. 자신을 위해 고생하고 있는 어머니를 보면서, 좋은 딸이 되고자 끊임없이 노력했겠죠. 그러는 사이에 자신의 감정은 마음 한쪽 구석으로 미뤄버리지 않으셨나요? 생각도 어머니의 생각을 따르고, 느낌도 어머니가 느끼는 대로 느끼면서 살아온 것은 아닌가요? 독립된 인간 '오현주'가 아니라 어머니의 한 부분으로 살면서, 이것이 어머니에게 보답하는 길이라고 생각하신 것은 아닌가요?"

조마조마한 심정으로 현주 씨의 반응을 살폈다. 나는 사실 무척 위험한 도발을 하고 있었다. 현주 씨가 받아들여준다면야 좋겠지만 만약 받아들이지 못한다면 마음에 상처만 하나 더 얹어주는 셈이 될 수도 있기 때문이다.

그런데 현주 씨는 울음을 터뜨렸다.

"맞아요. 그렇게 살아왔어요. 어릴 적 옷을 살 때부터 그랬어요. 엄마가 예쁘다고 하면, 마음에 들지 않아도 '이 옷은 예쁘다' 하고 속으로 몇 번을 외쳤어요. 엄마가 골라 준 옷을 입고 있으면 엄마가 기뻐하셨으니까. 음식을 먹을 때도 엄마가 맛있다고 하면 속으로 '그래, 맛있어. 나는 이 음식을 좋아해.'라면서 스스로에게 최면을 걸었습니다. 공부할 때도, 취미생활을 할 때도, 저는 엄마를 기쁘게 해드리려 했습니다. 남편도 사실은 제가 좋아했다기 보다는 엄마가 골라준 사람이었습니다. 그런데 결혼하고서야 알았습니다. 문득 멈춰서 돌아보니 저는 남편에게 엄마의 말을 녹음기 틀듯이 반복하고 있더군요. 세상에 저는 존재하지 않는 것 같습니다. 제 자리에는 엄마가 리모콘으로 조정하는 로보트만이 남아 있습니다. 그렇지만 엄마를 등질 수는 없습니다. 제가 등져버리면, 평생 고생만 하고 살아오신 우리 엄마, 하나뿐인 딸 시집보내고 외로이 살고 있는 우리 엄마는 어떻게 합니까?"

"현주 씨는 착한 사람입니다. 그래서 어머니의 마음을 아프게 하지 않으려고 끝없이 노력하셨을 겁니다. 하지만 아무도 오현주 씨의 삶을 대신 살아줄 수 없습니다. 언젠가는 어머니로부터 독립하셔야만 할 겁니다. 그건 어머니도 마찬가지구요. 어머니 역시 현주 씨로부터 독립해야 합니다. 처음 홀로서기를 할 때는 두려우실 겁니다. 도저히 홀로 일어설 수 없을 것 같이 느껴지죠. 하지만 이미 홀로 설수 있는 힘을 가지고 있습니다. 용기를 내세요. 완전한 홀로서기가 이루어진다면, 독립된 인격체 오현주로 살아가는 것이 결코 어머니를 배신하는 것이 아니라는 것을 아시게 될 겁니다. 이번 일만 해도 현주 씨가 독립적인 존재였다면 어머니와 남편의 갈등도 잘 조절할 수 있었을지 모릅니다."

현주 씨는 고개를 끄덕였다. 며칠 뒤 현주 씨는 좀 안정된 모습으로 진료실을 찾았다. 그리고 가족들이 함께 심리 상담을 받아보기로 했다는 소식을 전했다. 이제 현주 씨는 독립된 인격체로서의 걸음마를 시작하려고 하고 있었다.

원시 부족들이 치르는 성인식의 모습은 무척 재미있다. 우선 부족의 성인 남자들은 아이들이 알아볼 수 없게 괴물로 분장한다. 그리고 마을로 쳐들어가서 아이들은 납치한다. 놀란 아이들은 엄마 뒤로 숨으려고 한다. 엄마는 보호해주는 시늉을 하지만, 결국 보호해주지 않는다. 이렇게 납치된 아이들은 부족의 성소^聖所로 옮겨지고, 그곳에서 의식이 거행된다. 부족에 따라 할례를 하기도 하고, 몸에 상처를 내기도 한다. 때로는 피를 마시는 의식을 거행하기도 한다. 아이들은 고통 속에서 몸부림친다. 의식이 거행되는 동안 부족장은 자기 부족의 기원과 부족원으로서 지켜야 하는 의무를 낭독한다. 의식을 치르고 집으로 돌아가면 부모가 신붓감을 데리고 기다리고 있다.

이런 의식을 통해 아이는 성인으로 다시 태어난다. 이제는 엄마의 보호를 받을 수 없고, 자기가 엄마와 부족을 보호해야 한다. 이제는 누가 먹여주지 않는다. 오히려 자기가 부족을 먹여 살려야 한다. 엄마의 품에서 좀 더 어리광을 피우고 싶어도 부족의 전통은 이것을 허용하지 않는다. 그렇다고 성인식이 인생고人生苦의 시작만을 상징하는 것은 아니다. 성인식을 치르면 결혼을 하고 자신의 가정을 가질 수 있게 된다. 또한 성인식을 통해서 아이는 독립된 개체로 인정받고, 자신의 일을 스스로 결정할 수 있게 된다.

원시 부족 사회의 성인식은 없어졌다. 하지만 현주 씨에게는 지금의 고통이 바로 성인식이 아닐까 하는 생각이 들었다. 좀 늦긴 했지만, 이런 정신적 고통을 통해 어머니로부터 독립하고, 성숙한 인격체로 다시 태어날 수 있을 것이다. 폭풍이 지나가고 나면 어느새 성숙해진 자신을 만날 수 있다. 마치 불제자가 된 무차린다처럼 말이다.

아껴도 아껴도
시간은 어차피 부족하다

나는 결코 시간에 얽매이지 않는다. 시간이 사람을 위해 존재하는 것이지, 사람이 시간을 위해 존재하는 것이 아니기 때문이다. **프랑수와 라브레**

내가 가장 좋아하는 소설 중 하나는 미하일 엔데Michael Ende의
『모모』이다. 이 소설을 읽고 있으면 답답했던 가슴이 열리고 왠
지 따뜻한 느낌이 든다.

어느 평화로운 마을, 버려진 원형극장에서 이 이야기는 시작
된다. 어느 날 모모라는 여자 아이가 원형극장에 나타나 살기 시
작했다. 어디서 태어났는지 나이가 몇 살인지도 알 수 없는 여자
아이였다. 치렁치렁한 치마에 헐렁한 남자 웃옷을 걸친 이 소녀
는 곧 이 마을사람들에게 중요한 존재가 되었다. 모모에게는 다

른 사람의 말을 들어주는 재주가 있었기 때문이다. 고민이 생긴 어른들은 모모에게 와서 이야기를 나누었다. 아이들도 모모를 좋아했다. 모모와 함께라면 신나는 상상 여행을 실감나게 할 수 있었다.

그런데 이 도시에 회색 신사들이 나타났다. 그들은 사람들을 달콤한 말로 현혹시켜서 '시간 저축 은행'에 시간을 저축하도록 만들었다. 조금씩만 시간을 아껴 쓰면 엄청난 시간을 얻을 수 있다는 말에 속아서, 많은 사람들이 은행에 가입했다. 그런데 일단 가입을 하고 나면 회색신사에 대한 기억이 사람들의 뇌리에서 사라졌다. 그렇지만 가입을 한 사람들은 시간을 아껴 쓰기 위해서 바쁘게 움직이게 되었다. 사람들 사이는 메말라 갔다. 친구도 만나지 않았다. 부모님을 찾아가지도 않았다. 잡담도 하지 않았다. 오로지 바쁘게, 바쁘게 일만 했다. 사람들은 영문도 모른 채 숨 가쁜 생활에 고통스럽게 내몰렸다.

어느 날, 모모 앞에는 거북이 '카시오페이아'가 나타나서, 모모를 '호라 박사'에게 안내해주었다. 호라 박사는 그 회색신사들이 사실은 시간 도둑이라는 사실을 모모에게 알려준다. 모모는 카시오페이아와 함께 회색신사들의 본부인 시간의 금고로 쳐 들어가서, 금고를 부수어 버렸다. 그렇게 사람들에게 잃어버린 시간을 되돌려준다.

현정이는 대입을 준비하는 재수생이었다. 학원이 병원과 가

까웠기 때문에 감기나 배탈 같은 병이 있으면 더러 진료실을 찾았다. 재수라는 어려운 과정을 거치고 있었지만, 밝은 성격을 잃지 않았기 때문에 쉽게 친해질 수 있었던 환자였다. 수능을 앞둔 어느 날 현정이는 평소와는 다르게 우울한 표정으로 진료실을 찾았다.

"어떻게 왔니?"

현정이는 주저하더니 말했다.

"선생님, 잠을 좀 적게 잘 수 있는 약은 없나요? 카페인 성분 말고요. 밤에는 졸리지 않고, 새벽에는 일찍 일어나도록 하는 약이요. 그러니까 하루에 서너 시간만 자도 몸이 피곤하지 않고, 머리도 맑아질 수 있는 그런 약······."

긍정적인 성격의 현정이었지만, 시험의 압박감은 피할 수 없었던 모양이다.

"그런 약은 없는데."

현정이는 '후' 하고 한숨을 몰아쉬더니 말했다.

"선생님께서는 의과대학을 다닐 때 공부를 많이 하셨잖아요. 시간은 없는데 잠은 쏟아질 때 어떻게 하셨어요?"

"그냥 참았어. 도저히 못 참으면 잤고······."

내 대답에 현정이는 많이 실망한 표정을 지었다. 아마도 내게 어떤 비법이 있을 거라 기대하고, 지푸라기라도 잡는 심정으로 진료실을 찾은 듯했다.

"시간이 많이 부족하구나."

현정이는 고개를 푹 숙인 채 고개를 끄덕였다. 그리고 기어들 어가는 소리로 말했다.

"작년에 시험을 칠 때도 시간이 문제였어요. 딱 한 달만 시간이 더 주어진다면 정말 좋은 성적을 낼 수 있을 거라고 확신했어요. 그래서 재수를 한 거고요. 한 달이 아니라 1년이라는 시간을 더 얻었고, 지난 1년간 정말 열심히 했어요. 그런데, 시간은 여전히 부족해요. 조금만 더 있으면 되는데……. 어떻게 하죠? 시간에 쫓기다 보니 마음은 점점 불안해지고, 집중은 안 되고, 밥도 잘 안 넘어가요. 좋은 방법이 없을까요?"

초조해하는 현정이의 모습을 보니 학창시절이 떠올랐다.

"글쎄……. 선생님의 경험이 도움이 될 수 있을지 모르겠구나. 선생님도 너와 같은 대입과정을 거쳤고, 의과대학에서도 수많은 시험에 시달렸지. 그런데 그 많은 시험 중에서, 완벽하게 준비해서 친 시험은 단 한 번도 없었어. 선생님도 시험을 준비할 때 항상 시간이 모자라더라. 그건 아무리 공부를 열심히 해도 마찬가지였어. 아니, 오히려 더 열심히 준비한 시험일수록 시간은 더 모자랐어. 그리고 전문의 시험을 칠 때 결론을 내렸지. 나는 늙어죽을 때까지 시험을 쳐도, 시간이 모자랄 수밖에 없는 인간이라고……."

현정이의 눈빛이 약간 살아나는 것 같았다.

"세상 누구도 완벽하게 준비해서 시험을 치르는 사람은 없어. 그건 수석부터 꼴찌까지 모두 마찬가지야. 다만 마지막 순간까지 최선을 다해서 한 가지라도 머릿속에 더 넣어두는 것이 필요할 뿐이야."

현정이는 고개를 끄덕였다.

"그리고 지금 많이 불안하다고 했지? 밥도 잘 안 넘어가고? 많이 불안하고, 밥이 안 넘어간다면, 음……. 사실은 지극히 정상이야! 대입 시험을 앞두고 마음이 평화롭고 밥 잘 넘어간다는 사람은, 글쎄? 정신적으로 문제가 좀 있을 것 같은데…….

그리고 선생님 경험으로는 시간이 부족해서 고민하는 학생들은 항상 결과가 좋았어. 걱정이 되는 학생들은 따로 있어. '너 이렇게 공부 안 해도 괜찮냐?'라고 주변에서 걱정하는데 '걱정 마세요. 준비는 완벽합니다.'라면서 자신이 주변을 안심시키러 다니는 학생들이 있거든. 이런 학생들은 좋은 결과를 기대하기 힘들더라구."

아이는 피식 웃었다.

"감사합니다."

현정이는 다시 원래의 밝은 모습으로 돌아갔다.

사전을 찾아보면 잠을 '눈을 감은 채 이루어지는 휴식 활동'이라고 정의하고 있다. 최근까지도 이러한 정의가 일반적으로 받아들여졌다. 그러나 최근 연구에 의하면 잠은 단순한 육체적 휴식이 아니라고 한다. 마음의 피로도 잠을 통해서 회복시킨다는 것이다. 또한 잠은 기억과 여러 가지 뇌의 고등인지 기능을 강화시킨다고 한다. 그래서 잠을 적게 자면 여러 가지 부작용이 나타난다. 우선은 피곤하고 나른해진다. 기억력과 집중력은 떨어지고 감정조절이 되지 않아서 조급해진다. 장기간 수면 부족이 이어지면, 심장, 폐, 근골격계에 여러 가지 문제가 생긴다. 그렇다면 사람에게는 얼마만큼의 수면이 적당할까? 정답은 '모른다'이다. 사람마다 필요한 수면 시간은 다르기 때문이다. 보통 6~8시간이라고 하지만 평균적인 이야기일 뿐이다. 다만 대체로 젊은 사람일수록 더 많은 수면이 필요하고, 나이가 들수록 수면 시간이 덜 필요하다고 알려져 있다.

많은 수험생들이 잠을 줄여서 공부한다. 그러나 잠을 줄이는게 학습에 효과적일 지는 알 수 없다. 사람마다 필요한 수면 시간이 다르고 수면의 질이 다르기 때문이다.

우리가 누릴 수 있는 시간은 한정되어 있다. 우리의 삶이라는 것도 따지고 보면 각자에게 주어진 시간을 누리는 과정이다. 기쁨과 슬픔도, 행복과 불행도 모두 우리에게 주어진 시간 안에서만 존재할 수 있다. 그런데 극심한 경쟁이 시간에 대한 생각을 바꾸어 놓았다. 경쟁에서 이기려면, 더 많이 일하고 더 많이 공부해야 한다. 그러자면 더 많은 시간이 필요하다. 결국 모모에 나오는 사람들처럼 영문도 모른 채 시간에 쫓기게 된다.

자신이 행복한지, 불행한지는 뒷전이다. 머릿속에는 오로지 시간을 아껴야 한다는 생각뿐이다. 그렇지만 아무리 아껴도 시간은 늘 부족한 법이다. 이제는 다른 무엇인가를 포기해야만 한다. 처음에는 친구 만나는 것을 포기한다. 그래도 부족하다. 가족들과 보내는 시간까지도 포기한다. 그래도 부족하다. 마침내 잠을 포기한다.

생각해봐야 한다. 시간을 얻기 위한 우리의 노력이, 도리어 삶의 한정된 시간을 불행으로 채워버리고 있지는 않은가? 끊임없이 시간을 얻게 된다 한들 우리 삶의 시간들이 고통으로 가득 차버린다면 무슨 소용이 있을까?

모모의 친구 중에는 베포라는 노인이 있다. 베포는 도로 청소부이다. 베포가 모모에게 해준 말을 현정이에게도 해주면서 진료를 마무리했다.

"때론 우리 앞에 쓸어야 할 긴 도로가 있어. 너무 길어 도저히 해낼 수 없을 것 같아. 대체 언제쯤에야 청소가 끝날지 막막해. 그러면 서두르게 되지. 점점 더 서두르는 거야. 앞을 보면 조금도 줄어들지 않은 것 같지. 그러면 더욱 긴장되고 불안해져…….

하지만 그래서는 안 되는 거야. 한꺼번에 도로 전체를 생각해서는 안 돼. 알겠니? 다음에 딛게 될 걸음, 다음에 하게 될 비질만 생각해야 하는 거야. 계속해서 바로 다음 일만 생각하는 거야. 한걸음 한걸음 나가다 보면 어느새 그 긴 길을 다 쓸었다는 것을 깨닫게 되지. 어떻게 그렇게 했는지도 모르겠고, 숨이 차지도 않아. 그게 중요한 거야."

지금 이 순간,
행복하라

미래를 신뢰하지 마라. 죽은 과거는 묻어 버려라. 그리고 살아있는 현재에 행동하라. **롱펠로**

별빛이 쏟아지는 어느 밤, 강변에 구슬픈 울음소리가 울려 퍼졌다. 악어와 개구리의 울음 소리였다. 한참을 울던 악어가 옆에서 울고 있는 개구리들에게 말했다. "어제 용왕님께서 꼬리 달린 물고기는 죽이라는 명을 내리셨지. 나는 꼬리가 있어서 날이 밝으면 죽을 목숨이다. 너무 슬프고 억울해서 눈물이 멈추지 않는구나. 그런데 너희는 도대체 왜 울고 있는 거냐?" 개구리들이 말했다. "물론 우리는 꼬리가 없다. 하지만 용왕님께서는 분명 우리가 올챙이 적에 꼬리가 있었던 것을 문제 삼으실 것 같다. 그래서 무서워서 울고 있다."

중국의 『애자잡설艾子雜設』이라는 책에 나오는 이야기이다.

과거는 중요한 것이다. 오늘 우리의 모습은 우리의 과거에 의해 만들어진 것이며, 우리의 미래 또한 과거의 영향을 받게 될 것이다. 그러나 올챙이 적 꼬리 때문에 눈물 흘리는 개구리처럼 과거의 그늘 속에서 갇혀 사는 것은 너무 답답한 노릇이 아닌가?

40대 직장인 김명수 씨는 가슴이 두근거리고 답답한 증상으로 병원을 방문하였다.

"정말 이상합니다. 대학병원에서 별별 검사를 다 해보았습니다. 그런데 아무런 이상이 없었어요. 저는 한 번씩 생기는 이 증상이 무섭습니다."

"증상을 자세히 설명해보시겠어요?"

"간간이 가슴이 두근거리고 숨이 잘 안 쉬어져요. 가슴이 두근거릴 때는 어지럽기도 하구요."

평소에 사람들은 자신의 심장 박동을 잘 느끼지 못한다. 심한 운동을 하거나, 두려움, 분노 같은 감정적 상황이 오면 박동을 느낄 수 있다. 또한 부정맥과 같은 심장질환에서도 두근거림을 느낄 수 있다. 그러나 심장에 병이 없고 심한 운동이나 스트레스 상황이 아닌데도, 이유 없이 심장 증상이 나타나는 경우를 '심장 신경증cardiac neurosis'이라 한다. 심장 신경증 환자들은 가슴이 두근거리고 답답한 증상을 호소한다. 산소가 모자라는 느낌과 함께 호흡이 가빠지고, 어지러워하기도 한다. 가끔씩 가슴에 통증을 호소하여 협심증처럼 보이기도 한다. 이 질환은 마음 깊은 곳의 심리적 갈등으로 인하여 생기는 신경증의 일종이다.

명수 씨에게 심장 신경증에 대해서 간단히 설명해주었다.
"언제부터 이 증상이 생겼나요?"
"그게……. 한 2~3년 전부터인 것 같아요. 3년 전, 저희 부서에 새로운 부장님이 오셨는데 그때부터 시작된 것 같아요. 부장님 때문에 무척 힘들었거든요."
명수 씨의 사연은 이랬다. 새로 부임한 이 부장은 패거리 만드는 걸 좋아했다. 부임하자마자 부서의 몇몇 직원들을 모아서 식사와 술자리를 만들더니, 자기들끼리 어울려 다니기 시작했다. 그 모임에 낀 사람들의 행동은 정말 역겹고, 손발이 오글거렸다고 한다. '미치겠군. 저게 말도 안 되는 아부라는 사실을 부장님은 모르고 계실까? 매일 아부만 듣더니 아예 바보가 되어버리신 걸까?' 모임에 끼지 못한 주변인이었던 명수 씨는 이 상황을 도저히 이해할 수 없었다. 부서의 업무도 엉망으로 돌아갔다. 이 부장이 "이거 일주일 안에 해결 안 되겠는데……."라고 말하면, 이 부장을 따르던 무리들은 멀쩡하게 잘 돌아가던 일을 멈추고, 일주일을 끌었다. 그리고 "정말 놀라운 선견지명이십니다."라고 아부를 했다. 정말 기가 막힐 지경이었다. 고작 아부 한마디 하기 위해서 업무를 망치다니…… 명수 씨와 이 부장의 측근들 사이에는 서서히 틈이 생기기 시작했다. 그리고 이 부장은 어느 순간부터 말도 안 되는 트집을 잡기 시작했다. 매일 부하 직원들이 보는 앞에서 명수 씨에게 욕을 하고 모멸감을 줬다. "제가 재수 없는 인간이라나요. 전 부장님이 화가 날 때 이용하는 샌드백 같은 존재였습니다. '분풀이용 인간'이었죠."

고난은 이 부장 한 명으로 끝나지 않았다. 부장의 측근들도 대놓고 명수 씨를 조롱했다. 명수 씨의 부하 직원까지 대들기 시작했다. 야단도 쳐 보았지만, 이미 부하들에게 무능한 상사로 낙인찍힌 명수 씨의 말이 먹혀들 리 없었다. 가슴 속은 터질 것 같았다. 하지만 식구들을 먹여 살려야 하는 가장이기에, 주변의 무시와 조롱에 '허허허' 웃으며 비굴하게 굽힐 수밖에 없었다. 그리고 퇴근할 때는 밝은 모습으로 위장해야만 했다. 아내와 자식들에게 풀 죽은 모습을 보여줄 수는 없었다.

시간이 지나고 이번에는 명수 씨가 부서를 옮겼다. 새로운 부서의 상사는 명수 씨를 인정하였고, 부하들도 그를 존경해주었다. 그러나 가슴이 두근거리고 답답한 증상은 이후에도 아무런 이유 없이 나타났다.

명수 씨는 두려워하고 있었다. 그것은 삶에 대한 공포였다. 나는 이해할 수 있었다. 나 역시 삶이 두렵다. 심하게 다쳐본 사람이 '또 다치지 않을까?' 하는 두려움을 가지는 것은 당연한 일이다. 명수 씨는 점점 간절한 표정이 되었다.

"저도 '내가 왜 이러지?' 하는 생각을 합니다. 그렇지만 복도에서 그 사람들을 만나면 숨이 멎는 것 같습니다. 제 의지로 어떻게 할 수가 없습니다."

나는 진심을 담아서 말했다.

"어쩌면 당연한 일인지도 모릅니다. 쉽게 잊어버리기엔 너무 깊은 마음의 상처를 받으셨습니다. 하지만 아무리 깊은 상처라고 하더라도, 이미 지나간 과거의 이야기일 뿐입니다. 저는 사람이 이겨내지 못할 과거는 없다고 믿습니다."

그리고 심리 상담이나 정신과 치료를 권유해드렸다.

철학자 아우구스티누스는 말했다. '현재에는 세 가지 차원이 존재한다. 그것은 과거 사건의 현재, 현재 사건의 현재, 그리고 미래 사건의 현재이다.'라고. 우리는 과거와 현재 미래를 넘나들면서 살고 있는 것처럼 착각하기 쉽다. 그러나 과거를 생각하는 순간도 현재일 뿐이고, 미래를 생각하는 순간도 현재일 뿐이다. 우리가 무엇인가 할 수 있고, 무엇인가를 느낄 수 있는 유일한 시간은 바로 지금, 현재뿐이다. 그럼에도 우리는 이미 존재하지 않는 과거나, 아직 오지도 않는 미래에 지배되어 살아간다. 때로는 과거에 겪었던 모진 고난의 그림자에 갇혀서 몸부림치고, 때로는 불확실한 미래에 대한 두려움에 온몸을 떤다. 하지만 미래란 현재의 내 행동이 만들어 내는 것이고, 현재의 내 행동 또한 곧 과거가 될 것이기에 과거와 미래는 현재가 만들어 내는 그림자에 불과한 것이 아닐까?

오늘 나의 모습이 초라할 수 있다. 오늘 내 모습이 비굴할 수 있다. 그러나 아무리 초라하고 비굴한 모습이라 할지라도, 우리 모두의 모습은 소중하고 아름답다. 오늘 우리의 모습은 슬픈 과거를 극복하기 위해 인내하는 모습이고, 밝은 내일을 열기 위해 땀 흘려 노력하는 모습이기에 진정으로 아름다운 것이다.

과거 때문에 괴롭다면, 그리고 미래 때문에 불안하다면, 현재에서 행복을 찾자. 우리가 행복해 질 수 있는 유일한 곳은 과거도 아니고 미래도 아닌 바로 '지금 이 순간'이다. 비록 오늘 우리의 모습이 초라하고 비굴해보일지라도, 인내하고 노력하는 스스로의 아름다움에 박수를 보내자. 그리고 우리의 가슴을 벅찬 행복으로 가득 채우자. 지금 이 순간, 우리의 마음을 감사와 사랑으로 넘치게 하자.

바보 같은 당신이
감동입니다

나는 생각한다. 고로 나는 존재한다.

데카르트

나는 내가 존재하지 않는 곳에서 생각한다. 고로 나는 내가 생각하지 않는 곳에서 존재한다.

자크 라캉

내가 수련의였을 적 이야기이다. 김종현 씨는 30대 중반의 대학 시간 강사였다. 틈만 나면 입원해 계신 아버지를 뵈러와 극진히 모시는 효자였다. 종현 씨의 아버지가 처음 병원을 방문한 것은 변비 때문이었는데, 대장 내시경 검사를 해보다가 대장암이 발견되었다. 청천벽력 같은 일이었다. 즉시 입원해 수술을 받기로 했다.

보통 병실에 입실할 때는 자리가 없을 경우 1인실에 들어갔다가 자리가 생기면 6인실로 옮긴다. 종현 씨의 아버지도 1인실로 입원하셨다. 그런데 6인실이 비었는데도 종현 씨는 병실을 옮기지 않았다. 조금 의아했다. '대학 강사로 일하시면 그 수입으로 1인실을 유지하기는 벅찰 텐데……. 아버님이 큰 부자였던 모양이다.' 그러고 보니 병문안 오시는 분들의 행색이 예사롭지 않아 보였다.

수술은 성공적이었다. 종현 씨의 아버지는 빠르게 회복하셨다. 그런데 회복 기간에도 여전히 1인실에 계셨다. 나는 용기를 내어 종현 씨에게 물었다. "아버님께서는 어떤 일을 하셨나요?" "공직에 계셨습니다." "아! 상당히 고위직에 계셨던 모양이네요." 종현 씨는 슬픈 미소를 띠며 고개를 끄덕였다. "네. 고위직에 계셨습니다." 잠시 말을 멈추었던 종현 씨가 다시 말을 이었다. "계속 1인실을 쓰니까 물어보시는 거죠? 제가 부자는 아닙니다. 사실은 해외 학회에 참가하려고 그동안 아르바이트를 해서 모아둔 돈이 좀 있었습니다. 그 돈으로 아버지를 모시고 있는 겁니다." 나는 고개를 갸웃했다. "아버지께서도 이걸 아시나요?" 종현 씨는 머리를 가로저었다. "아시면 절대 가만히 있지 않으시겠지요. 어머니를 설득하는데도 힘들었습니다. 하지만 아버지께서는 명문고, 명문대 출신이십니다. 친구들도 모두 사회적으로 성공하신 분들이구요. 병문안 오신 친구분들 눈에 아버지가 초라해 보이는 것이 싫었습니다. 그래서 무리를 한 겁니다." "그래도……." 나는 어떻게 말을 해야 할지 몰랐다. "예, 무슨 생각이신지 압니다. 해외학회를 포기하고 1인실을 선택한 게 어리석은 판단인지도 모르지요. 저도 아직 한참 발전을 위해 달려야 하는 처지니까요. 하지만 제 마음이 허락하지 않습니다. 제가 유학을 갔던 시절, 아버지께서는 집을 팔아서 유학자금을 마련해주셨습니다. 지금 부모님께서는 조그만 전셋집에서 살고 계십니다. 아버지께서는 제 성공을 위해서 희생을 감수하셨습니다. 저도 외국에서 박사 학위를 딸 때만 해도 하늘을 나는 기분이었습니다. 희망찬 미래가 기다리는 줄 알았죠. 하지만 교수가 되기는 하늘의 별 따기였습니다. 지금은 간신히 시간 강사 일과 과외 수업으로 연명하고 있는 형편입니다. 나는 아버지께 실망만 안겨드린 못난 아들입니다. 어리석은 행동인지는 알지만, 이렇게라도 아버지께 보답하고 싶습니다."

그러나 종현 씨의 희망은 그리 오래가지 못했다. 종현 씨의 아버지는 곧 2인실로, 2인실에서 다시 6인실로 옮기셨다. 가난한 시간 강사가 1인실 병실료를 부담하기는 애초에 무리였다. 아버지를 6인실로 모시던 날, 종현 씨는 쑥스러운 표정으로 말했다. "참! 뜻대로 잘 되지 않네요."

종현 씨의 아버지는 무사히 치료를 마치고 퇴원하셨다. 이후로는 매달 짧게 입원해서 항암 치료를 받으셨다. 그런데 종현 씨의 모습이 보이지 않았다. 어머니께 안부를 물어보았더니 한숨을 쉬셨다. "걔는 아르바이트 하느라고 바빠요. 아버지 병원비 벌겠다고 저렇게 발버둥을 치네요. 지난번에 친구들에게 빚도 많이 진 모양이에요. 나이 들어서 아들에게 이렇게 부담 줄지는 몰랐는데……."

1년 정도의 항암치료는 무사히 끝났다. 항암 치료가 끝나는 날에 종현 씨가 병원을 찾았다. 이제 외래에서 검사만 받으면 된다고 설명해드렸다. 종현 씨는 감사의 인사를 했다.

그리고 2년 후, 종현 씨의 아버지는 다시 입원하셨다. 암이 재발하여 전이가 된 것이다. 다시 항암치료를 시작했다. 그러나 이번에는 치료가 잘 되지 않았다. 종현 씨 아버지의 몸은 급격히 쇠약해지셨다. 치료를 견뎌내기 힘든 상황이 되자 결국 항암 치료를 포기하고, 돌아가시는 날만 다가오는 상황이 되었다. 종현 씨는 매일 밤늦게 병원을 찾았다. 아마 아르바이트를 하느라 낮에는 시간이 없었을 것이다. 그는 매일 밤마다 의식이 희미해져 가는 아버지 옆에서 흐느꼈다. 어느 날 밤, 복도에서 종현 씨와 마주쳤다. 종현 씨는 슬픈 얼굴로 인사를 했다. 두 눈에는 눈물이 가득 고여 있었다. 나는 종현 씨의 손을 가만히 잡고 말해주었다. "그만하면 충분합니다. 충분히 효도를 다 하셨습니다." 종현 씨의 두 눈에서 하염없이 눈물이 흘렀다.

며칠 뒤, 종현 씨의 아버지께서는 세상을 떠났다. 임종하실 때 고통스러운 가운데도 희미한 미소를 띠고 계셨다. 마치 아들의 마음을 모두 알고 계신 것처럼 말이다.

인간은 이성적인 동물이라고 한다. 이성을 인간이 가진 최고의 가치라고 여기던 시대가 있었다. 이성이 우리를 진리로 인도

해 줄 것이라고 믿던 시대였다. 데카르트의 '나는 생각한다. 고로 나는 존재한다'는 말은 이성의 중요성을 강조하는 대표적인 표현이 되었다.

하지만 인간은 이성적이기만 한 존재가 아니다. 인간에게는 겉으로 드러나는 이성 외에 숨겨진 마음이 있다. 그래서 합리적이지 않은 행동을 곧잘 한다. 라캉은 이 숨겨진 마음에 대해 이야기하고 싶어했다.

종현 씨의 행동을 합리적이고 이성적인 태도라고 말할 수는 없다. 아버지를 1인실에 모시는 그 며칠을 위해서 자신의 발전을 위한 기회를 포기하고, 아르바이트로 고생하고, 그것도 모자라 빚까지 지는 행위는 분명 어리석은 것이다. 하지만 이 바보 같은 행동에 가슴이 뭉클해지는 것은 나만의 느낌일까?

이성적인 판단에는 감동이 없다. 철저하게 논리적인 사람에게는 따뜻함이 없다. 삶의 아름다움과 가슴 뭉클한 감동은 이성적인 행동보다 어리석고 바보 같은 행동 속에 숨어 있곤 한다. 그리고 이런 어리석음이 주는 진한 감동이 우리를 울고 웃게 만드는 것이다.

그거 알아? 지금 당신,
그렇게 싫어하던 그 모습이야

모든 사람의 마음속에는 호랑이와 돼지와 나귀와 나이팅게일이 있다. **암브로즈 비어스**

공자가 길을 가다 현명한 어부를 만났다. 공자는 어부에게 물었다. "저는 노나라에서 두 번이나 쫓겨나고, 위나라에서도 쫓겨났습니다. 송나라에서는 저를 죽이려고 했습니다. 저는 제가 무엇을 잘못했는지 잘 모르겠습니다. 저는 왜 이런 일들을 겪어야 했을까요?"

어부는 웃으면서 대답했다.

"어떤 사람이 자기 그림자가 두렵고 자기 발자국이 싫어서 이것을 떠나 달아나려 하였습니다. 그런데 발을 자주 놀릴수록 발자국은 더욱 많아졌습니다. 그리고 아무리 빨리 뛰어도 그림자 역시 빨리 쫓아와서 그의 몸을 떠나지 않았습니다. 그래도 아직도 더디게 뛰기 때문이라 생각하고 쉬지 않고 빨리 뛰다가 결국 힘이 떨어져 죽어버렸다 합니다. 그는 그늘 속에서 쉬면 그림자가 없어지고, 고요히 있으면 발자국이 나지 않는다는 것을 알지 못했던 것이지요."

『장자莊子』의 「어부漁父」편에 실린 이야기이다.

황태혁 씨는 30대 중반의 남자였다.

"최근 들어 눈꺼풀이 파르르 떨립니다. 심하게 아프거나 고통스러운 것은 아니지만, 왠지 기분이 나쁘고 불편합니다."

이런 눈꺼풀의 떨림 현상을 '안검경련blepharospasm'이라고 부른다. 원인을 알 수 없는 경우가 많지만 스트레스와 극심한 피로, 카페인, 술, 담배 등이 증상을 일으키는 것으로 알려져 있다. 따라서 안정을 취하면 대부분 며칠 내에 증상이 사라진다. 그렇지만 때로는 만성적으로 지속되기도 하고, 아주 드물게 눈을 뜨기 힘들 정도로 심한 사람도 있다. 흔한 경우는 아니지만, 뇌의 병변이 원인이 되어 증상이 생길 수도 있으므로 증상이 오래 지속되거나 점점 심해진다면, 신경과 진료를 받아 보아야 한다. 환자는 충분한 휴식과 수면이 필요하다. 그리고 술, 담배, 커피는 자제해야 한다. 때로는 마그네슘의 섭취가 증상 완화에 도움을 줄 수 있으므로, 마그네슘이 풍부한 땅콩, 호두 등 견과류를 섭취하는 것이 좋다.

안검경련에 대해 다 듣고 난 태혁 씨는 한숨을 내쉬더니 말을 시작했다.

태혁 씨의 아버지는 지나치게 가부장적인 분이셨다고 한다. 집안에서 아버지의 말씀 한마디는 곧 법이었다. 태혁 씨의 어머니는 온몸에 열이 펄펄 끓어도 아버지가 퇴근하실 때면 밥을 차리기 위해 이를 악물고 일어나야 했다. 집이 이사를 해도, 짐을 싸고 나르는 것은 모두 어머니와 형제들의 몫이었다. "아버지는 우리 가족을 자신을 위한 소모품 정도로 생각하신 것 같아요." 태혁 씨의 말 속에는 아버지에 대한 적대감이 묻어 있었다.

아버지는 자식들에게 자질구레한 심부름을 많이 시켰는데 조급증 때문에 명령이 하달되면 바로 실행에 옮겨져야 했다. 어느 눈 오는 겨울, 일요일이었다. 태혁 씨는 다음 날에 칠 시험을 위해 머리를 싸매고 공부하고 있었다. 그런데 갑자기 아버지의 엄명이 떨어졌다. 중요한 약속에 나가야 하니, 자동차 체인을 사오라는 심부름이었다. 아버지의 명령을 거역할 수 없었던 태혁 씨는 버스를 타고 카센터로 향했다. 그런데 길이 얼어서 도무지 버스가 움직이지 않았다. 점심 먹고 바로 출발했지만, 돌아올 때는 이미 밤이었다. 집에 들어서자, TV를 보시고 계시던 아버지께서 말씀하셨다. "왜 이렇게 늦었냐?" 아버지의 불호령이 무서웠던 태혁 씨는 조마조마한 마음으로 대답했다. "길이 너무 얼어서 버스가 움직이질 않았어요. 그런데 아버지 약속은……?" 그런데 아버지께서는 아무렇지도 않게 대답하셨다. "네가 너무 늦어서, 그냥 걸어서 갔다 왔다." 태혁 씨는 말문이 막혀버렸다고 한다. "걸어가실 수 있는 거리인데 체인을 사오라고 시키다니……. 그것도 시험 전날에……. 저는 시험을 완전히 망쳐 버렸습니다. 그런 아버지가 너무 싫었습니다. 아버지는 자신밖에 모르시는 이기적인 분입니다."

시간이 흘러 태혁 씨도 결혼을 하고 분가를 했다. 태혁 씨도 한동안은 아버지를 잊고 지냈다고 한다. 그런데 얼마 전, 가족들이 본가에 모였을 때였다. 이런저런 이야기를 하면서 즐겁게 식사를 하고 있었다. 아버지 앉은 바로 옆에는 정수기가 있었다. 그런데 아버지는 베란다에서 김치를 꺼내시던 어머니를 불러서 물을 떠 달라고 했다. 태혁 씨는 이건 좀 너무 하시지 않느냐고 말했다. 하지만 돌아온 것은 역시나 불호령이었다. 평소라면 그대로 입을 다물었을 태혁 씨였지만, 그날만큼은 물러서기 싫었다. 아버지에게 대들었다. 큰 고성이 오갔고, 가족들이 뜯어 말려서 간신히 진정되었다. "어머니께서는 그러시더라구요. '태혁아, 내 보기에 남이 부족해보일 수 있지만 남들이 보면 나도 부족해보이는 법이다. 아버지께 그러면 안 된다.' 하지만 저는 인사도 하지 않고 아내와 함께 집으로 돌아왔습니다."

태혁 씨는 집에 와서도 혼자서 씩씩거리고 있었다. 그런데 그때 아내가 충격적인 말을 했다. "화 많이 났구나. 그런데 당신, 아버님하고 당신이 많이 닮은 건 알고 있어? 자기는 느끼지 못하는 모양인데 자기도 주변 사람들에게 어처구니없는 일을 종종 요구하거든. 물론 자기가 악의가 있다고 생각하지는 않아. 부지불식간에 하는 행동이겠지. 아버님도 그럴 거야."

태혁 씨는 잠시 말을 멈추고 크게 한숨을 쉬었다. 그리고 자신이 가장 인정하기 싫었던 사실, 누구에게도 하기 싫었던 말을 뱉어 냈다. "아내의 말을 듣는 순간, 머리가 핑 돌았습니다. 알고 보니 가장 싫어했던 아버지의 모습을 제가 닮아있었던 겁니다."

융Carl Gustav Jung의 분석심리학에는 '그림자shadow'라는 개념이 나온다.

우리는 밝고 순결한 삶을 원한다. 그러나 우리의 잠재의식 속에는 이기적이고 더럽고 추악한 마음이 숨어있다. 융은 이를 그림자라고 불렀다. 사람들은 자신의 그림자가 겉으로 나타나지 않도록 마음속 깊은 곳에 잘 숨겨둔다. 그래서 자신의 내면 깊은 곳에 그렇게 이기적이고 잔인한 마음이 있다는 사실을 모른 채 지낸다.

그렇다면 내 마음속에 살고 있는 악마는 어떤 모습일까? 자신의 그림자는 어떻게 하면 알 수 있을까? 방법은 뜻밖에 간단하다. 누군가의 행동이 견딜 수 없도록 보기 싫다면 그것이 바로 자신의 그림자이다. 누군가의 성격이 너무 싫어서 맹렬하게 비난하고 싶다면 그 성격이 바로 자신의 그림자이다. 왠지 너무 혐오스럽거나 도저히 세상에 있어서는 안 된다고 생각되는 것이 바로 자기 내면의 모습인 것이다. '그 사람은 이기적이야.' '아주 비열한 인간이군.' '간사한 자식. 잘 먹고 잘 살아라.' '저거 싸이코 아냐?' 우리는 내뱉듯이 이런 말을 한다. 마치 그렇게 더럽고 추한 모습은 남들에게만 있는 것처럼 말이다. 이러한 비난이 스스로에게 위로가 될지는 모른다. 그러나 자신이 비난하는 추악한 모습이 바로, 꼭꼭 숨겨놓은 자기 자신의 모습이다. 아니라고 부정하고 싶을 것이다. 자신은 순결하고 밝은 인간이라고 소리치고 싶을 것이다. 그러나 아무리 도망치려 해도 자신의 그림자를 떼어 놓을 수 있는 방법은 세상에 존재하지 않는다.

융은 '그림자를 스스로 인식하게 되면, 시야는 더 넓어지게 되고, 그림자가 오히려 건설적인 역할을 할 수 있다.'라고 말했다. 스스로의 추악한 모습을 인정하고 세상을 바라보면 세상은 달라 보인다. 그런 폭 넓은 시각이 인격 성숙에 도움을 주는 것은 당연하다. 그러나 자신의 그림자를 바라본다는 것은 쉬운 일이 아니다. 그것은 만신창이가 된 자신의 모습을 바라보는 일이다. 사람이라면 누구나 피하고 싶은 경험이다. 그래서 대부분의 사람들은 자신의 그림자를 부정한다. 어쩌면 자신의 그림자를 인정하는 것보다, 자기 그림자를 내보이는 사람들에게 맹렬한 비난을 보내면서 사는 것이 더 속편할 지도 모른다.

그렇지만 우리가 건강한 삶을 살고자 한다면 한 번은 이런 충격과 공포를 거쳐야 한다. 혼란스럽겠지만 고요한 마음으로 자신의 그림자를 껴안아야 한다. 그래야 비로소 새로운 세상을 바라볼 수 있다. 우리가 그동안 가져왔던 증오와 분노를 다스리는 능력도 가지게 된다. 스스로에게 추한 모습이 있다고 해서 괴로워할 필요는 없다. 아무리 훌륭한 인격을 가진 분이라도 마음 한 구석에는 깊은 그림자가 있기 마련이기 때문이다. 선함과 고귀함만을 추구하는 사람들의 그림자가 더 사악할 수도 있다. 빛이 밝으면, 그림자는 더 짙어지는 법이다. 인간은 이렇게 선함과 악함, 아름다움과 추악함이 뒤섞인 존재인 것이다.

태혁 씨에게 그림자에 대해서 설명했다. 그리고 마지막 조언을 건넸다.

"이제 태혁 씨는 기로에 서 있습니다. 흉하고 일그러진 자신의 모습을 바라보는 것은 결코 쉬운 일이 아닙니다. 그렇지만 용기를 가지고 자신의 그림자에 당당히 맞서주십시오. 고통스럽겠지만 이 고비를 넘기면 태혁 씨는 한 단계 더 성숙할 수 있을 겁니다."

4장

어떻게
나아갈 것인가

세상에서 가장 맛있는
자판기 커피

인간에게 있어서 가장 아름다운 진실은, 마음가짐을 바꾸면 현실을 바꿀 수 있다는 것이다.

플라톤

김영은 씨는 오래전부터 내게 고혈압을 치료받고 계신 50대 중반의 아주머니이다. 슈퍼마켓을(사실은 구멍가게라고 하는 것이 더 정확한 표현일 것이다) 경영하시는 착한 분으로, 힘든 일이 있을 때 가끔씩 넋두리를 하셨다.

그날도 혈압을 재고 주의사항을 이야기하고 있는데, 영은 씨는 듣고 있는 것 같지 않았다.

"환자분?"

환자는 아무런 말이 없었다.

"왜 그러세요? 무슨 일 있으세요?"

침울한 얼굴의 영은 씨는 쉽사리 말을 꺼내지 못했다.

"말씀하세요. 평소에는 고민들을 잘 말씀해주셨잖아요?"

영은 씨는 잠시 생각하는 듯하더니, 결심한 듯 입을 뗐다.

"선생님, 만약에 선생님께서 처가에 갔는데 밥도 안 차려주면 기분이 나쁘겠지요?"

나는 어리둥절했다.

"그렇게 앞뒤를 다 자르고 말씀하시지 마시고, 있는 그대로 말씀해주시면 안 될까요?"

영은 씨와 남편은 시골의 같은 마을에서 자라 결혼했는데, 둘 다 형편이 가난했다. 부모님께 기댈 수 있는 상황이 아니어서 시골을 떠나 상경하기로 했다. 무작정 올라온 서울에서의 생활은 만만하지 않았다. 맨손으로 살기에는 너무나 힘들고 무서운 곳이 서울이었다. 두 사람은 살아남기 위해서 악착같이 일했고 알뜰하게 돈을 모았다. 돈을 조금 모은 남편은 사업을 시작했다. 그러나 사업도 쉽지 않았고 피땀 흘려 모은 돈은 공중으로 사라졌다. 두 사람의 손에는 아무것도 남지 않게 되었다. 다시 시작해야 했다. 이후에도 몇 차례 인생의 굴곡을 거쳤고, 결국 남은 것은 지금의 구멍가게가 전부였다.

이들 부부에게는 애지중지 키운 딸이 하나 있었다. 딸 효정이는 착하게 자랐다. 열심히 공부해서 대학을 졸업했고, 직장에 다니더니 이제 멋진 남자를 만나게 된 모양이다. 얼마 전 남자가 청혼을 했고, 부모님께 인사를 하러 온다고 했다.

사위될 사람이 집에 인사를 온다고 하자 영은 씨는 가슴이 꽉 막혔다. 들어보니 남자 쪽의 집안은 비교적 넉넉한 것 같았다. 그런데 영은 씨네 가족은 지금까지 다 큰 딸과 부모님이 한 방에서 살고 있었다. 슈퍼에 딸린 방 한 칸과 부엌. 다 함께 거기에서 지냈다. 가재도구가 볼품없는 것은 당연했고, 최대한 정리를 한다 해도 방이 좋아 보일 리가 없었다. 이 풍경을 사위가 보면 과연 무슨 생각을 할 것인가? 내 딸을 어떤 눈으로 바라볼 것인가?

자신이 무시당하는 것은 참을 수 있었다. 지금까지 쉽지 않은 인생을 살아오면서, 수많은 수모를 견뎌온 영은님이었기에 자신이 무시당하는 것은 무섭지 않았다. 그러나 딸만큼은 무시당해선 안 된다. 무엇 하나 해준 것 없는데 부모 속 한 번 안 썩이고 아르바이트를 하며 대학을 다닌 기특한 효녀였다. 부모님이 초라하게 살고 있는 모습 때문에 딸이 시집 식구들이나 신랑에게 무시당한다면 견딜 수 없을 것 같았다.

이런 마음은 딸을 가진 모든 어머니의 마음이 아닐까? 딸이 사위 앞에서, 시댁 식구들 앞에서 떳떳하고 당당하게 지냈으면 하는 마음은 사실 모든 어머니들의 바람일 것이다. 하지만 영은 씨 현실은 그걸 마음껏 바랄 수 없는 처지였다.

나는 영은 씨에게 말했다.

"만약 가난을 이유로 따님을 무시하는 사람이라면 그런 사람에게 딸을 주시면 안 됩니다. 그렇지만 제가 아는 효정이는 현명한 친구입니다. 그렇게 옹졸한 남자라면 부모님께 데리고 오지도 않을 겁니다. 효정이와 사위되실 분을 믿으세요. 있는 그대로 자연스럽게 행동하시구요. 사위되는 입장에서는 장모님께서 해주시는 밥 한 공기보다 장모님의 사랑 한 공기가 더 고맙고 배부른 법입니다."

며칠 뒤 영은 씨가 활짝 편 얼굴로 병원을 찾았다. 손에는 딸과 사윗감이 함께 찍은 사진이 들려 있었다.

사위될 사람은 사려 깊은 친구였다. 어느 정도 상황을 눈치채고는 일부러 식사 시간을 피해 예고 없이 딸과 함께 찾아왔다고 한다. 어쩌면 예의 없는 행동으로 보일 수도 있지만, 단칸방에서 식사를 준비하는 것 보다는 자연스러운 모습이 연출되었다. 너무 갑작스런 방문이라 대접할 것이 없었던 영은 씨는 급한 대로 가게 앞에 있는 자판기에서 커피를 뽑아 내놓았다. 사위될 사람과 딸은 가게에 서서 커피를 마셨다. 영은 씨는 사윗감을 보자 가슴이 두근거려서 떨리는 음성으로 말했다. "미안하네. 미처 아무 것도 준비 못했네. 자네에게 맛있는 밥 한 공기 먹여서 보내고 싶지만 보시다시피 사정의 여의치 못해서⋯⋯." 그리고 눈물이 글썽거려 더 이상 말을 잇지 못했다.

그러자 남자가 쾌활하게 말했다. "아닙니다. 어머님. 제 평생에 이렇게 맛있는 커피는 처음 마셔봅니다. 어머님 듣기 좋으시라고 말씀드리는 것이 아닙니다. 지금 마시는 커피 맛은 평생 못 잊을 것 같습니다." 그리고는 싱긋 웃었다.

며칠 뒤 영은 씨 가족은 가게 문을 닫고, 사위에게 맛있는 식사를 대접받았다. 그 자리에서 사위는 딸과 함께 찍은 사진을 선물했다. 그리고 쑥스러운 듯 말했다. "저희가 결혼하면, 어머님, 아버님께서 너무 외로워하실 것 같아서요." 그리고 열심히 돈을 벌어 장인, 장모님을 호강시켜 드리겠다는 약속을 했다고 한다.

영은 씨는 그 사진을 자랑하려고 내게 가지고 온 것이다.

"고놈 참 똘똘하게 생겼네! 아주 멋진 사위를 보시게 되었네요. 축하드립니다."

장난스럽게 축하 인사를 드리자 영은 씨도 환하게 웃었다.

세상에는 여러 모습의 사람들이 살아간다. 잘 나가는 사람도 있고, 못 나가는 사람도 있다. 잘 나가는 사람은 커피 전문점에서 오천 원짜리 커피를 마시고, 형편이 여의치 않는 사람은 몇백 원짜리 자판기 커피를 마신다.

몇백 원짜리 커피를 마시는 사람은 오천 원짜리 커피를 마시는 사람이 부러울 수도 있다. 그렇지만 절대 부러워할 필요가 없다. 사람은 오천 원짜리 커피를 몇백 원짜리 기분으로 마실 수도 있고, 몇백 원짜리 커피를 오천 원짜리의 즐거운 기분으로 마실 수도 있는 존재이기 때문이다. 그리고 사람이 행복해지려면, 몇백 원짜리 커피를 맛있게 마실 수 있는 삶의 기술을 터득해야만 한다.

오늘도 우리는 많은 사람과 마주친다. 몇백 원짜리 커피를 든 사람도 보이고 오천 원짜리 커피를 든 사람도 지나간다. 하지만 누가 더 행복한 사람인지는 알 수 없는 일이다. 중요한 것은 들고 있는 커피의 값어치가 아니라, 마시는 사람 마음의 값어치이기 때문이다.

때론
바꿀 수 없는 것도 있지요

고뇌의 한쪽 원인에서 멀어지면 멀어질수록, 또 다른 고뇌에 가까이 있게 된다.　**쇼펜하우어**

내가 종합병원 인턴으로 근무하던 시절의 이야기이다. 한참 무더위가 기승을 부리던 여름, 나는 응급실에서 근무했다. 응급실은 체계 자체가 긴박함의 연속인데다 덥고 습도가 높은 계절이라 환자도 보호자도 의사도 모두 신경이 곤두서 있었다. 응급실 인턴에게 레지던트 선배는 하늘같은 존재다. 생명이 경각에 달린 환자들을 살려내는 선배들의 모습을 보고 있으면 저절로 존경심이 생긴다. 그런데 좀 무서운 선배도 있었다. 여자 선배인 A선생님과 남자 선배인 B선생님이었다. A선배는 잠잘 시간도 부족한 레지던트 생활 가운데서도 항상 단정한 품위를 잃지 않는 분이었다. 그리고 깔끔한 성격이어서 무언가 어질러진 것을 보면 참지를 못했다. 반면 B선배는 정반대였다. 세수를 안 하는 것은 기본이고, 면도도 자주 하지 않아서 수염이 덥수룩하게 자라 있었다. 가운만 벗으면 영락없는 노숙자였다.

응급실 한쪽 구석에는 당직실이라는 방이 있었다. 당시에는 컴퓨터 시스템이 없어서, 피검사 결과가 종이쪽지에 적혀 나왔다. 레지던트 선배들은 당직실에서 차트를 쓰고, 자신이 진료한 환자의 검사결과지를 찾아서 차트에 일일이 풀로 붙이면서, 환자를 어떻게 치료할 것인지 고민하곤 했다. 그리고 심한 격무에 시달리다보니 식사를 제때 못하는 경우가 허다했다. 허기에 시달리던 선배들은 당직실에서 일을 하다가 간단한 간식을 먹기도 했다.

어느 날, B선배가 배가 고팠는지 컵라면을 먹고 있었다. 당직실 안은 라면 냄새로 진동했다. 그런데 라면을 미처 다 먹기도 전에 응급환자가 생겨 자리를 뜨고 말았다. 잠시 뒤 A선배가 당직실에 들어왔다. 깔끔한 성격의 A선배는 분노했다. "너희들 당직실 이 따위로 관리할 거야? 니네 눈에는 쓰레기들이 안 보여? 니네 코에는 라면냄새 안 나? 청소를 해야 할 거 아니야!" 매서운 칼바람이 불었다. "죄송합니다." 나는 용서를 빌고, 후다닥 청소를 했다. 남은 라면은 화장실에 버렸다.

A선배는 일을 마치고 당직실을 떠났다. 잠시 뒤 B선배가 당

직실로 들어갔다. 곧 분노에 찬 고함소리가 들렸다. "어떤 놈이 내 라면 치웠어?" 온몸의 털이 곤두섰다. 하루 종일 굶은 레지던트 선배에게 컵라면은 무척 소중한 먹거리였던 것이다. 나는 B 선배에게도 용서를 빌었다.

이후에도 이런 일이 반복되었다. B선배는 라면을 먹다 말고 자리를 뜨기가 일쑤였고, A선배는 지저분한 당직실을 용납하지 못했다. 나는 먹다 남은 컵라면만 보면 가슴이 두근거렸다. 그냥 두면 A선배에게 혼나고, 치우면 B선배에게 혼난다. 치울 수도 없고 안 치울 수도 없고… 정말 컵라면이 없는 세상에서 살고 싶었다!

이종호 씨는 40대 후반의 환자이다. 중견 건설회사에서 근무했는데 항상 자신의 일에 충실하고 정직해서 직원들의 존경을 받고 있었다. 어느 날 종호 씨가 잔뜩 인상을 찌푸린 채 병원을 방문했다.

"몸에 붉은 반점이 생기더니 그 부분이 미치도록 아프네요. 이게 대체 뭐죠?"

반점은 오른쪽 등에서 가슴까지 마치 띠를 두른 듯이 분포되어 있었다. 반점과 함께 작은 물집도 관찰되었다. 대상포진이 의심되는 상황이었다.

대상포진은 수두 바이러스가 일으키는 병이다. 어릴 적 수두에 걸리면 회복이 되어도 그 바이러스가 완전히 사라지지 않고 '신경절' 속에 숨어있게 된다. 신경절이란 척추 양쪽 옆에 있는 신경 세포가 모인 기관이다. 뇌의 신경은 척추를 따라 내려오다가, 척추 옆으로 빠져나가게 되고, 신경절을 거쳐서 온몸으로 퍼져나가게 된다. 평소 건강할 때는 수두 바이러스가 아무런 문제를 일으키지 못한다. 그러나 면역력이 떨어지면, 꼭꼭 숨어있던 바이러스들이 활개를 치기 시작한다. 숨어 있던 곳이 신경절이다 보니, 바이러스는 신경을 따라서 자라 나온다. 바이러스들이 신경을 자극하므로 심한 통증이 생기고, 피부 증상도 신경을 따라 띠를 두른 것처럼 생기는 것이다. 치료는 항바이러스제를 투약하는 방법으로 이루어진다. 대부분 대상포진은 면역이 약한 60대 이상에서 잘 발생한다. 그렇지만 면역력이 떨어지면 어느 연령대에서도 발생할 수 있다. 따라서 대상포진 환자라면 면역을 떨어뜨리는 다른 질환이나 원인은 없는지 잘 살펴봐야 한다. 실제로 대상포진을 일으키는 가장 흔한 원인은 극심한 피로와 스트레스이다.

"하긴. 벌써 며칠 째 술과 담배로 밤을 지새우고 있으니, 대상포진에 걸릴 만도 하네요."

"벌써 며칠 째라구요? 왜 그러셨어요?"

종호 씨는 얼마 전 공사의 현장 책임을 맡았다. 다섯 곳의 건설업체와 함께 시행하는 큰 공사였다. 종호 씨는 평소처럼 열심히 일에 매진했다. 그런데 이번 공사 현장에서는 예상치 못한 돌발 상황이 자꾸 발생했다. 이런 상황에서 공사를 진행하자니 인부들이 너무 위험했다. 회사에 이런 사정을 보고하자, 회사에서는 인력과 장비를 더 투입해주었다. 덕분에 공사는 빠른 속도는 아니어도 차근차근 진행되었다. 그런데 공사를 맡긴 기관에서 감사가 나왔다. 감사를 담당한 사람은 '미스터 경고장'이라는 별명이 붙은 A씨였다.

공사에는 각 작업 단계마다 기한이 있다고 한다. '며칠까지 이일을 끝내겠다'라는 계획 말이다. 이번 공사는 돌발 상황 때문에 계획보다 며칠이 늦어져 있는 상태였다. A씨는 기한이 늦어진 것을 문제 삼더니 가차 없이 경고장을 날렸다. "A씨에게 하소연을 해보았습니다. 공사가 늦어진 것은 불가항력이었다고, 무리하게 진행했다면 누군가 다쳤을 것이라고요. 또 이런 큰 공사는 기초 공사부터 철저해야 한다고, 기한에 맞추기 위해서 날림 공사를 한다면 앞으로 더 큰 위험을 감수할 수밖에 없다고……. 제발 좀 이해해달라고 간곡히 부탁했습니다. 그러나 A씨는 원칙만을 고집했습니다. 나머지 다섯 회사도 모두 같은 이유로 경고장을 받았어요."

건설회사가 경고를 받으면 다음 입찰에서 불이익을 받는다고 한다. 이번 일로 종호 씨의 회사는 앞으로 있을 입찰에서 어려움을 겪게 되어 버렸다. 종호 씨는 크게 한숨을 쉬었다. "미칠 것 같습니다. 기한을 지키려고 하면 인부들을 위험으로 내몰아야 하고, 안전하게 공사를 진행하려고 하면 회사에 상처를 입히는 상황이었습니다. 도대체 어떻게 하란 말입니까?"

답답했을 것이다. 하지만 종호 씨의 감정은 답답함을 이미 넘어선 상태이다. 종호 씨는 분노하고 있었다. 이럴 수도 저럴 수도 없는 자신의 신세에 대한 분노였다.

"잠깐 머리도 식힐 겸, 옛날이야기 하나 해드릴게요."

나는 중국 신화에 나오는 예羿의 이야기를 시작했다.

하늘을 다스리는 천제天帝에게는 열 명의 아들이 있었다. 그들은 태양이었다. 태양들은 하루에 한 명씩만 하늘로 올라가 세상을 비추었다. 그런데 어느 날, 개구쟁이 태양들이 모두 하늘로 올라가서 뛰어놀았다. 세상은 엄청나게 더워졌고, 초목은 말라죽었다. 사람들은 살 수가 없게 되었다. 천제가 아들들을 타일러 보았지만, 철없는 태양들은 전혀 말을 듣지 않았다. 천제는 하는 수 없이 활을 잘 쏘는 신神인 '예羿'를 불렀다. 그리고 "지금 지상에는 인간들이 고통에 시달리고 있다. 너는 지상으로 내려가서, 인간들을 구해주거라!" 하고 지엄한 명령을 내렸다. 인간 세상에 내려온 예는 태양을 향해 연달아 활을 쏘았다. 화살들은 하나의 태양만을 남기고, 나머지 9개의 태양을 떨어뜨려 버렸다. 태양이 하나만 남자, 말라죽어가던 초목들은 생기를 되찾았고, 사람들도 더위와 갈증에서 해방되었다. 임무를 완수한 예는 천제께 제사를 지냈다. 그러나 천제는 아무런 대답을 하지 않았다. 그제서야 예는 알게 되었다. 자신이 천제의 아홉 아들을 죽였다는 사실⋯⋯. 결국 예는 다시 신이 되지 못하고 인간으로 살다가 죽었다.

아홉 태양을 살려두면 인간을 죽이는 것이 되고, 태양을 죽이면 천제의 아들을 죽이는 것이 된다. 예는 어떻게 해도 천제의 벌을 피할 수 없는 운명이었던 것이다.

"이러지도 저러지도 못하는 상황. 살다보면 이런 답답한 경우가 있지요. 우리는 태양을 쏘는 예羿의 운명을 물려받은 것인지도 모릅니다. 만족할 만한 결과가 아닐지는 몰라도 환자분은 최선을 다하셨어요. 그리고 현명한 선택을 하셨습니다."

며칠 뒤 종호 씨가 확 바뀐 표정으로 진료실을 찾았다.

"얼마 전 이사님께서 부르셨어요. 사표를 쓰라고 하실 줄 알았습니다. 그런데 '이번 일은 누가 맡았어도 어쩔 수 없는 일이었어. 마음 쓰지 말고 앞으로도 열심히 해주게.' 하시는 거예요. 이사님께 너무 감사했습니다."

다행이었다. 종호 씨는 이제 몸도 마음도 회복되고 있었다.

세상에는 우리가 고민하고 노력해서 바꿀 수 있는 부분이 있는 반면, 우리가 아무리 고민하고 노력해도 바꿀 수 없는 부분도 있다. 우리는 바꿀 수 있는 부분을 바꾸기 위해서 최선을 다해야 하지만, 바꿀 수 없는 부분은 평화로운 마음으로 받아들여야 한다. 아쉬워도 괴로워하지는 말고, 눈물을 흘릴지언정 다시 일어서는 삶을 살아야 한다. 어쩔 수 없는 일을 평화롭게 받아들이는 것, 그것이야 말로 현명하게 살아가는 방법이 아닐까?

혹시라도 지금 예^豫의 운명을 마주한 분들을 위해, 미국의 신학자 '나인홀드 니버Neinhold Niebuhr'의 기도문을 읽어드린다.

"신이시여! 우리에게 바꿀 수 없는 것을 평화롭게 받아들일 수 있는 은혜를 주소서. 그리고 바꾸어야 하는 것을 바꿀 수 있는 용기를 주소서. 그리고 바꿀 수 있는 것과 바꿀 수 없는 것을 구별할 수 있는 지혜를 주소서."

마음의
안경

사람이 마음의 상처를 입게 되는 것은 일어난 일 때문이라기보다는 일어난 일에 대한 생각 때문이다.

몽테뉴

지금 당신은 차를 몰고 출근길을 서두르고 있다. 오늘은 중요한 회의가 있어서 빨리 출근해야 한다. 한참 달리고 있는데, 뭔가 기분이 찜찜하다. 백미러를 보니 경찰차 한 대가 바로 뒤에서 따라오고 있다. 갑자기 아드레날린이 분비되면서 온몸이 긴장된다. '젠장, 위반하면 바로 딱지 떼겠네.' 속도를 내고 싶지만 낼 수가 없다. 신경이 곤두선 채로 속도계만 틈틈이 바라본다. 주위를 두리번거리며 도로 표지판과 신호등도 열심히 살핀다. 평소 늘 다니던 길인데도 미처 몰랐다. 도로 표지판이 이렇게 많았다니! 계속 신경을 곤두세우고 운전하는 데도 한계가 있다. 점점 피로해진다. 백미러를 바라본다. 경찰차는 여전히 내 꽁무니에서 떨어지지 않는다. 당신은 마음속으로 절규한다. '야! 이제 제발 좀 떨어져라! 너 때문에 스트레스 받아서 돌아버릴 것 같다.'

이제는 다른 상황이다. 어느 날 밤, 회식을 마친 당신은 거나하게 취해서 골목길을 걸어가고 있다. 가로등이 없어서 길은 무척 어둡다. 이 골목은 며칠 전 살인 사건이 일어난 곳이다. 술에 취한 취객을 칼로 찌르고, 지갑을 강탈해 간 사건이었다. 왠지 조금 무서워진다. 하지만 조금만 걸어가면 안전한 대로가 나온다. 당신은 발걸음을 재촉한다. 그런데 꺾인 골목을 돌아서는 순간 숨이 멎는다. 큰 남자 세 명의 그림자가 골목길 앞에 서 있다. 인상이 험상궂고 덩치가 큰 놈들이었다. 한 명이 담배를 피우기 위해 라이터를 켰다. 라이터 불에 무엇인가 반사가 되어서 반짝거렸다. 칼이었다. 당신은 다리가 얼어붙어서 움직이지 못한다. '어떡하지?' 달리 방법이 없다. 저기를 반드시 통과해야만 한다. 그때 갑자기 등 뒤에서 자동차 헤드라이트 불빛이 비춘다. 경찰차다! 당신은 당당하게 덩치들 앞으로 걸어간다. 고맙게도 경찰차는 나를 졸졸 따라온다. 내 꽁무니에서 떨어지지 않는다. 이제 당신은 마음속으로 외칠 것이다. '여러분은 진정한 민중의 지팡이십니다!' 덕분에 골목길을 안전하게 통과했다.

경찰차가 나를 졸졸 따라오는 똑같은 상황인데, 경우에 따라서 이렇게 다른 마음을 가지게 된다. 경찰차는 임무를 위해서 그저 자신의 길을 간 것뿐이다. 우리가 경찰차를 '우리를 보호하는 대상'으로 해석하면 안도감의 대상이 되고, '우리를 감시하는 대상'으로 해석하면 스트레스의 대상이 되는 것이다.

박현주 씨는 40대 초반의 주부였다. 고등학생 딸 하나와 중학생 아들 하나를 두고 있었고, 남편은 평범한 회사원이었다.

"세상에 저 같이 박복한 사람이 또 있을까요?"

현주 씨는 지친 표정으로 말을 꺼냈다.

"무슨 일 있으세요?"

"딸이 속을 너무 썩이네요."

현주 씨의 말에 따르면 고등학교에 다니는 첫째 딸이 심하게 방황하고 있었다. 딸은 나쁜 친구들과 어울렸고 가출도 일삼았다. 야단도 쳐 보고 달래도 보았지만 아무 소용이 없었다. 어느 날 학교 선생님이 면담을 하자고 불렀다. "그냥 아이가 문제가 많다는 이야기인 줄 알았어요. 그런데……." 현주 씨는 눈물을 삼키고 있었다. 선생님께서는 만나자마자 현주 씨를 다그쳤다고 했다. "왜 아이를 학교에 보내지 않으려 하세요?" 현주 씨는 너무 어이가 없었다. 지금까지 딸의 가출을 막고 학교에 보내기 위해서 노심초사해왔는데, 딸은 선생님께 울면서 '학교에 오고 싶은데, 엄마가 학교에 못 가도록 한다. 학교에 가려고 하면 때리기도 한다.'며 거짓말을 한 것이다. 기가 막혔다. 선생님께 자초지정을 설명했지만, 선생님은 반신반의하는 눈치였다. "어떡하면 좋아요?" 현주 씨는 울고 있었다.

"뱃속에 열 달을 품고 있었던 자식이 이런 행동을 보이면 누구나 마음이 아플 것입니다. 하지만 딸을 위해서, 또 자신을 위해서 참아내셔야 합니다."

현주 씨는 아무 말이 없었다. 잠시 뒤 무겁게 입을 열었다.

"선생님. 그 아이는 제가 낳은 아이가 아닙니다."

나는 깜짝 놀랐다. 현주 씨의 기구한 사연이 이어졌다.

현주 씨는 20대 후반에 결혼을 했다. 소개로 만난 사람과 열렬히 사랑했고, 결혼해서 아들을 하나 두었다. 행복한 나날이었다. 그런데 결혼 2년째 되던 어느 날, 가족끼리 나들이를 갔다가 사고를 당했다. 중앙선을 침범한 트럭이 차를 덮친 것이었다. 현주 씨와 아들은 기적적으로 살았지만 남편은 그 자리에서 숨을 거두고 말았다. 사고를 조사한 경찰관들은 말했다. "이 사람, 가족을 살리기 위해서 핸들을 틀었던 것 같군. 자신이 트럭에 부딪히는 대신 가족을 살린 거야." 현주 씨의 가슴은 무너져 내렸다. "그때는 정말 살고 싶지 않았습니다. 그렇지만 아들을 위해서 이겨내야 했어요." 현주 씨는 직장을 구해 억척스럽게 일을 하며 아들을 키웠다. 다행히 아들은 착하고 공부도 잘하는 '엄친아'로 자라주었다. 그러나 현주 씨는 아들이 '애비 없는 자식'으로 사는 것이 마음에 걸렸다. 그러던 어느 날 자상한 남자분을 만나게 되었다. 아내를 위암으로 잃고 딸 하나를 혼자서 키우는 남자였다. 두 사람은 서로의 아픔을 이해할 수 있었고, 재혼을 하게 되었다. 아들은 재혼을 하고 난 뒤에도 새아빠를 잘 따르며 건강하게 자라주었다. 그런데 문제는 딸이었다. 딸은 비뚤어지기 시작했다. 나쁜 친구들과 어울리고 학교를 빠졌다. 가출도 일삼았다. 남편은 딸을 엄하게 꾸짖고 매를 들기도 했다. 그렇지만 전혀 나아지지 않았다. 그리고 이번에는 '악질적인 계모가 나를 학교에도 가지 못하게 한다'며 거짓말을 한 것이다.

"선생님. 내가 낳은 딸은 아니지만, 좋은 엄마가 되기 위해서 정말 노력했습니다. 그렇지만 아이는 저를 엄마로 받아들이지 않습니다. 저에게는 '아줌마'라고 부르고, 다른 사람들한테는 '그 여자'라고 부릅니다. 남편과 다시 갈라서야 하는 것일까요? 정말 기가 막힙니다. 어린 나이에 첫 남편을 저세상으로 보내고 이제 새로운 사람을 만나 새 출발을 하려고 하니, 또 이런 일이 생기네요. 세상에 저 같이 박복한 사람이 또 있을까요? 어떻게 이런 더러운 팔자를 타고 날 수 있을까요?"

현주 씨는 이미 사랑하는 사람을 한 번 잃었다. 그런데 이번에는 사랑을 주려는 딸에게 거절당하고 있었다. 어찌 아프지 않겠는가? 어찌 마음속이 성하겠는가? 그렇지만 이 고통을 이겨내야만 한다.

"마음이 많이 아프시죠?"

"살고 싶지 않습니다. 저는 세상에서 가장 불행한 사람인 것 같습니다."

"그렇지는 않을 겁니다."

현주 씨는 의아한 표정을 지었다.

"그게 무슨 말씀이신지……?"

나는 조심스럽게 말을 꺼냈다.

"그러니까……. 만약에요. 만약에 말이죠. 비뚤어진 아이가 따님이 아니라 아드님이었다면 어땠을까요?"

"네?"

현주 씨는 순간 혼란스런 표정을 지었다.

"엄마를 잃고 방황하는 딸을 때려야 하는 남편분과 억울하게 '악질적인 계모'의 누명을 쓴 현주님 중 누구의 마음이 더 아플까요?"

현주 씨는 아무 대꾸도 없었다.

"아드님은 다행히 잘 자라주었네요."

현주 씨는 눈물을 흘리며 진료실을 나갔다.

며칠 뒤 현주 씨가 밝은 모습으로 진료실을 찾았다.

"그날 밤에 남편에게 미안하다고 했어요. 내가 불평하고 힘들어하는 내색을 할 때 남편이 얼마나 힘들었을까를 생각하니 미안해지더군요. 남편은 그냥 씩 웃었어요. 원래 그런 사람이니까요. 남편과 아이와 함께 의논한 끝에 딸은 심리 상담을 받아보기로 했습니다. 그리고요……."

"네, 또 무슨 일이?"

"제가 그날 왜 선생님께 이런 이야기를 했을까를 생각해보니, 너무 창피해요. 죄송합니다."

"죄송하기는요. 서로 대화가 잘 되었다니 저도 기쁘네요. 따님이 하루 빨리 방황을 마치고 건강해지기를 기원하겠습니다."

우리는 마음이 아플 때 그 원인을 외부에서 찾으려고 한다. 내 주변에서 발생한 사건과 주변 환경이 나를 아프게 한다고 생각한다. 하지만 이건 착각이다. 내 주변의 환경과 사건 자체가 내 마음을 아프게 하는 것이 아니라, 내가 이것을 어떻게 받아들이느냐에 따라 상처가 되기도 하고, 기쁨이 되기도 하는 것이다.

현주 씨의 상황이 결코 평화롭고 행복한 상황이라고는 할 수 없다. 누구나 이런 상황이 되면 환경에 압도되어 버린다. 그리고 자신이 세상에서 가장 불행한 사람처럼 느껴진다. 하지만 아무리 운명을 탓하고, 팔자를 탓해도, 마음의 고통에서 결코 벗어날 수 없다.

더 이상 고통을 견딜 수 없게 되었을 때, 사람은 환경을 변화시키려는 시도를 한다. 자신의 머리를 짜내서 환경을 지배할 수 있는 온갖 방법을 시도해본다. 그러나 고통스런 상황에서 생각해낸 방법들은 대개 건설적이기보다 파괴적이다. 현주 씨의 경우도 마찬가지였다. 현주 씨는 딸의 방황을 해결하기 위한 방법과 자신이 고통에서 해방되는 방법으로 이혼을 생각하고 있었다.

인도 속담에 '세상이 비뚤어져 보이면, 안경을 바꿔 써라'라는 말이 있다. 진짜 바꾸어야 하는 것은 환경이 아니라, 세상을 바라보는 마음의 안경인지도 모른다. 자신의 환경을 새롭게 바라보면, 고통에서 벗어날 수 있다. 현주 씨는 딸의 방황으로 괴로워했다. 너무 괴롭다 보니 자신의 배로 낳은 아들이 힘든 현실에서도 건강하게 자라고 있다는 사실은 잊고 살았다. 하지만 안경을 바꿔 쓰고 주위를 둘러보니, 그동안 아들이 비뚤어지지 않은 것은 정말로 감사한 일이었다. 그리고 곁에는 자신보다 더 심한 고통을 받는 남편과 딸이 있었다. 현주 씨는 당당히 현실을 받아들였다. 그리고 위로받기 보다는 위로하는 입장이 되었다. 그렇게 현실과 맞설 수 있었다.

꾀가 많은 사람들은 주변의 환경을 자신에게 유리하도록 만들어 간다. 하지만 그럴 만큼의 능력이 없는 사람은 자신에게 주어진 모진 운명에 순응할 수밖에 없다. 하지만 아무리 무능한 사람이라도, 지금 쓰고 있는 마음의 안경을 바꿔 쓸 수는 있다. 그리고 건강한 마음의 안경을 쓰면 어렵고 힘든 상황 속에서도 운명에 맞설 수 있다. 어쩌면 마음의 안경은 약한 자를 위한 신의 선물인지도 모른다.

그냥 크게
울어버려라

눈물을 두려워하지 말라. 눈물은 마음의 아픔을 씻어낸다. **인디언 격언**

50대 초반의 장승규 씨는 건실한 중소기업을 운영하는 사업가였다. 최근 들어서 생긴 식욕 부진 때문에 병원을 방문했다.

"통 입맛이 없습니다. 입맛을 생기게 하는 약은 없을까요?"

식욕 부진은 흔히 볼 수 있는 증상이다. 경우에 따라서는 환자들에게 식욕 촉진제를 투여하기도 한다. 그러나 입맛이 없는 환자에게 있어 식욕을 촉진시키는 것보다 중요한 것은 입맛이 없어진 원인을 찾는 일이다. 대부분의 경우는 극심한 스트레스가 원인이다. 스트레스가 원인이라면, 환자의 마음이 안정되었을 때 회복되는 경우가 많으므로 크게 걱정하지 않아도 된다. 그렇지만 때로는 암이나 간경화, 신부전, 결핵 등의 여러 가지 질환에서 식욕 부진이 올 수 있고, 특히 우울증이나 신경성 식욕 부진증anorexia nervosa 같은 정신과 질환의 일환일 수도 있으므로 검사와 상담이 필요하다.

"최근 검진을 받아보신 적이 있습니까?"

"저도 암이 아닌가 걱정이 돼서 큰 병원에 가봤습니다. 여러 가지 검사를 해 보았는데 문제가 없다고 하네요. 입맛이 없는 것은 스트레스 때문이라고만 합니다."

"네……. 최근에 스트레스를 심하게 받은 일이 있으신가요?"

"많죠. 너무 많아요."

"어떤 일이……?"

"6개월 전에 집사람이 저 세상으로 갔습니다. 위암이었습니다. 젊었을 적에 사업을 한다고 고생만 시켰는데……. 이제 좀 살만해져서 호강 좀 시켜주려고 했더니, 야속하게 먼저 가버리네요. 한 달 전에는 딸이 교통사고를 크게 당했습니다. 수술을 받고 아직 입원 중입니다. 부모님도 연달아서 건강이 악화되셨습니다. 아버지는 중환자실에, 어머니는 일반 병실에 입원해 계십니다. 이제 가족들 중에서 입원하지 않은 사람은 저 하나뿐이에요. 정말 기가 막히죠. 경기가 좋지 않아 사업은 이끌기가 힘듭니다. 하지만 힘든 내색을 할 수가 없습니다. 내가 어린 애처럼 울어버리기라도 하면 가족들이 얼마나 불안하겠습니까? 어릴 적에 아버지께서 '남자는 태어나서 죽을 때까지 세 번만 운다'고 가르치셨는데, 왜 그런지 이제야 알겠습니다."

승규 씨의 식욕 부진은 자연스러운 반응일 수도 있다. 승규님과 같은 상황에서 밥이 잘 넘어가는 사람이 있다면 그 사람이 오히려 비정상일 것이다. 가정 상황 때문에 생긴 증상일 가능성이 높기에 가족들의 건강이 회복되고 사업도 잘 풀리면 식욕 부진은 해결될 것으로 생각되었다.

그렇지만 차마 그렇게 간단한 설명만으로 진료를 끝낼 수가 없었다. 나도 승규 씨와 비슷한 어려운 시절을 겪었기 때문이다. 몇 년 전의 일이다. 아버지는 연로하셔서 건강이 좋지 않으셨다. 누나는 중환자실에 입원해있었고, 그 와중에 어머니께서도 수술을 받으셨다. 아들도 수술을 받아야 한다는 판정을 받았다. 나역시 허리가 끊어지듯이 아팠다. 디스크였다. 나도 수술을 받아야 하는 처지였다. 너무 많은 일이 한꺼번에 닥쳐서 감당이 어려웠기에, 할 수 없이 나와 아들의 수술은 다음으로 미루기로 했다. 퇴근 후에는 이 병원 저 병원을 뛰어 다니면서 입원해있는 가족들을 돌보았다. 나도 의사다. 그렇지만 내가 할 수 있는 일은 중환자실 앞에서, 또 수술실 앞에서 기도하는 일뿐이었다. 힘든 시간은 오랫동안 이어졌다. 피로가 차곡차곡 쌓여갔고 몸에 안 아픈 곳이 없었다. 불운은 직장에서도 이어졌다. 개인적인 상황이 좋지 않게 돌아가자 직장에도 영향을 미쳤던 것이다. 혼신을 다해서 일한 병원에서, 나는 짐을 싸야만 했다. 내 아내는 착한 사람이다. 함께 가족들을 돌보면서 아내도 많이 힘들었을 것이다. 그런데도 "옆에서 해줄 수 있는 것이 응원뿐이라서 미안해."라며 위로했다. 당시에 아내의 후배에게서 안부 메일이 왔다. '언니, 어떻게 지내세요? 형부는 잘 지내세요?' 아내는 이렇게 답했다. '코피가 터지고 눈이 퉁퉁 부어도 기어코 싸우겠다는 신인 복싱선수처럼, 형부는 자신의 운명과 투지 넘치게 싸우고 있어.' 그랬다. 내 모습은 흡사 파이터였다. 아무리 두들겨 맞아도 눈탱이가 밤탱이가 되어도 '싸울 수 있습니다' 하고 외치며 링 위에 올라가는 신인 파이터였다. 그런데 나는 파이터와 다른 점이 있었다. 힘이 넘치는 파이터와 달리 이 싸움을 이길 수 있다는 신념으로 링에 오르는 것이 아니었다. 이 고비를 넘기면 밝은 내일이 있다는 희망이 있어서 링에 오르는 것도 아니었다. 내가 쓰러지면 가족들을 보살필 사람이 없기에, 내가 링을 포기하면 가족을 부양할 수 없기에, 두들겨 맞을 것을 알면서도 나만의 링에 오르는 것이었다. 아침에 눈을 뜨면 '오늘은 좀 덜 두들겨 맞게 해 주십시오'라고 간절히 기도하면서 삶이란 링 위에 올라갔다. 나 역시도 승규 씨의 말처럼 눈물을 보일 수는 없었다. 나도 승규 씨처럼 누구에게 위로 받을 수 있는 상황이 아니라 위로해야 하는 입장이었기 때문이다. 아무렇지 않은 척해야 했다. 억지로 차분한 척해야 했다.

하루는 문병을 마치고 집에 돌아왔는데 배가 고프다 못해서 아려왔다. 허겁지겁 저녁식사를 마치고 나니 열한 시가 넘어있었다. 평소와 다를 게 없는 하루였다. 그런데 가슴 속에서 무엇인가가 더 이상 견디지 못하고 복받쳐 올랐다. 아내와 아이들에게 먼저 자라고 했다. 그리고 화장실로 갔다. 울어버렸다. 무엇이 슬픈지도 몰랐다. 무엇이 아픈지도 몰랐다. 그냥 엉엉 울었다. '아빠, 우리 가족은 왜 일요일에 놀이동산 안 가고 병원만 다녀?' 아이의 철없는 질문만이 머릿속을 맴돌았다.

"저도 환자분과 비슷한 경험이 있습니다."

나는 내가 겪었던 일을 이야기했다.

"선생님은 어떻게 하셨나요?"

"그냥 울어버렸습니다. 숨어서 엉엉 울었죠. 몇 날 며칠을요."

"운다고 뭐가 해결되지는 않잖아요."

"물론 운다고 해결되는 것은 아무 것도 없습니다. 그렇지만 울고 나니까 마음은 후련해지던 걸요. 이런 말씀을 드리기는 좀 뭐 하지만, 장승규님도 한번 실컷 울어보시는 게 어떨까요?"

승규 씨는 인상을 찡그렸다.

"애처럼요?"

나는 신화를 하나 들려주었다. 창조의 신 '아툼'의 눈물에서 인간이 태어났다고 하는 이집트 이야기였다.

"눈물은 아이들한테만 있는 것이 아닙니다. 그리고 눈물은 부끄러운 것도 아닙니다. 어쩌면 신화의 이야기처럼 인간은 정말 눈물로 만들어진 존재인지도 모릅니다. 장승규 씨는 현실의 고통 속에서 몸부림 치고 계십니다. 거기다가 울음 참는 고통을 하나 더 얹어 버리신 건 아닌가요? 자신의 감정을 외면하고, 속이면서 더 괴로워하시는 것은 아닌가요? 여기서는 울어버리셔도 괜찮습니다. 이 자리에는 장승규 씨를 이해해드릴 수 있는 울보 의사밖에 없습니다."

얼마나 더 얘기했을까. 대화의 말미에서 승규 씨는 결국 울음을 터트렸다.

며칠 뒤 승규 씨는 진료실을 다시 찾았다.

"희한한 일이네요. 한 번 울고 나니 마음이 훨씬 편해졌어요. 입맛도 조금씩 돌아오는 것 같구요. 정말 고맙습니다."

마침내 웃음까지 되찾은 승규 씨였다.

삶은 눈물의 연속이다. 마음속에 수많은 슬픔을 담고 살아야 하기에, 삶에는 그토록 응어리진 것이 많기에, 우리는 눈물 속에서 살아갈 수밖에 없다.

하지만 눈물은 우리의 가장 소중한 친구이다. 우리를 위로해주고 꽉 막힌 마음의 한 구석을 씻어내준다. '카타르시스'인 것이다. 가혹한 운명 속에서도 고통을 이길 수 있도록 버티게 해주는 것이 눈물이다.

힘들고 괴로울 때는 그냥 울어버리자. 마음껏 슬퍼하고 마음껏 울어버려야 한다. 눈물의 위로를 받고 나면 다시 일어설 수 있다. 쓰라린 마음의 상처를 갈무리하고, 모진 시련을 견뎌내면서 또 다른 하루를 살아갈 수 있는 것이다.

스스로를 위한 눈물을 부끄러워하지 말아야 한다. 아무리 강인한 사람이라 하더라도, 아무리 감정에 흔들리지 않는 사람이라 하더라도, 자신을 위한 눈물 한 방울 정도는 남겨두어야 한다. 우리는 원래 눈물로 만들어진 존재일지도 모르니까.

내 부족한 부분을
인정하는 용기

프로이트는 우리 삶이 오점 투성이인 것은 다 부모 탓이라고 했고, 마르크스는 우리 삶이 이렇게 열악한 것은 우리 사회 상류 계급 탓이라고 했다. 하지만 탓해야 하는 것은 우리 자신밖에 없다.
조셉 캠벨

어떤 남자가 길을 가던 예쁜 아가씨를 보고 첫 눈에 반해버렸다. 빨간 미니스커트를 입은 모습이 무척 섹시해보였다. 남자는 슬며시 아가씨에게 다가가서 말을 걸었다. "저기 바쁘시지 않으면 차라도 한 잔……." 그러나 아가씨의 반응은 냉담했다. "저 바쁘거든요. 그리고 바쁘지 않아도 그쪽 같은 분하고 차 마실 생각은 없네요." 순간 남자는 얼어붙어 버렸다. '도대체 나 같은 사람은 어떤 사람이길래?' 남자는 자존심이 상하고 화가 났다. 원하는 사랑을 얻지 못한데 대한 허전함, 그리고 무시당한데 대한 분노……. 당신이라면 이럴 때 어떻게 화를 삭일 것인가? 불쌍한 남성 동포들의 반응을 살펴보자.

1)철수: 속으로 생각한다. '차라리 잘 됐어. 저 여자는 얼굴만 예쁘지, 말을 들으니 성질은 아주 더러운 여자인 것 같아.' 이렇게 생각하니 마음이 편해졌다. 그리고는 방금 일을 잊어버리고 가던 길을 갔다.

2)창수: 한 대 맞은 듯 멍하니 그 자리에 서 있었다. 그때 또 다른 아가씨가 지나갔다. 방금 아가씨만큼 미인은 아니지만, 이 아가씨도 빨간 미니스커트를 입고 있었다. 창수는 다시 한 번 수작을 걸었다. "저기 바쁘시지 않으면 차라도 한 잔……." 이번의 아가씨는 흔쾌히 승낙했다. 첫 번째 빨간 미니스커트 아가씨에게 얻지 못한 사랑을 두 번째 아가씨에게 얻은 것이다.

3)영수: 아가씨를 계속 지켜보았다. 그런데 쌀쌀 맞게 굴었던 아가씨의 얼굴에 갑자기 화색이 돈다. 어디론가 달려가기에 봤더니, 머리를 노랗게 물들인 남자에게 덥석 안기는 거였다. 아가씨에게는 애인이 있었다. 영수는 즉시 미용실로 달려가 그 남자처럼 머리를 노랗게 염색한다.

4)재민: 아가씨에게 차이고 나니 분노가 치밀었다. 분노를 삭이기 위해서 체육관을 찾았다. 그리고 미친 듯이 샌드백을 쳤다. 결국 재민이는 훌륭한 권투 선수가 되었다.

5)지훈: 아가씨에게 말을 걸고 있을 때 그의 전화기가 울리고

있었다. 아가씨에게 차인 뒤, 전화를 건 친구에게 화를 냈다. "야 이 자식아! 왜 하필 그때 전화한 거야? 너 때문에 일을 다 망쳤 잖아!" 친구의 전화는 아무 상관도 없었지만, 친구에게 화풀이하 고 나니 마음이 편해졌다.

지그문트 프로이트Sigmund Freud가 죽고 난 뒤, 그의 정신분석 학을 이어받은 사람은 막내딸인 안나 프로이트Anna Freud였다. 그녀는 '심리적 방어기제defense mechanism'에 대한 이론을 정리하 여 발표하였다. 사람은 여러 가지 욕구를 가지고 있다. 하지만 모든 욕구가 현실에서 허용되지는 않는다. 마음속의 욕구와 허 용되지 않는 현실 사이에서 인간은 갈등하게 된다. 이럴 때 갈등 을 해소시켜 주는 것이 '방어기제'이다.

이렇게 설명하면 좀 어렵게 느낄 수 있지만, 앞에서 말한 남 자들의 사례를 살펴보면 쉽게 이해된다. 남자들은 여자의 사랑 을 얻고 싶은 욕구를 가지고 있었다. 하지만 여자는 남자들의 접 근을 허용하지 않았다. 남자들은 자존심이 상했고, 그 후 각자의 방법으로 마음의 상처를 치료했다.

우선 철수가 사용한 방법은 '합리화rationalization'라고 한다. 그 아가씨가 성질이 더러운 여자라면 더 이상 구애할 필요도, 미련 을 가질 필요도 없어진다. 그러면 마음이 편해진다. 마치 이솝우 화에 나오는 여우가 자신이 먹을 수 없는 포도를 보고, '저 포도 는 분명 시어서 맛이 없을 거야'라고 생각했던 것과 비슷하다.

창수가 사용한 방법은 '대체형성substitution'이라고 한다. '꿩 대신 닭'이라는 속담처럼 처음의 아가씨에게는 상처를 받았지만, 다른 아가씨를 통해 상처를 치유했다.

영수는 차이고 나서 스스로를 초라하다고 느꼈다. 자신은 별로 매력이 없어서 차인 것 같아 침울했는데, 그 아가씨의 애인을 보고 자기도 저런 매력을 가져야겠다는 생각이 들었다. 그래서 그 남자의 머리를 따라한다. 이런 방법을 '동일화identification'라고 부른다.

재민이가 사용한 방법은 '승화sublimation'라고 한다. 자신에게 차갑고 쌀쌀맞게 대한 아가씨가 밉다. 한 대 때려주고 싶다. 그러나 세상은 그러한 폭력을 허용하지 않는다. 재민이는 자신의 분노를 세상이 허용하는 방법으로 분출시켰다. 샌드백을 친 것이다. 결코 아름답다고 할 수 없었던 폭력적인 본능을 훌륭한 권투선수가 되는 성과로 바꾸는 것, 이것이 바로 승화이다.

이렇게 사람들은 각자의 방법으로 실망한 자신을 달래고, 분노를 가라앉힌다. 그런데 문제는 지훈이다. 지훈이가 취한 방식은 남 탓이다. 분노와 짜증을 친구에게 퍼부어댔다. 이런 방어기제를 '투사projection'라고 부른다. 투사는 남이나 주변을 탓하는 형태로 흔히 나타난다. 테니스 경기에 진 선수가 라켓을 바닥에 집어 던지며 "이 고물 라켓 때문에 졌잖아!" 하고 화를 내는 것이 투사이다. 라켓 때문에 졌다고 믿으면 자신이 실력이 부족하다는 사실을 인정하지 않아도 된다. 패배감에서 벗어날 수 있고, 자신의 자존심도 보호할 수 있다. 그러나 문제는 투사가 미숙하고 병적인 방어기제라는 점이다. 그리고 자신뿐만 아니라 주변 사람을 해칠 수도 있는 위험한 형태이다.

소인배 씨는 50대 후반의 남자 환자로 소화불량을 호소하면서 내원했다.

"소화불량이 20년이 넘었어요. 약도 먹어보고, 내시경 같은 검사도 여러 번 해보았습니다. 그런데 어떤 방법을 써도 치료가 되지 않아요. 그냥 20년째 소화제를 달고 살아요."

위궤양이나 위염 같은 질병이 없는데도 불구하고 식후 포만 감, 복통, 소화가 안 되는 느낌이 3개월 이상 지속되면 '기능성 소화불량'을 의심한다. 기능성 소화불량은 위장관의 운동기능의 이상, 또는 위가 자극에 너무 민감해져서 생기는 질환이다. 위의 운동 기능이 떨어져서 음식물을 잘 내려 보내지 못하다 보니 포만감이 생기는 것이다. 또 신경이 예민해져서 보통 사람들이 느끼지 못하는 조그만 자극에도 통증과 복부 불쾌감을 느낀다. 그리고 이러한 기능성 위장장애의 중요한 원인 중 하나로 심리적 요소가 있다.

인배 씨에게 기능성 소화불량에 대해서 간단하게 설명했다. 인배 씨는 한숨을 쉬었다.

"그래요. 나도 이 병이 신경성이라고 생각은 했어요."

"쉽게 이해해주시니 다행입니다. 적절한 운동을 하시고, 취미 생활을 해보시는 것도 도움이 될 것 같습니다."

"그런 게 다 무슨 소용입니까? 세상이 썩어서 분통이 터지는 마당에."

무척 냉소적이고 부정적인 반응이었다.

"무슨 사연이 있으신 것 같은데……."

인배 씨의 이야기가 시작되었다.

"내 자랑 같아서 쑥스럽기는 하지만, 나는 공부를 많이 한 사람입니다. 중용中庸의 원문을 다 읽은 사람이에요. 세상이 공평하다면, 나 같은 사람이 장관 한 자리는 해야되지 않겠어요? 아니, 못해도 대기업의 이사는 되어야지요. 그런데 세상이 불공평하다 보니 요 모양 요 꼴로 살고 있습니다."

"지금 어떤 일을 하고 계시죠?"

"지금은 사업을 구상하면서, 잠시 쉬고 있습니다."

그때 전화가 울렸다.

"에이 참!"

인배 씨는 짜증을 내더니 전화를 받고는 소리 질렀다.

"알았어. 갚을게. 갚으면 되잖아! 지금 진료 중이야. 끊어."

핸드폰을 끊어버린 인배 씨는 씩씩 거리면서 말했다.

"세상인심도 야박해졌어요. 방금 전화한 놈은 시골에서 같이 자란 친구입니다. 내가 그동안 저 친구 돈을 좀 빌려 썼어요. 그런데 사업이 몇 차례 실패하면서 아직 돈을 못 갚았어요. 그랬더니 저렇게 성화네요. 사람이 살다보면 돈이 있을 때도 있고, 없을 때도 있는 거잖아요? 돈 벌면 어련히 갚을 텐데, 기다릴 줄을 몰라요. 그놈하고 나하고 어릴 적에 얼마나 친했는데……. 아무리 인정이 메마른 세상이라지만, 이래도 되는 겁니까? 나한테 돈 빌려준 놈들은 다 이 모양이에요."

나는 답답해지기 시작했다.

"지금 사업에서 실패하시고 쉬고 계신 것 같은데……. 형편이 많이 좋지 않으시겠네요. 생활비는 어떻게 하시고 계시나요?"

"생활비는 걱정 없어요. 마누라가 식당에서 일하고 있기 때문에 밥은 먹고 삽니다. 그런데 이 여편네도 문제예요. 낭군이 큰 뜻을 품고 사업을 시작하려고 하면 몸과 마음을 다해 도울 생각을 해야지, 옆에서 계속 뜯어 말리기만 해요. 그리고 사업을 하려고 하면, 종자돈이 필요하잖아요? 그런데 이 여편네는 돈을 감추어 놓고 내놓을 생각을 안 해요. 이러니 내가 뭘 하겠습니까?"

'도대체 무슨 이야기부터 해야 하지?'

『중용』은 분량이 그다지 많지 않다. 한학을 좋아하는 사람들은 다 읽는 정도가 아니라 암송하기도 한다. 그리고 중용의 원문을 다 읽은 사실은 결코 자랑거리가 될 수가 없다. 중용의 가르침대로 살아가는 것만이 자랑거리가 될 수 있을 뿐이다. 그리고 인배 씨는 아내와 친구들에게 미안해해야 할 상황에 도리어 비난을 하고 있었다.

인배 씨는 '투사'를 통해서 현실에서 도피하고 있다. 자신이 무능하고 게으른 사람이라는 사실을 부인하고 싶었던 것 같다. 자신이 우월한 사람이라고 믿고 싶었고, 그래서 남들보다 조금이라도 우월한 점이 있는지를 필사적으로 찾아보다 천신만고 끝에 찾아낸 것이 중용이었을 것이다. 그리고 '나는 중용을 읽은 우수한 인재인데, 세상이 썩어서 이렇게 초라하게 살고 있다'는 환상 속으로 숨어버렸다. 세상을 탓하는 동안은 자신의 무능함과 게으름을 되돌아보지 않아도 된다. 그런데 남을 비난하는 행위에는 이상한 마력이 있다. 남을 비난하고 있으면 '자신은 능력 있는 사람, 정의롭고 강한 사람'이라는 착각 속으로 빠져든다. 그러나 착각의 달콤함은 그리 오래가지 못한다. 아무리 세상을 비난해도, 자신의 초라한 실제 모습은 조금도 좋아지지 않는다. 현실을 둘러보면 마음은 다시 아파 온다. 착각의 달콤함에 빠지기 전보다 오히려 더 아픈 것 같다. 이 아픔을 이기기 위해서는 더 많이 남의 탓을 해야 한다. 그렇게 여러 사람들을 비난하다 보면 더 이상 비난할 사람이 없어진다. 급기야 가까운 사람들을 비난하기 시작한다. 결국 힘겹게 생계를 책임져 준 아내, 주변에서 도와주고 돈을 빌려준 친구들마저 비난하게 된다. 고립은 점점 더 악화되고, 상황은 나락 속으로 빠져든다.

지금까지 인배 씨는 자신이 '장관 그릇'이라는 환상 속에서 살고 있었다. 그런데 자신이 보잘 것 없는 필부일 뿐이라는 사실을 깨닫게 된다면 그 충격을 견뎌낼 수 있을까? 그 부분이 무척 걱정스러웠다. 어쩌면 현실을 직시하고 고통을 받아들이는 것보다 세상을 비난하면서 환상 속에 사는 것이 이 환자에게는 훨씬 편한 선택인지도 모른다. 하지만 더 이상 상황을 악화시키지 않고자 한다면, 건강한 삶으로 돌아오고자 한다면 진짜 자신의 모습을 깨달아야만 했다.

'우선 자존심을 세워드려야겠다. 지금 당장은 안 되겠지만, 자신감이 생기면 자신의 부족한 점을 받아들일 수 있을 거야.' 나는 인배 씨가 가장 자신 있어 하는 중용에 관한 이야기를 해보는 것이 좋겠다고 생각했다.

"우이호자용愚而好自用, 천이호자전賤而好自專.(어리석은 자는 자신을 내세우기를 좋아하고, 천한 사람은 제멋대로 행동하기를 좋아한다는 뜻) 저는 이 구절을 특히 좋아합니다."

그런데 인배 씨는 눈을 동그랗게 뜨고 물었다.

"그게 무슨 말이에요?"

'어라! 이게 아닌데……'

나는 당황했다. 그렇게 자신만만해 하던 중용의 구절을 모르다니……

"그게 무슨 말이냐고요?"

인배 씨는 궁금함을 못 참겠는지 조르듯이 물었다.

"그러니까 그게……. 중용의 한 구절인데……."

우리 사이에는 어색한 침묵이 흘렀다. 그리고 갑자기 인배 씨가 화를 벌컥 냈다.

"내가 병 치료받으러 왔지, 중용 이야기 하러온 줄 알아요?"

그리고는 문을 쾅 닫고 나가 버렸다.

사람은 누구나 자기 자신을 적당히 속이면서 산다. 안나 프로이트가 말한 방어기제라는 것도 알고 보면 스스로를 속이는 방법에 불과할 수도 있다. 아무리 훌륭한 인품을 가진 사람이라도 자신을 속이면서 살아갈 수밖에 없다. 인간은 그런 존재이다.

혹시 오늘도 자신이 못난 사람이란 생각이 들지는 않았는가? 자신이 초라하게 느껴지고, 자신 때문에 남들이 피해를 보는 것 같은 느낌은 없었는가? 만약 그런 느낌이 있었다면 실로 다행한 일이다. 당신은 스스로에게 정직한 사람이기 때문이다. 당신은 남을 탓하지 않고, 자신의 부족한 면과 당당히 맞서고 있기 때문이다.

'내 탓이오'라는 말을 꺼내기는 무척 어렵다. 그렇지만 진심을 담아서 이 말을 꺼낼 수 있어야 한다. 자신의 부족한 점과 대면할 수 있는 용기만이, 건강한 삶을 담보해줄 수 있는 법이다.

다시 처음으로
리셋하고 싶다

살아간다는 것은 매 순간 다시 태어나는 것이다.   **에리히 프롬**

그리스 신화의 최고 신 제우스는 바람둥이로 유명하다. 황소로 변해 에우로페를 유혹했고, 청동 탑에 갇힌 다나에에게는 황금 비로 변하여 접근했다. 그의 아내 헤라는 제우스의 바람기 때문에 속이 타들어갔지만, 그녀에게도 제우스의 바람기를 잠재울 비장의 무기가 있었다. 바로 카나토스 샘이다. 제우스와 동침을 한 뒤, 헤라는 카나토스 샘에서 목욕을 했다. 그러면 몸은 다시 처녀가 되었다. 제우스가 수많은 여인들과 관계를 가졌지만 매번 처녀인 여성은 헤라뿐인 것이다.

병자호란이 끝난 뒤에는 '환향녀還鄕女'가 사회적 문제가 되었다. 청나라에 붙잡혀 갔던 여인들이 돌아왔는데, 이들은 전쟁 통에 겁탈 당해서 이미 순결을 잃었던 것이다.(행실이 좋지 않은 여자를 뜻하는 화냥년이라는 말도 이 환향녀에서 유래했다고 한다) 여인들은 몇 차례씩이나 죽을 고비를 넘기고 고향으로 살아 돌아왔지만, 세상의 시선은 싸늘하기만 했다. 이에 인조 임금은 환향녀還鄕女들을 홍재천에서 목욕하도록 하고, 여기서 목욕을 한 여인의 과거를 묻는 것을 금하였다. 조선판 카나토스 샘인 것이다.

카나토스 샘과 홍재천은 마치 컴퓨터가 리셋되듯이 원래의 순결한 상태로 되돌려준다. 하지만 리셋이란 건 어찌 보면 두려운 것이다. 리셋을 하면 지금까지 저장해둔 정보가 지워지기 때문이다. 그렇지만 일이 감당할 수 없을 정도로 꼬일 때에는 매우 편리한 도구가 된다. 살아가다 보면 우리의 인생도 감당할 수 없이 꼬일 때가 있다. 복잡하게 얽히고설켜서 어떻게 살아야 할지 모르겠을 때가 있다. 이럴 때 우리의 인생도 리셋이 가능할까? 얽힌 문제를 되돌려서, 인생을 처음으로 돌아갈 수 있는 방법은 없을까?

김경애 씨는 50대의 아주머니였다.

"자주 구역질을 하고 토하고 싶은 증상이 생깁니다. 신경을 많이 쓰면 더 심해집니다."

위염이나 장염에서 구역질과 구토는 흔히 경험할 수 있는 증상이다. 이외에도 위나 장이 막히면 맹장염이나 췌장염, 간염 같은 소화기 질환에서도 구역질이 생길 수 있다. 또 소화기는 정상이라 하더라도, 급성 심근경색과 같은 심장병, 뇌종양이나 뇌출혈과 같은 심각한 질환에서도 구역질 구토가 나타날 수 있고, 어지럼증과 편두통과 동반해서 나타나기도 한다. 갑상선 질환이나 만성 신부전에서도 구역질이 나타날 수 있으므로 주의가 필요하다. 그렇지만 일상생활에서 가장 구역질을 쉽게 경험하는 때는 역겨운 냄새를 맡은 때와 불쾌한 생각을 하는 때일 것이다.

나는 경애 씨에게 구역질에 대해서 설명했다.
"그렇군요. 신경 안 쓰고 살고 싶은데, 팔자가 사나워서 그렇게 되지가 않네요."
"팔자가 사납다구요? 가족들 중에 아픈 분이라도 계세요?"
"아뇨. 몸은 튼튼한데 다들 속을 썩이네요."
경애 씨의 가족은 남편과 아들 하나, 딸 하나였다. 경애 씨는 가족들만 보면 속이 터진다고 했다. 아들은 대학을 졸업한 후 아직 취업을 못한 상태였고 딸은 대학을 다니는데 자유분방한 성격 때문에 걱정이라고 했다. 남편은 경제력이 없어서 경애 씨가 미장원을 운영하는 수입으로 식구들을 먹여 살린다고 했다. 젊었을 적에 남편도 조그만 사업에 손을 댔으나 몇 차례 실패한 후 집에서 놀고 있었다. 그런 처지에도 젊은 여자만 보면 갑자기 친절해진다고 분통을 터트렸다. 경애 씨는 아들이 취업을 못하는 것과 딸이 자유분방한 것이 모두 아버지를 닮아서라고 확신하고 있었다.

어느 날 집에 들어와 놀고 있는 아들과 남편, 딸을 보니 화가 치밀었다. 식구들에게 소리를 질렀다. 화를 낸 일이 전에도 있었지만, 보통은 남편이 달래주면서 그냥 넘어가곤 했는데, 그날은 자제가 되지 않을 정도로 좀 심했다고 한다. 마침내 식구들이 경애 씨에게 원망을 털어놓기 시작했다. 우선 남편은 평소 자녀들 앞에서 본인을 무시했던 태도를 이야기했다. 그리고 자신이 실패했을 때 한마디 위로도 없이 다그쳐 세우기만 한 것에 대한 원망을 쏟아냈다. 아들과 딸은 따뜻하게 보살펴 주지도 않으면서 퇴근하면 피곤하다고 짜증만 내는 어머니를 원망하고 있었다. 경애 씨는 당황했다. 자기는 평생을 가족을 위해 희생하고 살고 있다고 생각했는데, 전혀 생각지도 못한 상황에 맞닥뜨린 것이다. 그리고 갑자기 구역질이 나기 시작했다고 한다. 여러 병원에서 검사를 해봤지만 별다른 이상을 발견할 수 없었다. 약을 먹으면 다소 진정되었지만, 가족들을 생각하면 다시 구역질이 난다고 했다.

경애 씨의 치료는 몇 차례에 걸쳐서 진행되었다. 경애 씨는 틈만 나면 지금까지의 인생을 지워버리고 싶다는 말을 반복했다. 그런데 치료를 시작하고 시간이 지나면서 점점 경애 씨의 성격을 알게 되었다. 경애 씨는 남성적이었고 타인을 지배하려는 성향이 강했다. 또 다른 사람들이 자신과 다른 의견을 가지고 있으면, 이를 도전으로 받아들이는 호전적인 모습을 보였다. 경애 씨는 그동안 가족을 위해 연약한 여자의 몸으로 세파와 부딪혀 살아왔다고 주장했다. 그렇지만 아무리 봐도 그녀의 성격 자체가 가정주부로서는 결코 행복할 수 없는 사람이었다. 어느 날 경애 씨는 또 인생을 헛살았다며 한숨을 쉬었다.

"그동안 살아오시면서 힘들고 괴로운 일이 많으셨죠?"

"선생님은 잘 모르시겠지만 여자가 돈 버는 게 쉬운 일이 아니에요."

"그래도 지금까지 잘 참아오셨습니다."

나는 잠시 말을 멈추었다가 조심스럽게 물어보았다.

"인생을 헛살았다고 하셨는데 만약 다시 살면 어떤 삶을 살고 싶으세요? 평범한 주부로 살았으면 행복하셨을까요?"

경애 씨는 잠시 생각에 잠겼다가 말했다.

"만약 다시 태어나도 이 일을 했을 겁니다."

"왜요?"

"이 일이 즐겁고 보람이 있으니까요."

"그럼 부군夫君의 능력이 있는 분이든 없는 분이든 이 일은 하셨을 것이다, 이 말씀이시죠?"

"예."

"여자가 돈 버는 것이 힘든 것도 마찬가지였을 거구요?"

"아마……. 그랬겠죠?"

"그럼 경애님이 살아오면서 겪었던 고통은 부군의 능력과는 무관한 것 아닌가요?"

잠시 침묵이 흘렀다. 나는 다시 한 번 용기를 내서 물어보았다.

"김경애 씨는 인생을 헛살았다고 말씀하셨는데 다른 가족들은 어떨까요? 사업에 실패하고 살림을 하고 있는 부군께서는 자신의 삶을 어떻게 생각할까요? 대학까지 졸업했는데도 취업을 못하는 아드님은 자신의 삶을 어떻게 생각할까요? 사실, 취업난은 이 시대 모든 젊은이의 문제이지 아드님만의 문제는 아닙니다. 아버지를 닮아서 취업을 못하는 것은 더욱 아닐 거구요. 그리고 방황하는 따님은 자신의 삶을 어떻게 생각할까요? 경애님께서는 가족에게 상처받았다고 생각하시겠지만, 가족들은 아무 상처 없이 살았던 것일까요?"

경애 씨는 갑자기 울음을 터뜨렸다.

"사실은 다 맞아요. 남편은 무능하지만 자상한 사람입니다. 지금까지 제가 일을 할 수 있었던 것도 남편의 도움이 있었기에 가능한 일이었어요. 애들도 성격이 착합니다. 엄마를 이해해주려고 무척 노력해요. 다만 제가 사는 게 너무 힘들어서, 또 사는 게 제 욕심에 차지 않아서 가족들에게 분풀이를 했습니다. 이제 식구들도 저도 마음속이 누더기가 되었습니다. 가능하다면 지금까지의 인생을 싹 지워버리고 다시 살고 싶습니다."

그날 저녁, 경애 씨는 가족들에게 진심을 담아 사과했고 가족들 또한 그동안 경애 씨에게 너무나 미안했다며 눈물을 흘렸다고 한다. 그렇게 극적인 화해가 이루어졌다.

삶이 뜻대로 되지 않을 때, 마음이 견딜 수 없이 괴로울 때 우리는 리셋을 꿈꾼다. 지금까지 살아온 삶을 지워버리고 다시 살고 싶다는 마음. 그러나 이것은 시간을 되돌리지 않는 한 불가능하다.

시간을 되돌리는 것은 불가능하지만 그럼에도 불구하고 우리는 살아온 인생을 리셋할 수 있다. 이런 리셋은 과거를 다시 사는 게 아니라, 살아온 과정을 '다시 바라볼 때' 가능하다. 여기에는 반드시 용기가 필요하다. 자신의 부족함을 인정할 수 있는 용기, 일그러진 자신의 모습을 스스로 위로해줄 수 있는 용기, 비틀리고 망신창이가 되어 버린 듯한 인생일지라도 그런 자신의 인생을 사랑해줄 수 있는 용기가 필요하다.

살면서 한 번쯤은 자신의 인생을 리셋해주어야 한다. 상처와 눈물로 얼룩진 인생, 찢기고 헤어져 누더기가 되어버린 인생, 수치스럽고 후회로 가득한 인생, 그런 자신의 인생을 다시 바라봐주고 진심으로 껴안는 리셋 말이다.

마지막 시간에
대하여

이번에 하려는 이야기는 고민거리를 가지고 진료실을 찾은 환자의 이야기가 아니다. 심리적인 원인으로 인한 질환의 이야기도 아니다. 신화나 전설에 관한 이야기 또한 아니다. 내가 아주 좋아했던 분, 암으로 돌아가신 일흔의 노신사 이야기이다.

　노상국 씨의 고향은 시골이었다. 어려서부터 총명하고 공부를 잘해서 동네 어른들의 칭찬을 한 몸에 받고 자랐다. 어른들은 "저놈은 분명 큰 인물이 될 거야. 우리 동네의 자랑거리가 될 놈이야." 하면서 기대감을 감추지 않았다. 상국 씨는 지방의 명문

고등학교를 우수한 성적으로 졸업했다. 서울의 명문 대학에도 충분히 합격할 수 있는 실력이었다. 그러나 가난한 집안 형편상 서울에 있는 대학을 가지 못했다. 대신 지방의 명문대 공대에 4년 동안 장학금을 받으면서 다녔다. 대학을 졸업하고는 남들이 부러워하는 일류 기업에 취직했다. 이때부터 상국 씨는 자신의 능력을 유감없이 발휘했다. 어떤 업무든지 척척 해결해냈던 것이다. 인간관계도 원만했다. 선배도, 후배도, 동료들도 모두 상국 씨를 좋아했다. 상국 씨는 초고속으로 승진했고 마침내 회사 역사상 최연소 부장이 되었다. 그룹의 최고 경영진이 되는 것은 시간문제인 것 같았다.

시련이 시작된 것은 그때부터였다. 누군가가 악의적인 소문을 퍼뜨렸다. 상국 씨가 회사의 공금을 횡령했다는 소문이었다. 소문은 삽시간에 퍼졌다. 결국 회사 감찰반이 들이닥쳐 상국 씨를 조사했다. 아무런 증거도 나오지 않은 채 감사가 끝났고, 상국 씨는 누명을 벗었다고 생각했다. 그러나 사람들의 시선은 싸늘했다. '설마 아니 땐 굴뚝에 연기 나겠어?' '감사가 제대로 안된 거겠지. 더 파보면 무언가 나올 거야.' 사람들은 색안경을 끼고 그를 보았다. 그리고 상국 씨를 견제하던 몇몇 선배들이 집요하게 괴롭혔다. 그들은 무리지어서 상국 씨를 코너로 몰아 세웠다. 견디지 못한 상국 씨는 결국 사표를 썼다.

상국 씨는 퇴직금으로 사업을 시작했다. 부품을 만들어 대기업에 납품하는 일이었다. 항상 엘리트 코스를 걸어왔기에 사업에서도 성공할 수 있을 것이라고 믿었다. 그러나 사업이란 것은 생각했던 것과는 달랐다. 세상에는 온갖 반칙과 거짓말이 난무했다. 정직하게만 살아왔던 상국 씨에게 이런 세상은 큰 충격이 아닐 수 없었다. 아무리 열심히 일해도 성과가 없었고 점점 가난해졌다. 그리고 자존심은 무참하게 짓밟혔다.

언젠가 상국 씨가 내게 들려준 이야기가 있다. "내가 일했던 대기업에 납품을 하게 되었어. 정말 오래간만에 그 회사에 들어가 보았지. 모든 게 바뀌었더군. 그래도 고향에 돌아온 듯한 착각이 들었어. 계약을 하고 나올 때는 왠지 마음이 따뜻해졌고." 잠시 말을 멈추었던 상국 씨는 말을 이었다. "며칠 뒤, 그 회사 김 대리에게서 전화가 왔어. 그런데 공장의 시끄러운 소리 때문에 벨소리를 못 들은 거야. 뒤늦게 확인하고 전화를 했더니 김 대리가 큰 소리로 화를 내더군. '아저씨. 왜 전화를 안 받아요?' 아저씨라…… 그 친구는 나보다 30년 후배인데 말이지. 내 아들 또래의 젊은 친구인데……. 내가 선배라고 이야기하고 싶지는 않았어. 창피했거든. 그래서 그냥 차분히 전화를 받았어. '미안합니다. 공장 안이 소란스러워서 벨소리를 듣지 못했습니다.' 김 대리는 골이 나서 퍼부어대더군. '아저씨. 나 바쁜 사람이거든요. 다음에 또 전화 안 받으면, 계약은 없었던 걸로 하겠어요! 명심하세요.' 그리고는 몇 가지 부품의 샘플을 가지고 다음 날 다시 회사로 오라고 하더군. 나는 시키는 대로 다음 날 약속한 시간에 회사로 갔지. 그런데 그 친구는 자리에 없었어. 그리고 다른 사원이 이야기했지. '김 대리님이 오늘은 바쁘니까 이틀 뒤에 다시 오시라고 합니다.' 기가 막혔어. 약속이 취소되었다면 미리 전화라도 해줘야 하는 거 아니야?" 상국 씨는 잠시 말을 멈추고 숨을 고르셨나. 침착하게 말씀을 이어가고 계셨지만, 마음속으로는 화가 많이 나신 것 같았다. "이틀 뒤에 다시 회사로 갔지. 그런데 그날은 눈이 내리는 거야. 시간에 늦지 않기 위해서 일찌감치 출발했지만 얼마나 길이 막히던지……. 결국 30분 늦게 도착했어. 난 김 대리의 눈에서는 불꽃이 튀어나오는 줄 알았어. '아저씨. 나 바쁜 사람이라고 그랬죠? 지금 뭐하자는 거예요? 30분씩이나 늦게 오다니…….' 나는 머리를 조아렸어. '미안합니다. 눈이 오는 바람에…….' 김 대리는 더 크게 소리를 질렀어. '눈 오는걸 몰라서 하는 말로 들리세요? 자꾸 구차한 변명할 거예요?' 눈물이 핑 돌더군." 이야기를 듣고 있던 나도 화가 났다. "그래서 어떻게 하셨어요?" "욕을 했지. 내가 알고 있는 모든 쌍소리를 그 친구에게 퍼부었지." "그놈 앞에서요?" 상국 씨는 미소를 머금고 말씀하셨다. "아니, 돌아오는 차안에서……. 나 혼자 큰 소리로 고래고래 고함을 지르며 악을 썼지. 내가 알고 있는 모든 저주를 퍼부었어." 나는 어이가 없었다. 황당한 내 표정을 본 상국 씨는 웃음을 터트렸다. "학교에서는 많은 것을 가르치지. 그렇지만 세상에서 살아남는 가장 중요한 방법은 가르쳐주지 않아. 약한 사람이 세상에서 살아남기 위해서는 첫째로 자존심을 버려야 하고, 둘째로 비겁해져야 하는 거야. 내가 그 친구 앞에서 하고 싶은 말을 다 했다면 그 친구는 우리 제품에 트집을 잡아서 계약을 파기시켰을 거야. 그런 친구 앞에서는 비겁해져야 하고, 혼자 있는 차 안에서 용감해져야 해. 그게 살아남는 방법이지." 나는 내 일이 아닌데도 속이 쓰렸다.

어려움의 연속이었던 상국 씨의 사업은 시간이 지나자 성실함과 꼼꼼한 일처리로 인정받기 시작했다. 나이 60이 넘어서야 사업이 조금씩 나아졌다. 부자는 아니지만 생활은 넉넉해졌다. 이제야 행복해 지는 것 같았다.

그런데 얼마 전부터 식욕이 떨어지고 살이 빠지기 시작했다. '너무 피곤해서 그런가?' 처음에는 대수롭지 않게 생각했다. 그러던 어느 날, 목에서 멍울이 만져졌다. 그제야 상국 씨는 병원을 찾았다. 진단결과는 암이었다. 그것도 온몸으로 퍼져버린 암……

며칠 뒤 나는 상국 씨를 찾아뵈었다. 상국 씨는 떨리는 목소리로 말씀하셨다. "나는 살아야 해. 내가 살아오는 동안 내게 은혜를 베풀어 주신 분들이 너무 많아. 그분들에게 보답하기 위해서라도 살아야 해. 그리고 내 아내, 착하기만 하고 세상 물정 모르는 내 아내를 위해서도 나는 살아남아야 하네. 내가 없으면 내 아내는 어떡하겠는가?" 나는 용기를 잃지 말고 치료에 임하시라고 말씀드렸다.

병원에서는 항암치료와 방사선 치료를 시도했다. 그러나 효과는 없었다. 더 이상 방법이 없었다. 희망이 없다는 사실을 알

게 된 상국 씨는 성당으로 갔다. 상국 씨의 아내는 독실한 천주교 신자였다. 평소에 아내의 소원은 둘이 함께 성당에 다니는 것이었지만, 상국 씨는 세례 받기를 거부해왔다. 그러나 죽음을 앞두고 상국 씨는 아내의 소원을 들어주기로 했다. 그리고 세례를 받았다.

　상국 씨는 점점 야위어 갔다. 이제는 암이 뇌까지 전이가 되었다. 그리고 다른 사람의 말은 알아들을 수 있지만 말을 할 수는 없는 상태가 되었다. 상국 씨는 힘겹게 허공에다 글씨를 썼다. 손위 처형과 동서를 만나고 싶다고 했다. 그분들은 평소에 상국 씨가 마음으로 의지하시던 분이었다. 지방에서 손위 처형과 동서가 올라왔다. 상국 씨는 무엇인가 말하려고 안간힘을 썼다. 그러나 말이 나오지 않았다. 가만히 바라보시던 동서는 입을 열었다. "처제를 부탁한다는 말이지?" 상국 씨는 고개를 끄덕였다. "걱정 말게. 처제는 우리가 힘닿는 데까지 도와주겠네. 자네도 힘을 내서 다시 일어서야지!" 말씀은 그렇게 하셨지만, 그 자리에 있었던 모든 사람들은 알고 있었다. 상국 씨가 다시는 일어설 수 없다는 사실을……. 상국 씨의 입가에는 엷은 미소가 떠올랐다. 그러나 눈에서는 눈물 한 방울이 흘러 내렸다. 상국 씨의 오른손에는 조카가 선물한 묵주가 꼭 쥐어져 있었다.

동서를 만난 며칠 뒤, 상국 씨는 세상을 떠났다. 나도 문상을 갔다. 영정 사진 속의 상국 씨는 평소처럼 환하게 웃으며 나를 반겨주셨다. 조문을 오신 분들도 많았다. 상국 씨의 학창 시절 친구분들이 말씀하셨다. "무척 머리가 좋은 친구였어. 하나를 가르치면 열을 아는 친구였지. 그런 천재는 여지껏 본 적이 없어." 젊었을 적 회사 동료분들도 말씀하셨다. "유능한 친구였는데……. 실력도 뛰어 났지만 인품도 훌륭했어. 모두 그 친구가 글로벌 리더가 될 것이라고 믿어 의심치 않았는데. 그런 친구가 구멍가게 같은 사업을 하면서 살아왔다니……. 세상일은 참 알다가도 모르겠단 말이야." 내가 아는 상국 씨의 모습은 천재도 글로벌 리더의 모습도 아니었다. 그저 가족을 부양하기 위해 온갖 인격적인 모독과 치욕을 참아내면서 하루하루를 묵묵히 살아가는 가장의 모습일 뿐이었다. 다만, 우리는 모두 한 가지 공통된 생각을 가지고 있었다. 상국님이 지독히도 운이 없는 인생을 살았다는 생각을…….

문상을 마치고 가슴 한 구석에 돌덩이를 매단 채 집으로 돌아왔다. 혼자 책상에 앉자 이런저런 생각이 들었다. 상국 씨와 추억, 삶과 죽음, 그리고…… 정답이 없는 질문들이 머릿속을 맴돌았다.

상국 씨는 자기 생명의 불꽃이 꺼져가고 있다는 사실을 알고 계셨을까? 이승에서의 마지막 시간에 어떤 생각을 하셨을까? 내게 만약 인생의 마지막 순간이 다가온다면, 남은 시간이 얼마 없다는 것을 알게 된다면, 무엇을 할 것인가? 순간 복잡하던 머릿속이 텅 비는 것 같았다. 나는 눈을 감았다.

먼저 아내를 만났을 때의 기억이 떠올랐다. 단발머리의 순진한 아가씨. 처음 나를 만났을 때는 말도 잘 못했다. 그런데 아들을 둘 낳더니 목소리가 커지기 시작해서 이제는 집안을 쩌렁쩌렁 울리는 우렁찬 성량을 자랑한다. 결혼식 때 웨딩드레스를 입은 아내를 번쩍 안고 사진을 찍었던 기억이 떠올랐다. 그때는 어찌 그리 힘이 넘쳤는지 모르겠다. 아이들이 태어났을 때도 떠올랐다. 아이들이 이가 나던 날, 아이들이 걸음마를 처음 시작하던 날, 아이들이 나를 아빠라고 부르기 시작한 날이 머릿속에 파노라마처럼 지나갔다. 더 옛날의 기억도 떠올랐다. 어릴 적 친구들과 장난치다 넘어져서 머리에서 피가 났다. 어머니께서 머리를 감겨주시고 소독약을 발라 주셨다. 무척 아팠는데 무섭지는 않았다. 엄마가 옆에 있었기에……. 내가 시험공부를 할 때면 어머니께서는 손수 연필을 깎아주셨다. 평소에는 샤프도 쓰고 볼펜도 썼다. 그러나 시험 치는 날 만큼은 어머니께서 깎아주신 연필을 들고 갔다. 그 연필은 어머니의 응원이었다. 아버지께서는 엄한 분이셨다. 그렇지만 시간이 나시면 나를 데리고 산책을 하셨다. 산책을 하시면서 역사 이야기, 철학 이야기, 학교에서 배울 수 없는 여러 가지 상식을 가르쳐주셨다. 지금 내가 가진 지식의 뼈대는 그때 만들어진 것 같다. 일곱 살 때 생일의 기억도 떠올랐다. 나는 어떤 선물을 받을지 잔뜩 기대하고 있었다. 누나들은 용돈을 모아 '원더우먼' 장난감을 사 주었다. 그런데 어렸던 나는 원더우먼이 여자아이들 장난감이라며 울어 버렸다. 누나들은 당황해서 미안하다며 나를 달랬다. 그 시절을 떠올리니 웃음이 났다.

꼬리를 물고 떠오르는 행복한 추억을 되새기니 알 수 있었다. 나는 정말 행복한 사람이었다는 사실을……. 고마웠던 분들이 너무나 많았다. 나를 사랑해준 분들도 너무나 많았다. 그리고 내가 사랑한 사람들도 너무 많았다. 다만 내가 잊어버린 채 살고 있을 뿐이었다.

그렇지만 이게 진짜 나의 마지막 순간이라면……. 나는 내가 사랑하는 사람들이 불행해지지 않도록 무엇이든 해야만 할 것이다. 내 아내도 순진하고 세상 물정모르는 착한 여자다. 내가 없으면 내 아내는 어떻게 살아갈 것인가? 철없는 개구쟁이 두 아들은 내가 없어도 잘 자랄 수 있을까? 늙고 병드신 부모님은 내가 없으면 누가 돌봐드릴 것인가? 아마 나도 마지막 순간에는 나를 대신해서 내 가족을 도와줄 수 있는 사람을 찾을 것이다. 분명 나도 상국 씨와 똑같이 행동하겠지.

생각이 여기까지 미치자, 문득 깨달았다. 상국 씨의 삶은 불행한 것이 아니었다. 힘겨운 삶이었지만, 그분은 삶의 마지막 시간에 자신이 받은 사랑을 기억해냈다. 자신에게 고마웠던 분들을 떠올리면서 삶의 의지를 불태우기도 했다. 그리고 떠나는 순간에는 가족에 대한 걱정을 했다. 그래서 친척들에게 가족을 부탁했다. 상국 씨가 보여준 마지막 모습은 행복한 삶의 기억들을 다시 떠올린 사람의 모습이었다는 걸 확신할 수 있었다. 상국 씨는 불운한 인생을 살았지만, 불행한 인생은 아니었던 것이다.

눈을 떴다. 마음이 한결 가벼워졌다. 하늘 저 먼 곳 어딘가에서 상국 씨가 나를 지켜보고 있는 것 같았다. '고맙습니다. 덕분에 소중한 것을 배웠습니다. 편히 쉬십시오.' 나는 밤하늘을 향해 인사드렸다.

환자분들께 받은
인생 수업

아주 포근한 밤이 있습니다. 며칠 동안 잠을 제대로 잠을 못자고, 계속되는 과로로 피곤하지만, 기분 좋은 촉감이 온몸을 감싸주는, 따뜻하면서도 시원한 밤이 있습니다. 원고를 탈고하고 주변을 둘러보니, 오늘 밤은 무척 포근한 밤이군요.

기다리던 아내는 먼저 잠들었습니다. 아들 녀석들도 침을 흘리면서 자고 있습니다. 이들의 모습을 보고 있노라니 행복과 감사라는 단어가 가슴 속에서 떠오릅니다.

언젠가 어느 아주머니께서 제게 이런 말씀을 해주셨습니다.

"선생님은 특별한 재능을 가지신 것 같아요. 아픈 사람을 말

몇 마디로 치료해주시잖아요."

그 아주머니는 제가 오랫동안 진료해드린 분이었고, 힘들고 괴로울 때면 병원을 찾아 이런저런 이야기를 나누던 분이었습니다. 저는 너무 고맙고, 또 너무 부끄러워서 쥐구멍에라도 숨고 싶었습니다. 사실 제게는 특별한 재능이란 게 없거든요.

이제 흰색 가운을 입은 지도 20년이 다 되어 갑니다. 의사라는 직업과 가장 비슷한 직업은 무엇일까요? 저는 '바텐더'라고 생각합니다. 바텐더가 손님의 이야기를 들어드리듯이, 의사도 환자분들의 이야기를 정성껏 들어드리기만 해도 많은 분들의 고통이 가벼워지니까요. 의학은 자연과학입니다. 하지만 '의료'는 자연과학이 아닙니다. 의료는 사람과 사람이 만나서 이루어지는 것이고, 그래서 자연과학이라기보다는 사회과학에 가깝습니다. 똑같은 약을 써도, 환자들에게 나타나는 효과가 다른 것은 그런 이유 때문일 것입니다.

그래서 저를 찾아오신 환자분들의 이야기를 최선을 다해 들어드리려고 하지만, 현실은 녹록치 않고 아직은 많이 부족한 게 사실입니다. 이런 보잘 것 없고 평범한 의사에게 환자분들은 신뢰를 선물하셨습니다.

지금까지 많은 분들이 모모 의사의 진료실을 방문해주셨습니다. 때로는 울고, 때로는 웃으며, 이야기를 나누었습니다. 어떤 분들은 가슴 속에 담아 두었던 말 못할 이야기를 꺼내고 나니 후련해졌다고 하시고, 어떤 분들은 좌절을 딛고 스스로 일어섰습니다. 심지어는 아까 말씀드린 아주머니처럼 치료가 되었다는 분도 계셨습니다.

제게 특별한 능력이 있는 것일까요? 제가 정말 그 많은 분들을 말 몇 마디로 치유해드린 것일까요?

천만의 말씀입니다. 치유를 받은 쪽은 환자분들이 아니고, 오히려 제 쪽입니다. 저 역시 삶의 무게에 억눌린 채 몸부림치는 평범한 인간에 불과합니다.

저는 환자분들을 통해서 인생의 의미와 삶의 기술을 배워왔습니다. 환자분들을 만나는 하루하루가 제게는 인생 수업이었습니다. 지금도 마음이 괴롭고 고통스러울 때면, 제가 만났던 환자분들을 머릿속으로 떠올리곤 합니다. 그분들은 모두 삶의 고난에 맞서 당당하게 싸워오셨습니다.

오늘도 저의 수업은 계속됩니다. 아마 제가 살아있는 동안은 이 수업이 계속될 것입니다. 지금까지 함께 해주신 환자분들께 보답하는 마음으로 오늘도 하루를 살아가려고 합니다. 고맙습니다. 그리고 감사합니다.

끝으로 이 글이 마무리될 때까지 끊임없는 가르침을 주셨던 편집자님께도 진심으로 감사드립니다.

밤이 깊어 갑니다. 오늘 밤은 무척 포근합니다. 그러나 이 포근함도 영원할 수는 없겠죠. 이제 곧 해가 떠오르고, 새로운 하루가 시작될 것입니다. 하지만 아쉬워할 필요는 없습니다. 오늘을 열심히 살고, 축복된 하루로 만든다면, 또다시 포근한 밤을 맞이할 수 있기 때문입니다.

내일은 괜찮아질 거예요

1판 1쇄 인쇄 2015년 7월 15일
1판 1쇄 발행 2015년 7월 20일

지은이 김준형

발행인 양원석
본부장 김순미
편집장 박정훈
책임편집 백지영
해외저작권 황지현, 지소연
제작 문태일, 김수진
영업마케팅 김경만, 임충진, 송만석, 김민수, 장현기,
      이영인, 정미진, 송기현, 이선미

펴낸 곳 ㈜알에이치코리아
주소 서울시 금천구 가산디지털2로 53, 20층 (가산동, 한라시그마밸리)
편집문의 02-6443-8842   **구입문의** 02-6443-8838
홈페이지 http://rhk.co.kr
등록 2004년 1월 15일 제2-3726호

ISBN 978-89-255-5684-0 (03810)

RHK 는 랜덤하우스코리아의 새 이름입니다.